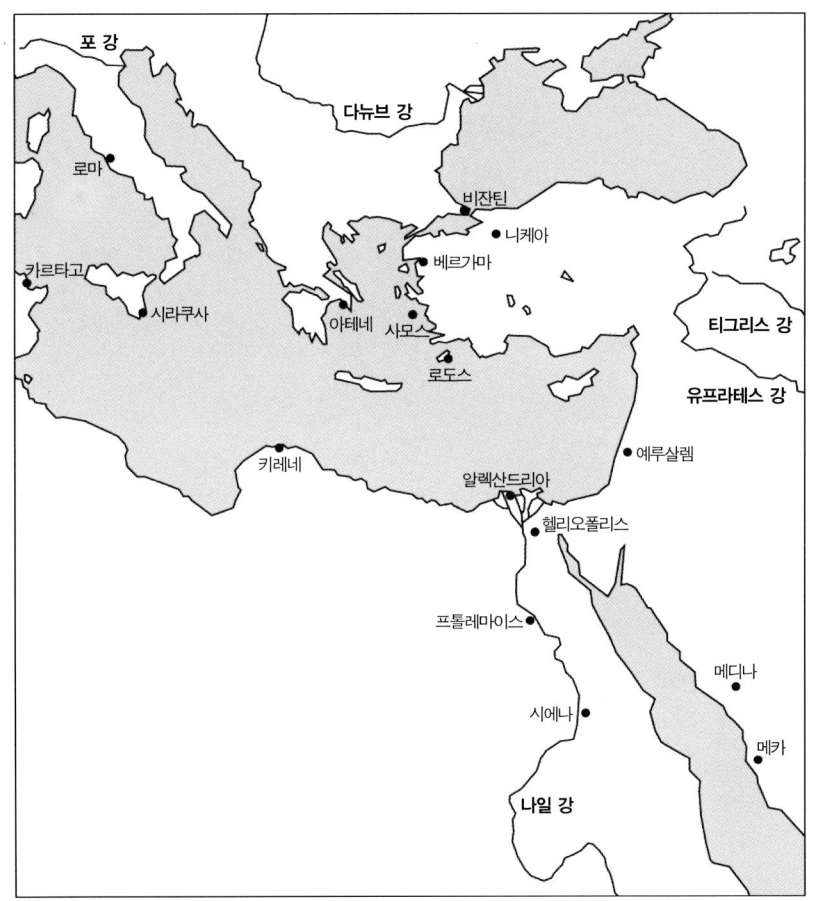

지중해 세계

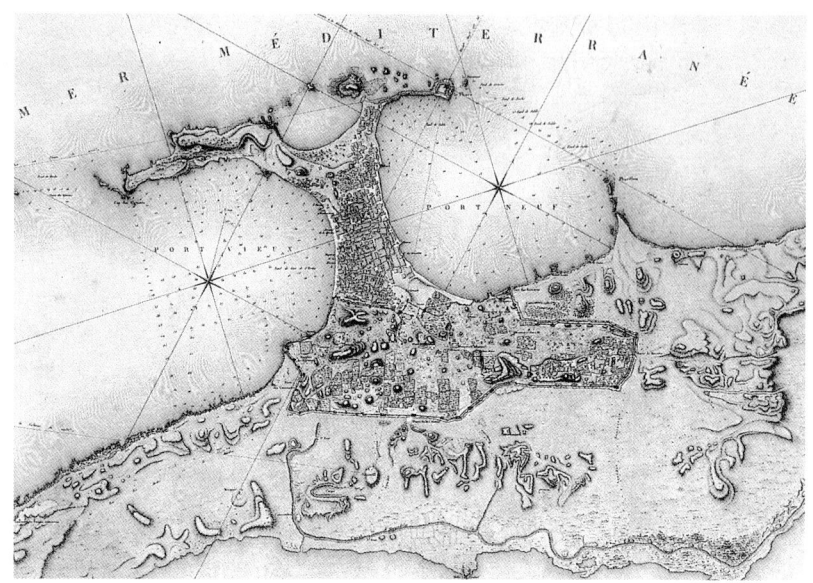

알렉산드리아 전경 파리 국립도서관

파로스의 등대 복원도 피서 폰 에를라흐 작(作)　　**고대 알렉산드리아 시가지** 장 클로드 골뱅 작(作)

양피지를 제작하는 과정을
묘사한 그림

클라우디우스 프톨레마이오스의 「지리학」 사본 16세기초, 파리 국립도서관

'구원자' 프톨레마이오스 1세

프톨레마이오스 2세 필라델포스와
그의 누이이자 아내 아르시노에 2세

프톨레마이오스 5세
에피파네스

프톨레마이오스 6세
필로메토르

율리우스 카이사르

클레오파트라(클레오파트라 7세)

유클리드의
막대

Le bâton d'Euclide
by Jean-Pierre LUMINET

국립중앙도서관 출판시도서목록(CIP)

유클리드의 막대 : 장 피에르 뤼미네 장편소설 / 장 피에르
뤼미네 지음 ; 김윤진 옮김. — 파주 : 문학동네, 2004
    p. ;   cm. -- (문학동네 세계문학)

원서명: Le bâton d'Euclide
원저자명: Luminet, Jean-Pierre

ISBN 89-8281-923-1 03860 : ₩8800

863-KDC4
843.914-DDC21   CIP2004002208

유클리드의
막대

장 피에르 뤼미네 장편소설 ― 김윤진 옮김

문학동네

앙드레 발랑을 추억하며

일러두기
본문 중 *와 알파벳으로 표기된 것는 원주, 일련번호로 표기된 것은 역주입
니다.

차례

Le bâton
d'Euclide

알렉산드리아, 642년

I

　가느다란 초승달빛 아래, 닫힌 도시의 성문을 좌우에서 에워싼 두 개의 높다란 쌍둥이 탑이 그 윤곽을 선명히 드러내고 있었다. 수장(首長) 암루 벤 알 아스는 야영지 불빛과 파로스 섬의 명멸하는 등대 불빛을 받아 장식못들이 희미하게 반짝이고 있는 왕궁의 육중한 문들을 바라보며 생각에 잠겨 있었다. 저곳, 메디나[1]의 회교도 우두머리인 칼리프 오마르는 오만하기 그지없는 알렉산드리아에서 이교의 모든 흔적을 지워버리라고 그에게 명령을 내린 터였다. 따라서 그는 저 탑들을 파괴해야 했다. 천년의 문명이 불길과 칼 아래 스러지게 되리라.

---

1) 이슬람교 성지. 622년 마호메트가 메카로부터 이곳으로 이주한 후 이슬람의 정치 · 교단 활동의 중심이 되었다. '메디나' 라는 이름은 본래 '예언자의 도시' 라는 말의 준말. 마호메트 사후에도 4대째 칼리프인 알리가 이라크의 쿠파로 수도를 옮길 때까지 이슬람 국가의 수도였다.

암루는 싫었다. 비록 전사이긴 했지만, 그는 무력으로 정복하기보다는 말로 설복시키는 편이 더 좋았다. 후세에 자신의 이름이 파괴자로 남게 되리라는 상상조차도 전혀 내키지 않았다. 그는 저 높은 곳에서 황금빛으로 못박혀 반짝이는 별들에서 어떤 계시라도 읽어내려는 듯 눈을 들어 밤하늘을 바라보았다. 가까이 있는 바다 때문에 흐려진 탓인지, 하늘은 광활한 사막의 하늘만큼 맑지 않았다. 내일이면, 암루는 알렉산드리아로 입성할 것이었다. 예전처럼 비단과 향료가 가득 실린 낙타를 이끄는 상인이 아니라, 베두인 병사들의 선봉에 선 전사로서, 이집트의 정복자로서.

외곽 지역들을 점령할 때, 그는 관대한 태도를 보였다. 이교도의 신전 하나도 노략질하지 않았고, 기독교도나 유대인의 집 어느 하나도 약탈하지 않았으며, 한 명의 여자도 겁탈하지 않았다. 그가 이끄는 베두인 병사들은 그의 명령대로 해방자로 처신했다. 그러나 내일은 사정이 다를 것이었다. 왕궁이 있는 구역은 부유하기 때문에, 만일 그곳에서의 약탈을 금한다면 병사들은 전혀 납득하지 못할 것이었다. 그리고 그리스인들이 예술이라 주장하며 보존하고 있는 이교도의 신상(神像)들, 하느님의 얼굴과 선지자들을 그린 우상숭배적인 초상화들도 없애야 할 것이었다. 마지막으로, 미신과 거짓을 설파하는 고대의 책들 역시 불태워야 할 터였다.

낯선 것에 대해 천성적으로 호기심이 많은 암루로서는 그 모든 것을 기꺼운 마음으로 파괴할 수 없었다. 특히 시는 이교의 시건 아니건 간에, 그에게는 존중할 만한 것이고 언제나 신성을 담고 있는 것으로 여겨졌다. 지금은 전사이지만 상인이었을 적에 그는 많은 곳을 여행했다. 그가 속한 대상 행렬은 북으로는 안티오크,[2] 동쪽으로는 이스파한,[3] 그리고 서쪽으로는 물론 이곳 알렉산드리아까지 왔었다. 예언자 마호메트의 말씀에 대한 자신의 믿음을 아직 확신하지 못했던 그는 외국 도시들에서 물건을 다 팔고 나면 마법사, 사제, 랍비들과 만나 그들의 신앙과 전설, 지구와 우주의 관념에 대해 수많은 질문을 던지곤 했다. 그렇게 하여 그는 타인을 알고 낯선 것을 이해하는 법을 배웠다. 모든 것, 심지어 그 기원에 관한 것까지도 알고 싶어했던 그는 흡족할 만한 지식을 얻게 되었고, 그 덕분에 메디나와 메카에 있는 노인과 시인들은 그를 학자로 여겨 그의 말에 귀를 기울이곤 했다. 그러나 이제는 의견을 나누고 질문을 던질 때가 아니었다. 성전(聖戰)은 그런 것에 주의를 기울이지 않았다. 암루는 마치 모래 위의 파도처럼, 사막의 전사 무리를 이끌고 알렉산드리아를 휩쓸어버리기 위해 되돌아온 것이었다.

II

필로포노스는 씁쓸한 미소를 지으며, 묵시록의 기사(騎士)가 참으로 성급했다는 생각을 하고 있었다. 스물세 해만 더 기다려주었다면 알렉산드리아는 적 그리스도의 통치를 선언하며 불길과 피바다 속에서 새 천년을 축하할 수도 있었으련만.

하기야 종말의 시간은 이미 와 있지 않은가? 이끼에 대리석 바닥이 갈라지고 기둥마다 음탕한 낙서로 더럽혀진 이 도서관의 주랑들 아래, 창문 깨진 서실들에, 벌레와 열기 그리고 습기로 좀먹은 서가들 한가운데, 이제는 허술한 표지처럼 쌓인 먼지 더께로도 보호되

---

2) 안타키아, 현재 터키 남동부의 도시.
3) 이란 중부의 옛 도읍이며 상공업 도시.

지 못해 파피루스와 양피지 두루마리가 부풀어오르고 누렇게 변색되고 갈라져가는 이곳에, 서서히 그리고 슬그머니 죽음이 찾아와 있지 않은가?

더구나 요한 필로포노스, 그 역시 세월의 먼지에 덮여 있지 않은가? 우주의 진리를 탐구한 인간의 노력과 지혜, 그 천년의 결실을 구하기 위해 거의 한 세기에 이르는 평생을 바쳐왔건만, 내일이면 그러한 것도 무(無)로 돌아가리라. 수천 년의 세월이 저기, 점점 더 어지러워지는 무질서 속에 쌓여 있다. 전 세계에서 이곳에 맡긴 원고들을 참을성 있게 꼼꼼히 베끼는 필경사들도 이제는 없고, 동방 제국들의 전설과 신화 그리고 학문을 그리스어로 옮기는 박식한 번역가들도 없다. 또한 고대인들의 작품을 분류하고 열람하여 재발견해내고 주석을 다는 학자들도 없다. 이제는 오직 요한 필로포노스, 기독교 철학자이자 존경받는 문법학자이며 무엇보다도 곧 죽음을 맞을 최후의 사서인 그 자신밖에는 남지 않았다. 그와 또 한 사람, 박식한 의사이자 그의 충실한 조수로서 마치 가장 병약한 환자를 보살피듯 도서관을 보살피는 라제스뿐이었다. 그러나 안타깝게도, 아직 젊은 라제스는 유대인이고 또한 기독교 교회를 분열시키고 있는 논쟁에 대해 냉소적인 회의주의를 표방하고 있었다. 알렉산드리아 도서관의 유대인 사서라니, 대체 생각조차 가당키나 한 일인가? 그리고 늙은 문법학자의 종손녀인 아리따운 히파티아, 유클리드와 프톨레마이오스를 연구하느라 바울과 아우구스투스의 글 읽기를 너무도 자주 망각하는 그 아이를 전 세계에서 가장 큰 도서관의 관장으로 앉히는 일을 어떻게 생각해야 할 것인가? 게다가 한낱 여자일 뿐인데.

바다로부터 양모, 포도주, 향유, 향료 그리고 귀금속과 서적들을 잔뜩 싣고 들어오던 배들이 끊긴 지는 오래였다. 로마는 야만인들의 수중에 들어갔고, 아테네는 콘스탄티노플에서 멀리 떨어진 외곽에 있었으며, 페르가몬[4]은 알이 사라진 독수리 둥지였고, 예루살렘은 낙타를 모는 사람들과 개들만이 서로 자기 것이라 다투는 비참한 마을이었다.

하지만 때때로 어느 굶주린 상인이 항구에 내려 필로포노스에게 귀가 접힌 몇 권의 책들을 팔러 오곤 했다. 그러면 노인은 피로한 눈으로 마지못해 들추어보곤 했지만 발견하는 것은 언제나 되풀이되는 똑같은 주석들, 오리게네스[5]와 바실리우스[6] 혹은 아우구스투스의 글에서 잘라낸 인용문들에 대한 잘못된 주해들뿐이었다.

몇 해 전에, 필로포노스는 자기네들의 성스러운 경전을 팔려고 하는 아랍 상인들 중 한 명과 이야기를 나눌 기회가 있었다. 그 경전은 예루살렘과 번영을 누리던 아라비아 사이에 창궐하던 수많은 가짜 예언자들 중 한 사람의 작품이었다. 그 예언자들이란 반쯤 미친 협잡꾼들이었는데, 남들을 설득하려면 그 광신자들 스스로도 자신들이 꾸며낸 이야기를 믿어야 했기 때문이다. 필로포노스는 비록 낙타 견갑골이나 양피지의 촌스러운 사촌에 해당하는 양가죽에 새긴 것이긴 하지만 매우 아름다운 활자로 된 표의문자를 해독하지 않았다. 그리고 문제의 그 상인에게 읽어달라고 부탁했다.

글은 구약과 신약에 대한 순진한 해석을 담고 있었는데, 유랑하는 예언자인 마호메트라는 자가 마치 어린애들에게 하듯 이교도들에게 모세, 마리아, 예수의 이야기를 들려주고 있었다. 그 모든 내

---

4) 현재 터키의 도시 베르가마에 건설되었던 고대 도시.
5) 185?~254? 알렉산드리아 학파의 대표적 신학자.
6) 329~379, 그리스의 기독교 종교가이자 교회 박사.

용은 가증스러우리만큼 불경했다. 마호메트는 심지어 기독교인은 다신교도이며 구세주란 여러 예언자들 가운데 하나일 뿐이라고까지 말하고 있었다. 그러나 농부와 목동들은 그 순진한 어법에 혹할 수도 있었다. 그 증거가 바로 오늘 들이닥친 베두인 족 군대였다. 이교도이긴 하지만 약한 이집트 백성들은 헬리오폴리스[7]에서도, 그리고 이곳 알렉산드리아의 변두리에서도 그들에 맞서 저항조차 하지 못했다. 그리하여 이제 침략자들은 문명의 최후 보루인 그리스 요새의 문을 부수고, 아직 남아 있는 파괴할 만한 것들을 파괴하고 불태울 만한 것들을 불태우기 위해 여명을 기다리고 있었던 것이다.

필로포노스는 문제의 그 책을 간직해서 아랍어를 배우려 해볼 수도 있었으리라. 그러나 알렉산드리아에서까지도 그는 조심해야만 했다. 그의 적인 비잔틴의 신학 박사들이 자신을 야만인 종파에 공감한다고 고발할 수 있는 좋은 구실이 될 수도 있었기 때문이다. 그리하여 그는 전 세계 모든 책들을 수집하리라 야심을 품었던 훌륭한 전임자들의 일을 계속할 수 없음을 쓸쓸해하며, 그 상인을 돌려보낼 수밖에 없었다. 그 상인은 대중 앞에서 낭송된 마호메트의 말씀은 책 속에는 극히 일부분만 실려 있다고 했다. 글을 모르는 자칭 그 선지자는 자신의 말을 어떤 형태의 글로도 남기지 않았지만, 그의 무리들은 신에게서 직접 영감을 얻었다고 하는 6,236행을 외우고 있었다.

늙은 문법학자의 조수 라제스는 그리 꺼리지 않았다. 그는 그 코란을 집에 가져가 연구하기로 했다. 실은 그가 즐겨 친구들에게 보

---

7) 카이로의 북동쪽 교외에 있던 고대 이집트의 종교도시. 태양 신앙의 중심지였으며 고대 그리스어로 '태양의 폴리스' 라는 뜻.

여주는 기이하고 재미있는 소장품들, 이를테면 기괴한 형태의 돌이나 물에 떠다니는 나무, 고대 이집트의 파라오 상 조각이나 모사품들, 어부나 걸인들이 조개껍질 위에 새긴 순박한 형상들과 같은 수집품을 늘리기 위해서였다. 어쨌든 라제스는 뛰어난 의사로서는 오직 인체의 신비에만 관심이 있었던 반면에, 유대인으로서는 전 세계를 뒤흔들던 신학적 논쟁에 끼어들기를 거부하고 있었다. 이제 와서야 필로포노스는 문제의 그 글들을 손에 넣지 못했던 것을 후회하고 있었다. 그랬더라면 어쩌면 무기처럼 그 글을 야만인들에게 들이댈 수도 있었으리라. 내일이면 이 도시를 점령할 야만인들. 대체 그들은 이곳에 수세기에 걸쳐 쌓아둔 찬란한 인간 사고에 어떤 운명을 안겨주려는 것일까? 이제 막 흘러간 수십 년의 암울한 시기에 그것들을 지켜낸 것만 해도 이미 기적 같은 일이었다. 페르시아인들도, 비잔틴의 주교들도 감히 도서관을 파괴하거나 약탈할 엄두를 내지 못한 터였다. 그러나 이번에는 진정 죽음의 위험에 직면한 것이다. 그리하여 요한 필로포노스는 버려진 도서관의 길고 고요한 방에서 해방을 기다리고 있었다.

III

—이런, 뿔이 둘 달린 두 알 카르나인의 작품이 여기 있었군!

암루는 후두음의 억양이 약간 섞인 거의 완벽한 그리스어로 이 이상한 단어들을 말했다. 필로포노스는 고개를 들어 놀란 기색으로 그를 바라보았다. 꼭두새벽에 병사들의 발소리와 무기 부딪치는 소리가 도서관 안으로 새어들었을 때, 노철학자는 아르키메데스처럼 죽겠노라고 결심했다. 그는 대리석 책상 위에 『위대한 히피아스』의 옛 판본을 펼치고, 소크라테스가 말한 "우리 생각으로는 아름다움이란 유용한 것이다"라는 구절의 여백에 '그럴지도 모르지만……'이라고 일부러 문장을 완결시키지 않은 채 주해의 첫머리를 적어넣었다. 칼날은 한순간에 그의 몸을 꿰뚫으리라. 그리고 수세기 동안 후세 사람들은 채 완결되지 않은 사고가 또다시 피바다 속에서 사그라지고 말았노라고 되뇌리라. 헛된 속임수이지만, 이는 미래 세대에 숭고한 경고가 될 것이다!

— 뿔이 둘 달린 자라니? 장군, 그대가 누구를 말하는지 모르겠군. 혹시 당신네들 야만인의 나라에서 여자와 아이들의 목을 따서 바치는 바알[8]이나 몰록[9]처럼 피비린내를 풍기는 우상들 중 하나를 말하는 것인가?

필로포노스는 아랍 정복자가 이 무례하기 짝이 없는 대꾸에 격분하여 어서 끝장내주기를 바라고 있었다. 그러나 그의 기대와는 달리, 암루는 호탕한 너털웃음을 터뜨렸다.

— 만일 당신이 내가 내민 책을 받았더라면, 고상한 노인이여, 내가 지금 말하는 자가 당신네들이 '알렉산드로스'라고 부르며, 또한 예언자가 두 알 카르나인 혹은 이스칸다르라고 부르던 자라는 걸 알 수 있었을 텐데.

그자였다! 글이 새겨진 견갑골을 자신에게 팔려고 했던 활기 넘치던 상인이 전사의 오만한 갑옷을 입고 돌아온 것이다! 그리고 그가 필로포노스에게 들이민 것은 어설픈 구절들이 아니라 칼날이었다. 노철학자는 한순간 당황했지만 어쨌든 이 장군은 보기보다는

---

8) 비, 다산성, 농사를 주관하는 중동 지방의 신.
9) 구약성서에 나오는 세무 족의 신.

그리 두려운 상대가 아닐 수도 있겠다고 생각했다. 그는 미소를 금할 수 없었다. 그렇듯 알렉산드로스 대왕에 관한 이야기는 세상 방방곡곡에 널리 퍼져 있었다. 살아생전에 신이 되고자 했던 알렉산드로스는 시와 오아시스[10]에서 산양의 머리를 한 이집트 신 아몬에 의해 왕이 되었노라고 주장했다. 그후 알렉산드리아에서 자신의 초상화를 만들 때는 반드시 이마에 우상인 뿔을 그려넣으라고 명령했다.

한편 암루는 노인네의 미소에 불신이 깔려 있는 것을 알아차렸다. 그는 위엄 서린 손짓으로 호위병을 물러가게 하고 의자를 가져와 책상 맞은편에 무람없이 앉았다.

—박식한 필로포노스여, 비록 내가 무지한 베두인 족이긴 하나, 알라가 믿음이 없는 자들을 위해 청동 벽을 쌓은 알렉산드리아와 같은 지옥을 준비해놓았다는 것을 전지전능하신 분께서 예언자에게 넌지시 전했다는 걸 알고 있소.

필로포노스는 불쾌했다. 밤새도록 야만인의 칼 아래 영예로운 죽음을 맞을 준비를 했던 자신이, 부드럽고 관능적인 몸짓에 정중하고 매력적인 사십대의 한 남자, 반짝이는 그윽한 검은 눈동자에 금술 장식이 달린 흰색의 우아한 긴 제복을 입은 남자와 수다를 떨고 있는 것을 발견한 탓이었다.

다시금 희망이 생겼다. 모든 걸 잃은 것은 아니었다. 지혜로운 카시오도루스[11]는 생전에 스스로 고트 족의 왕 테오도리크의 고문이 됨으로써 로마를 구하지 않았던가? 게다가 저자는 방금 자신의 약점 하나를 털어놓았다. 모든 군인이 그러하듯 그도 알렉산드로스가

---

10) 이집트 북서부의 광대한 오아시스.
11) 490?~585? 마지막 로마인 정치가이자 역사가.

누린 영광을 꿈꾸고 있다는 것을 말이다. 저자의 비위를 상하게 해서는 안 된다. 필로포노스는 태도를 바꾸기로 마음먹고 지금까지의 빈정거리는 말투를 바꾸어 노학자의 달관한 듯한, 아버지와 같은 어조를 취했다.

— 자네 말이 맞네, 장군. 알렉산드로스 대왕의 의지로 이 도시가 세워졌네. 게다가 전 우주에서 가장 위대한 군인이 이곳에 잠들어 있네. 그의 시신이 황금 관에 실려 바빌로니아에서 송환되었으니 말일세. 하지만 애석하게도 그의 묘는 누군지 모를 침략자들에게 약탈당하고 말았네.

그것은 역사적으로 볼 때 새빨간 거짓말이었다. 그러나 아랍인 암루는 무엇을 빗대어 말하는지 이해하고 자신의 의도를 밝히려 했다.

— 그런 사실은 몰랐소. 사막 출신의 상인이었던 내가 손님들한 테 알렉산드로스 대왕의 무덤에 관해 물었을 때, 그들은 한결같이 당신네 도시국가의 옛 국왕이 군사들에게 급여를 지급하고 또 자신의 왕위를 노리는 친동생을 치기 위해 그 무덤에 있던 보물들을 강탈하는 모독 행위를 저질렀다고 대답하더이다. 이 장터 저 장터 떠돌아다니는 꾸며낸 이야기 중 하나겠지요. 나와 같은 순진한 베두인 족은 어리석게도 덮어놓고 믿어버리는 그런……

암루는 슬쩍 비웃는 투로 대꾸했다. 필로포노스는 입술을 깨물었다. 또 한번 그는 상대방의 지식을 과소평가했던 것이다. 암루는 그런 동요를 모르는 척 말을 이었다.

— 예언자의 사도들인 우리 무덤이야 그렇게 모독당할 위험이 없지요. 우리는 사람이 죽으면 맨몸뚱이로 알라 신의 정원에 도달할 수 있도록 맨땅에 뉘어두니 말이오. 그 정원에선 모든 게 주어진다

오. 그래서 부활과 심판의 날이 올 때까지 맨몸으로 놓아두는 것이지요.

— 심판의 날에 우리는 벌거벗은 몸이 아니라네. 우리가 저지른 죄악과 범죄를 짊어지고 있으니까. 그리고 창조주는 동물과는 반대로 우리 인간에겐 그분을 보다 잘 섬기라고 이해력을 부여했는데, 그런 창조주의 작품을 훔치고, 약탈하고, 죽이고, 파괴하는 자들은 영원히 지옥의 불길에 활활 태워질 거라네. 암루 장군, 자네는 그걸 아는가?

— 알고 있소. 또한 왜 창조주가 소돔과 고모라를 멸망시켰는지도.

— 자네는 죽음의 천사가 아니네. 알렉산드리아도 새로운 바빌로니아가 아니고.

필로포노스가 조용히 대꾸했다.

그들은 잠시 말없이 서로를 노려보았다. 휙휙 소리를 내며 주랑 아래를 스치는 차가운 바닷바람에 서가에 놓인 플라톤의 책이 흔들렸다. 암루는 심호흡을 하고 마침내 말문을 열었다.

— 사실 난 신의 군사가 된 상인에 지나지 않소. 또한 필로포노스 당신이 덕망 있는 학자라는 것도 사실이오. 하지만 당신네들이 신이라고 주장하는 그 예수라는 선지자가 빈곤의 본보기를 보여주었음에도 불구하고 당신네 종교의 대사제들은 부자라는 것 역시 사실이오. 앞서도 말했다시피 나는 군인이오. 그래서 우리 신도들을 이끄는 칼리프 오마르 아부 합사 벤 알 카탑의 명령에 따르오. 만일 그가 이 도시에 마땅히 벌을 내려야 한다고 결정하면 나는 벌할 것이고, 관용을 베풀겠다고 하면 즐거이 그 명에 따를 것이오.

필로포노스는 암루와 그의 군대가 기독교도의 땅인 북부 평원을 휩쓰는 무리이며, 저마다 왕이라고 자처하는 장수들이 선두에 서서 로마나 콘스탄티노플의 성벽 너머에서 찾아낼 수 있으리라 믿는 금과 부(富)만을 유일한 신, 유일한 이상으로 삼고 있으리라 상상했었다. 그러나 지금 자기 앞에 있는 사람은 아라비아의 왕인지 교황인지 모를 저 오마르라는 자의 명을 받는 진정한 장군이며, 신약과 구약까지 꿰고 있었다. 비록 저 이교도들이 아주 사소한 신학적 논쟁에도 버텨내지 못할 코란이라는 것을 세번째 성서로 덧붙이는 게 좋겠다고 생각했다 하더라도 말이다. 하지만 적어도 그는 저들이 성서를 따르는 자들이라는 것을 확신했다. 그렇다면 어쩌면 다른 책들, 도서관에 보관되어 있는 책들도 존중할 것이다. 게다가 암루가 이야기하면서 자신의 '칼리프'를 말할 때의 어조로 미루어, 노철학자는 장군이 그의 군주에 대해 전적인 경외심을 지니고 있지는 않다는 것을 느꼈다. 거기에는 뭔가 파헤쳐볼 구석이 있었다.

— 세상에서 가장 큰 도시였고 새로운 아테네라 불렸던 이 도시를 자네의 주인이 무슨 죄목으로 벌하려 드는지 나는 통 모르겠군. 침략자에게 저항하는 것이 죄인가? 이 최후의 공격에서 당신들에게 저항한 자들이 누구였던가? 비잔틴의 함선과 병사들일세. 하지만 그들은 도망쳤다네. 도시는 이제 자네의 것이며, 패자로서 자네 앞에 있는 사람은 자신을 둘러싼 모든 지식, 자네에게 대항할 단 하나의 무기인 이 지식을 보존하는 데 마지막 여생을 바치는 것이 유일한 소망인 이 늙은이밖에 없다네.

암루의 얼굴로 피가 솟구쳤다. 필로포노스는 그렇게 그의 승리를 깎아내리면서 모욕하고 있었다.

— 대체 이 책들에 어떤 힘이 있다는 거요? 하느님의 병사들에게 맞서, 예언자들의 말씀에 맞서, 최후의 예언자요 가장 지고하며 가

장 위대한 예언자의 말씀에 맞서 무슨 능력이 있단 말이오? 이 책들이 모세, 예수, 마호메트가 말씀하신 것, 하느님이 그들을 통해 말씀하신 것과 다른 것을 이야기하고 있다는 거요? 노인장, 성서와 코란에는 모든 것이 쓰여 있소. 그것들과 다르게 쓰여진 책들은 하느님이 직접 말씀하신 진리를 거스르는 것들이오. 그것은 악마의 목소리일 게요.

암루는 차분히 확신에 차서 말했다. 모래와 햇볕에 구릿빛으로 그을린 그의 넓은 이마에는 어떤 의혹의 그림자도 스치지 않았다. 한편 필로포노스는 나름대로 이 사막의 전사가 아주 오래 전에 만났던 교회의 교부들과 똑같은 말을 되뇌고 있다고 생각했다. 그렇지만 이번 경우는 변증법의 변덕스러운 물결 속에서 이루어지는 섬세한 항해가 아니리라. 노철학자의 면전에 있는 자는 굳건한 확신과 아무런 장식이 없는 단순한 믿음으로 뭉친 돌덩어리 그 자체였다. 아마도 꽉꽉 막혀 있을 터였다. 저 돌덩어리에 금이 가게 하려면 예전에 적수를 쉽사리 찔렀던 박학의 가느다란 바늘보다 훨씬 강한 힘이 필요하리라. 만일 암루가 그의 학생들 중 가장 어리석은 학생이었다면, 적어도 그 텅 빈 머릿속에 약간의 지식이나마 부어 줄 수 있었을 것이다. 그러나 암루의 머리는 텅 비지 않았고, 그의 제자도 아니었다.

— 장군, 악마는 우리들 모두의 내면에 있다네. 그리고 어쩌면 이 서가들 속으로도 스며들었을 수 있지. 그렇지만 하느님께서는 우리가 천부적으로 미에 대한 사랑, 유용함에 대한 사랑을 느낄 수 있게 해주셨다네. 하느님께서 우리를 위해 창조하신 이 우주보다 더 아름답고 더 유용한 것이 어디 있단 말인가? 우리를 둘러싼 이 글들이 태곳적부터 찬미하고자 했던 것이 바로 그 아름다움이요 유용성이

라네.

　— 이 글들이 코란보다 더 많은 무언가를 말하고 있다는 거요?

　— 나는 모르지. 자네의 코란을 읽어본 적이 없으니. 지금 내가 그걸 후회한다는 걸 믿어주게.

　— 만일 이 글들이 아무 쓸모 없는 거라면 이처럼 먼지 구덩이 속에 쌓아두어봤자 무슨 소용이 있소?

　— 비난하기 전에, 불태워버리기 전에, 암루, 최소한 이 책들에 무슨 내용이 담겨 있는지 알아보게나.

　— 좋소. 말해보시오. 그리고 날 설득해보시오.

　— 이보게, 나는 늙었고, 아는 것이 너무 많아. 그래서 어디서부터 시작해야 할지 모르겠네. 도움을 청해도 되겠는가? 아는 게 지나치게 많은 이 늙은이는 자네에게 무슨 말을 해줘야 할지 모르겠지만, 젊은 사람이라면 할 수 있겠지.

　— 그 젊은 사람이 누구요?

　— 유대인 남자 하나와 한 여자라네.

IV

　히파티아와 라제스는 다급한 발걸음으로 두 개의 회랑과 길을 지나 도서관으로 들어섰다. 젊은 여인의 출현에 암루는 자리에서 일어섰지만, 히파티아는 그에게 말을 걸 시간을 주지 않았다. 그녀는 열매가 주렁주렁 달린 올리브 나무 가지를 내밀고, 우아하게 무릎을 꿇으며 말했다.

　— 암루여, 당신이 우리 고장의 주인이 되려 하신다면, 우선 복을

22

가져다주는 우툴두툴한 이 올리브 나무 줄기를 어루만지며 황금빛 기름이 풍부한 열매를 달라고 기도하는 법을 배우세요. 또한 언젠가 포도송이가 포도줏빛 관능으로 당신을 가득 채우도록 마치 여자에게 하듯 포도송이에 입맞추는 법을 배우세요. 그리고 당신 병사들에게 말하듯 밀밭에 말하는 법도 배우세요. 그 이삭에서 당신의 가장 아름다운 전리품인 빵이 나올 거예요. 밀과 포도와 올리브에서 평화가 태어나고, 성서가 태어난답니다.

그녀에게 매료된 암루는 손을 모으고 인사했다.

— 어떻게 이런 기품과 시(詩)가 이토록 짙은 어둠과 먼지 속에 숨어 있을 수 있단 말인가? 그대와 같은 숙녀에게는 좋은 남편과 잘생긴 아이들이 있어야 마땅한 법. 이처럼 책들 속에 묻혀 있다가는 결국엔 낡은 파피루스처럼 말라버릴 게요!

히파티아는 교태 섞인 몸짓으로 상대의 속을 태웠다.

— 장군님, 지금 제게 구혼하시는 거라면 무척 무례하게 느껴지는군요. 종조부께서는 제게 당신이 예의바르고 점잖은 사람이라고 말씀하셨는데요.

— 용서하시오. 나는 사막의 병사에 지나지 않으며, 내 메마른 삶에서 이토록 재색을 겸비한 여인은 한 번도 만난 적이 없었소.

— 암루, 그리스 여자들을 믿지 말게. 그녀들은 얼음처럼 자극하지만, 녹지는 않는다네.

필로포노스가 농담을 건넸다.

— 그렇다면 궁내에 있는 당신들은 모두 그리스인들인가? 난 내가 이집트 땅에 와 있다고 생각했는데.

— 마케도니아인인 알렉산드로스가 이 도시를 세운 지 이제 천년이 됩니다. 그러니 알렉산드리아 사람들은 모두 그의 자손인 동시

에 파라오의 자손인 셈이죠.

라제스가 끼어들었다.

—그렇다면 유대인인 자네는 누구의 자손인가?

—장군, 당신처럼 아브라함의 자손이지요. 이스라엘의 자녀들
은 이스마엘의 자녀들의 형제들입니다. 그러니 당신과 나는 성서의
자손들이죠.

암루는 팔을 들어 주위의 서가들을 죽 가리키며 물었다.

—그래, 저 책들은 전지전능하신 분께서 예언자들에게 하신 말
씀에 무엇을 덧붙였는가?

필로포노스는 종손녀와 의사에게 절망적인 눈길을 던졌다. 이자
의 정신을 깨우치려면, 그리하여 도서관을 구하려면 그들 젊음의
혈기와 열정이 필요하리라. 그에겐 이제 그럴 능력이 없었다. 그런
데 라제스는 무슨 말을 했는가?

—이 책들은 모두 신의 영감에서 나온 것입니다. 이 책들 모두가
천지창조의 미를 칭송하기 때문이지요.

서투른 사람 같으니! 그는 필로포노스가 몇 시간 전에 한 말을 되
풀이하고 있었다. 그 말로 인해 쓸데없는 토론이 벌어졌고, 그 토론
에서 암루는 고집스레 코란을 옹호하며, 자기 신의 이름으로 고대
인들이 쓴 글의 모든 가치를 부정하지 않았던가!

다행히도 히파티아는 대화가 그가 전혀 모르는 영역으로 빠져들
고 있다는 사실을 깨달았다. 그녀는 꿈과 시 그리고 기적에 쉽사리
빠져드는 경향이 있는 사막 사람들에 대한 평판을 익히 알고 있었
다. 암루를 끌어들이려면 그런 것으로 시작해야 할 터였다. 아첨 역
시 쓸모없지는 않을 것이다. 그리고 그것과 매한가지나 다름없는
유혹도 필요할 것이다.

24

─당신은 전사들 중에서 가장 용맹하고 또한 가장 관대하다고들 하더군요. 당신의 명성은 사막과 바다를 건너 널리 퍼져 있답니다. 비잔틴에서조차 당신을 경외하더군요. 어쩌면 알렉산드로스 대왕도 당신을 곁에 두고 싶어했을 거예요. 그래서 당신이 그가 세운 도시의 주인이 되는 게 옳은 일로 여겨집니다.

암루는 그러한 찬사에 넘어가지 않는다는 뜻으로 약간 불만스러운 표정을 지었다. 히파티아는 계속했다.

─제 하녀들 중에 일도 내팽개치고 제가 보기에 좀 지나치다 싶을 정도로 당신의 부관 중 한 명과 가까이 하는 아이가 있습니다. 그 아이 말로는 당신의 용맹은 당신 스스로 갖춘 것이라 해도, 당신의 지혜는 당신의 조상이며 부족의 족장으로, 은퇴 후 만년을 오로지 별을 관찰하며 명상으로 보낸 매우 학식 있는 성자에게서 물려받은 것이라고 하던데요. 유년 시절을 그분 곁에서 보내셨다는 얘기가 정말인가요?

─아름다운 아가씨, 내 부관이 그대의 몸종에게 거짓을 말하지는 않았구려. 아쉽게도 존경스러운 내 조부께서는 예언자의 말씀을 들어보기도 전에 돌아가셨다오.

─아리스토텔레스 역시 예언자의 말씀을 듣지 못했죠. 하지만 그 지혜는 당신의 조부와 마찬가지로 천국에 갈 자격이 있답니다.

─그럴 운명이라면야 뭐…… 하지만 그대의 종조부처럼 그 아리스토텔레스란 작자의 이야기로 내 귀를 아프게 하지는 마시오. 이곳에는 온통 그 짜증나는 자의 작품들밖에 없는 모양이로군.

필로포노스는 긴 수염 속으로 투덜거렸다. 종손녀와 라제스는 서로 마주 보고 킥킥거렸다. 그 광경을 보고 암루는 긴장이 풀렸다.

─자, 젊은이들, 노인들을 좀더 공경해야지…… 그분들의 괴벽

도. 나야 당신들 두 세대의 중간에서 오락가락하지만.

히파티아는 그 마지막 말 속에 젊은 의사에 대한 질투심 같은 것이 들어 있는 게 아닐까 하는 의구심을 느꼈다. 사실 라제스가 단순한 우정 이상의 무엇인가가 둘 사이에 있기라도 한 양 젊은 히파티아 곁에 너무 바짝 붙어 있었고 거들먹거리는 태도도 없지 않았다. 그녀는 그에게서 약간 몸을 뗐다.

— 당신의 조부께서 당신의 전리품에 만족하셨을지는 모르지만 장담컨대, 만약 당신이 칠십만 점에 이르는 이 작품들을 얻은 걸 보셨더라면, 이걸 다 없애기 전에 다시 한번 더 생각하라고 하셨을 거예요.

장군의 눈앞으로 어두운 그림자가 스쳤다. 이들에게 결정은 자기가 아니라 칼리프 오마르가 내린다는 것을 어떻게 이해시킨단 말인가? 그는 자신이 매달리고 있고 갈수록 그럴듯하게 여겨지는 주장을 되풀이하는 수밖에 없었다.

— 예언자께서 우리에게 가르쳐주시지 않은 그 무엇이 이 책들 속에 있단 말이오?

히파티아는 화난 어린아이 같은 표정을 지었다. 성난 얼굴이 더욱 매력적이었다.

— 부탁인데, 그 문제는 그냥 넘어가죠. 그보다는 당신 조부께서 이 다섯 가지 질문에 기꺼이 대답해주셨을지 말씀해보세요. 세계의 중심은 어디인가? 별들은 얼마나 많은 움직임을 보이는가? 당신과 나, 이렇게 우리가 살아가는 이 지구의 형태와 크기는 어떠한가? 달은 어떻게 빛을 내는가? 하늘에는 별이 몇 개나 있을까? 하는 것들 말이에요.

— 그것 참 기이하군. 히파티아! 내 조부와 내가 한밤중에 사막에

누워 하늘을 바라볼 때면, 조부께선 큰 소리로 그와 똑같은 질문들을 스스로에게 던지시곤 했소. 그리고 나를 당신의 어지러운 생각 속으로 끌어들이셨지. 그 해답들이 이 방 안에 있단 말이오?

— 그럴지도 모르지요. 아닐지도 모르고요. 제가 아는 거라곤 제가 당신의 그 어지럼증을 고쳐줄 수 있다는 거예요. 하지만 그 전에 어떻게, 어떤 기적이 있었기에, 천년 전부터 사람들이 이곳에 책들을 모아두었는지 알고 싶지는 않나요? '어떻게'에 대한 대답을 안다면, 어쩌면 '왜'라는 질문에도 답할 수 있을 텐데요.

— 아름다운 아가씨, 그대가 내게 얘기하려는 것이 새로운 바벨탑에 관한 거라는 걸 짐작하고는 있지만, 그거 좋겠군.

— 암루여, 미처 알기도 전에 판단하고 비난하신다면 당신도 다른 사람들과 다를 바가 없어요. 그래서 당신네들이 전쟁을 하는 것이지만 말이죠. 그런데 제가 하려는 것은 전쟁 이야기가 아니라 평화의 이야기이며, 권력의 이야기가 아니라 지식의 이야기랍니다.

— 요컨대 여성적인 이야기로군.

— 왜 아니겠어요? 도서관이란 어쩌면 어느 누구도 그 비밀을 다 알 수 없는 여자와 같은 것이니까요.

그녀는 약간은 분명치 않은 열기 띤 목소리로 거의 속삭이듯 말했다. 암루는 마음이 몹시 흔들렸다. 자신의 동요를 감추기 위해 헛기침을 하고 나서 지나치리만큼 딱딱한 군인 같은 어조로 대꾸했다.

— 그렇다면 처음부터 이야기하라. 만일 그대가 나를 설득시킨다면, 나도 칼리프 오마르가 이 모든 것을 보존하도록 설득해보겠다.

'……나를 설득하거나 아니면 매혹시키거나 말이지, 너무도 아름다운 마녀여.' 이미 자신이 불길한 매력에 휩싸이고 있다고 느낀 군인은 생각했다.

— 하느님께서 일 주일 동안에 창조하신 것을 오만하고도 멍청하게 천년에 걸쳐 송아지 가죽이나 식물의 잎사귀에 다시 쓰려고 했던 그 미친 자들이 어떤 사람들이었는지부터 말해보라.

— 도서관을 창안하게 된 얘기를 들으시려거든 제 종조부의 말씀에 귀를 기울여주세요.

그녀는 대답했다. 그리고 웃으며 덧붙였다.

— 세상 누구보다도 그 역사를 잘 알고 계신 분이죠. 도서관 창립자를 잘 아셨을 거라고 믿어질 정도니까요.

암루는 분을 감출 수 없었다. 히파티아의 목소리는 마법의 음악과도 같았다. 하지만 이제 아랍인 장군은 어쩔 수 없이 노인의 목소리를 들어야만 했다. 어쨌든 이 노인의 약간 떨리는 음성은 예전에 자신과 함께 별들의 신비를 캐내려 했던 은자인 조부의 목소리와 비슷하지 않은가?

밀레니엄

양피지 두루마리 속의 세계
(필로포노스의 첫번째 강론)

 도서관이 세워지기 전에 도시가 있었다네. 암루, 자네도 알다시피 도시의 탄생이란 신생아의 출생과 같아서 마치 사람처럼 성장하여 활짝 꽃피고 때로 죽기도 하지.

 지금으로부터 천년 전, 이집트력으로 1월 25일[*]에, 알렉산드로스는 겨우 스물세 살 나이에 자신이 세울 도시의 윤곽을 잡았어. 이집트의 지배자가 된 후, '전 세계의 왕'으로 불리던 그는 그곳에 자신의 이름을 딴 거대한 그리스 도시를 세우기로 했지. 자신의 전속 건축가인 데이노크라테스의 조언에 따라 막 부지를 측량하고 확정하려던 때에 그는 꿈에서 굉장한 광경을 보았네. 존경심을 불러일으키는 모습의 한 사람이 곁에 나타나 이런 구절을 읊조렸지. "거친 바다 위에 섬이 하나 있노라. 이집트가 생기기 전에는 파로스라고

---

[*] BC 331년 1월 20일.

불렀노라."

알렉산드로스는 즉시 잠자리에서 일어나 파로스로 갔네. 당시 파로스는 아직 섬이었지만 지금은 육지와 다리로 연결되어 있지. 건축가는 입지가 좋다는 걸 알았고, 알렉산드로스는 그에게 지형과 조화를 이루도록 설계하라고 명을 내렸네. 데이노크라테스에게 백묵이 있을 리 없었지. 그는 밀가루를 이용해서 거무죽죽한 땅에 둥그런 모양의 부지 경계를 정했네. 그 안쪽 테두리는 직선으로 연결했는데, 황제가 흔히 어깨에 걸치고 다니던 짧고 앞이 트인 짧은 망토의 형상이었지. 대왕은 그 설계도에 반했네. 그런데 엄청난 수의 온갖 새들이 구름떼처럼 강에서 그 지역으로 날아와 밀가루란 밀가루를 죄다 먹어치워버렸네. 그러한 전조에 걱정이 된 알렉산드로스가 점쟁이들에게 묻자, 점쟁이들은 그에게 믿음을 지니라고 했지.

그래서 정복자 알렉산드로스 대왕은 도시 건설 명령을 내렸네. 도시 대부분의 토대가 잡히고 경계가 정해지자, 알렉산드로스는 성벽에 A, B, Γ, Δ, E, 이 다섯 글자를 커다랗게 새기게 했네. A는 알렉산드로스, B는 왕을 뜻하는 바질레우스,[12] Γ는 종족을 뜻하는 제노스(genos), Δ는 신을 뜻하고, E는 건설을 뜻하지. 사실 알렉산드로스는 비할 바 없는 멋진 도시를 만들고, 알파벳의 첫 네 글자가 가리키는 네 개의 구역으로 나눌 생각이었어. 그의 머릿속에는 단 한 가지, 옛 스승인 아리스토텔레스의 가르침밖에는 없었네. 암루, 불결하고 늪이 많은 열악한 지역의 도시 건설을 정당화하는 온갖 논리들을 찾아보려면 그 철학자의 『정치학』을 읽어보는 것으로 족할 걸세.

---

12) basileus, 페르시아 국왕, 비잔틴 황제의 칭호.

알렉산드로스 대왕은 곧 세계 다른 지역의 정복에 나섰다가 너무 일찍 요절한 탓에 자신의 도시가 세워지는 것을 보지 못했어. 마찬가지로 아리스토텔레스도 자신의 자랑스러운 제자가 건설한 도시, 자신이 꿈속에 그려왔던 이상적인 도시에 한 번도 와보지 못했다네. 게다가 이 철학자는 알렉산드로스가 죽고 일 년 뒤에 유배지에서 세상을 뜨고 말았지. 그의 가장 뛰어난 제자들 중 하나였으며 십 년 동안 아티카를 철권통치 했던 팔레론의 디미트리오스도 아테네에서 쫓겨났지.

　　디미트리오스 편이었고 역시 뛰어났던 제자로 프톨레마이오스가 있는데, 그가 이곳의 최초 통치자였다네. 알렉산드로스 휘하의 가장 훌륭한 장군이었지. 심지어 알렉산드로스의 이복형제이며 아리스토텔레스가 그 둘을 함께 가르쳤다는 말도 있어. 정복자 알렉산드로스 대왕이 죽고 난 후 다른 장군들과 나머지 제국의 지배권을 놓고 끊임없이 전쟁을 치르면서도, '구원자' 라 불리던 프톨레마이오스 1세는 파라오들의 옛 비옥한 영토인 이집트를 자신의 왕국으로 확보했고, 또 현명하게도 그곳에 평화와 번영을 가져다주었지.

　　프톨레마이오스가 초대 왕이 된 시절만 해도 알렉산드리아는 그저 넓기만 한 공사장에 지나지 않았다네. 도시에는 벌써부터 사원과 창고, 술집 그리고 갈보집들이 우후죽순처럼 들어섰지. 역청, 기름, 진흙 구덩이, 똥오줌에서 풍겨나는 악취와 땀내가 향과 몰약 냄새와 뒤범벅이 되어 있었어. 프톨레마이오스는 피라미드를 건설했던 고대의 지식을 그리스인들이 아리스토텔레스한테서 배운 이성과 논리와 결합시켜 완벽한 기하학적 모형으로 도시를 만들었는데, 암루 자네도 기병을 이용해 넓은 대로로 쳐들어올 때 그 덕을 보았을 것이네. 그는 파로스 섬을 육지와 연결시키기 위해 바다 위로 다리를 놓고 거기에 탑을 하나 세웠는데, 그 탑은 어두운 밤이나 폭풍이 몰아칠 때 불빛으로 바닷길을 인도해서 많은 선원들의 목숨을 구해주었지. 그것도 곧 천년째가 되는군.

암루, 우리를 둘러싸고 있는 이 책들, 건축가와 기술자, 기하학자들이 만들거나 참조했던 이 책들이 아니었다면 대체 그러한 기적이 어떻게 이루어졌겠나? 파로스의 탑을 만든 것도 이 책들이고, 많은 뱃사람들의 끔찍한 익사를 미연에 막아준 것도 다 이 책들이라네.

프톨레마이오스가 도서관을 세운 데는 또다른 이유도 있었지. 우선 그는 잘 다스리는 법을 배우고 싶어했어. 그래서 법률, 정치, 역사에 관한 모든 것들을 읽으려 했지. 그런 건 무수히 많았네. 그런 문제에 대해 쓴 글이라면 솔론[13]이 세계 최초로 헌법을 만든 이래 그리스에 무궁무진했지. 그렇지만 왕은 아리스토텔레스가 죽은 후로 왕국과 훌륭한 통치법에 대해 말해주는 모든 두루마리 목록은 단 한 사람만 알고 있다고 생각했어. 그건 바로 자신의 옛 동창인 디미트리오스였지. 그건 놀라운 선택이었네. 그 동안 디미트리오스는 알렉산드로스의 후계자인 카산드로스[14]의 지지를 받아 아테네에서 폭군으로 군림했으니 말일세. 아테네 사람들은 폭군이라는 말로도 부족하다는 거지. 그들은 무엇보다도 그가 무소불위의 권력을 휘두른 십 년 동안 아리스토텔레스가 플라톤의 아카데메이아를 본따서 만든 학교만을 전적으로 지원했다고 비난했네. 그걸 얕잡아보던 아테네인들의 눈엔 외국놈들 떼거리로 보였던 거지.

어느 날, 알렉산드로스의 추종자 하나가 일으킨 반란에 두려움을

---

13) BC 640?~BC 560? 아테네의 정치가이자 시인. 당시 빈부의 극심한 차이에서 빚어진 사회 불안 개선을 위해 '솔론의 개혁'이라는 여러 개혁을 단행하였다.
14) BC 358?~BC 297, 마케도니아의 왕.

느낀 디미트리오스는 아테네를 빠져나와 테베로 피신했고, 그곳에서 비참한 유배생활을 했네. 그러니 프톨레마이오스가 자신을 부르자 짐이라고는 달랑 자기 스승한테 배운 학식, 웅변가로서의 재능, 권력을 잡아본 경험만을 챙겨들고 알렉산드리아로 오게 된 것이지.

프톨레마이오스는 그를 성대히 맞이했네. 섬들을 제방으로 연결해서 수로 하나만 뚫어놓고 나머지는 원형의 정박지로 만든 안전한 항구로 몸소 마중을 나왔지. 둘은 도시국가의 한복판에 갇힌 진정한 도시, 왕궁 지구인 브루케이온으로 들어섰어. 그 구역의 성벽들은 이집트 신들과 그리스 신들에게 바쳐진 사원들과, 대리석 조각상들이 있는 부유한 거주지를 보호한다기보다는 알렉산드로스의 무덤을 보호하는 것이네. 그 사원들 중에 가장 넓고 길게 자리잡은 사원은 뮤즈의 신들에게 바쳐진 사원이지. 아니, 차라리 그 리듬과 숫자의 여신들이 상징하는 예술과 학문에 바쳐진 사원이라 해야겠군. 하지만 이 '무세이온[15]'의 벽감, 서가, 선반들에는 프톨레마이오스가 원정에서 가져온 것들을 제외하면 두루마리라고는 전혀 없었지.

"이게 자네의 새로운 왕국일세." 이집트의 왕은 아테네에서 추방된 독재자에게 이렇게 말했네. "자네 신하들은 아직 없네. 세계 방방곡곡에서 자네가 불러모으게. 난 이미 전 세계에 전언을 보내 군주와 총독들에게 수중에 들어오는 책들을 보내달라고 했네. 이집트의 재물은 무궁무진하지. 재물과 책들을 교환하면 그쪽 면으로도 풍요로워질 거야. 자네 왕국, 자네의 신하들도 그럴 걸세. 대신, 장

---

15) 학예의 여신 뮤즈를 모신 장소를 뜻한다. 헬레니즘 시대의 학문 연구 중심지로, 각지에서 초청된 학자 약 100명이 자연과학, 문헌학을 연구·강의하였다. BC 2세기 후반부터 쇠퇴, 아우구스투스 시대에 번영을 되찾았다가 다시 쇠퇴하였다.

군, 대사제로는 자네가 직접 알아서 철학자, 문법학자, 수학자, 천문학자, 기하학자, 기술자, 번역가와 필경사들을 불러오도록 하게. 보수도 두둑이 주고 이 건물 안에 숙소도 줄 것이며 일을 하거나 쉬는 데 부족함이 없게 해주겠네."

디미트리오스는 무척 기뻐하며 그 제안을 받아들였어. 그는 과거에 음모와 권력에 사로잡혀 그토록 많은 시간을 허비한 자신을 저주했네. 자신의 권력욕과 주변 상황에 수없이 굴복하며 살아가는 것이 아니라, 마침내 자신의 생각, 아리스토텔레스의 생각에 따라 살 수 있게 된 것이지.

디미트리오스는 아테네에서 무세이온의 원형이랄 수 있는 학교를 만드는 일에 참여한 적이 있었어. 그는 주랑과 산책로로 둘러싸인 정원을 매입하는 데 필요한 재원을 조달했었는데, 그 정원에는 선생과 학생들이 묵을 수 있는 방과 강의실이 있었네. 그때까지만 해도 가장 방대한 장서를 수집한 아리스토텔레스의 서가를 열람할 수 있었지. 디미트리오스는 세상에서 가장 후덕한 군주인 자신의 주군 프톨레마이오스의 재물을 투입해서 알렉산드리아에 그 학교의 이념을 옮겨 심지 못할 것도 없지 않겠는가 생각했네.

그 당시 그리스 도서관들은 사유(私有) 원고들의 보관소로 축소되고 있었어. 그런데 이집트의 사원들에는 그리스 세계의 신전과 마찬가지로 종교 문서와 공공 문서를 골고루 갖춘 서가들이 있었지. '구원자' 프톨레마이오스는 뿔뿔이 흩어진 그 소장품들을 한데 모아, 전 세계에 알려져 있는 모든 문학작품을 보유한 단 하나의 진정한 중앙 도서관을 세울 야망을 품었다네.

완벽한 장소와 여건 덕분에 그런 시도는 찬란히 꽃을 피울 수 있었어. 알렉산드리아는 철학자 아리스토텔레스가 꿈꾸었던 이상적인 도시국가였네. 모든 상업적, 문화적 교류가 개방된 커다란 항구가 있고 또 상인들과 암루 자네와 같은 전사들이 모여드는 도시였으니 말일세.

하지만 쪼개져버린 알렉산드로스 제국의 왕들, 군주들, 독재자들, 태수들, 알렉산드로스의 후계자를 꿈꾸는 장군들은 '구원자' 프톨레마이오스의 그런 호소에 호응하지 않았어. 사실 알렉산드리아의 주인인 그는 점점 강해지고 있었거든. 이집트 외에도 키레나이카,[16] 시리아, 팔레스타인 지방을 다스리고 있었는데, 이는 사이프러스 섬과 크레타 섬을 전초기지로 하여 지중해 주변을 빙 두르는 또 하나의 비옥한 초승달 모양을 이루고 있었지. 세상의 군주들은 그에게서 새로운 파라오로 보았고, 그가 자신들에게 요청하는 서적들 속에 자신들의 검을 잘라버릴 수 있는 신비하고도 두려운 무기가 들어 있으리라고 생각했어. 그들 생각이 틀리진 않았지.

그래서 예전의 아테네 통치자는 도서관을 살찌울 수 있는 가혹한 방법들을 사용했네. 아테네가 마침내 에우리피데스, 아이스킬로스, 소포클레스의 글들을 빌려주겠노라고 승낙하자, 디미트리오스는 그것들을 베껴 쓰게 한 다음 원본은 간직하고 복사본들을 돌려주었지. 마찬가지로 알렉산드리아 항구에 기항하는 모든 선박들에 서적 수색 명령을 내려 원본은 강탈하고 복사본을 대신 주는 짓을 저질렀던 거야. 그렇게 해서 얼마 지나지 않아 선박들에서 나오는 책들로 꾸며진 도서관 최초의 총서인 '선박 장서'가 이루어졌네.

디미트리오스는 그와 함께 또 하나의 제도를 만들었는데, 상인과 매도인 각자 득을 볼 수 있는 것이었다네. 상인들은 웬 떡인가 했

---

16) 북아프리카의 그리스 식민지.

지. 알렉산드리아로 가져가는 책이 그들에게는 밀 곳간, 에메랄드 광산, 이집트 산 피륙 상점들을 드나들 수 있는 가장 훌륭한 통행증이었네. 그들은 모든 도시와 궁궐들, 그리고 읽지도 않으면서 마치 귀중품이나 사치품처럼 비단 상자 속에 보란 듯이 원고를 쌓아두는 게 유행이던 부잣집들을 드나들면서 책이란 책들은 모두 긁어모았어. 상인들로서는 돈이 전혀 들지 않았어. 들더라도 아주 적은 액수였지. 그들은 순전히 형식적인 보증금만 내고 부자들의 재산을 복사본의 형태로 고스란히 되돌려주겠노라고, 그것도 아주 멋지게 장정을 해서 주겠노라고 약속했네. 그런 사람들 대다수야 원본 대신 복사본을 가지고 있다고 해서 무슨 대수겠는가? 자기네들 서가는 여전히 찬탄의 대상일 테고, 상인들의 솔깃한 말처럼 자신들의 이름이 새 파라오의 문서대장에 영원히 기록되는 영광도 누릴 터이니 말일세.

다행히도 허영심에 목을 맨 그런 사람들과는 다른 애서가들도 있었지. 독서가 큰 기쁨이며, 지혜의 탐구 혹은 연구의 수단인 그런 사람들 말일세. 그들이 자기네 장서들을 양보하면 또다른 보답이 주어졌네. 당시 디미트리오스는 프톨레마이오스의 요구대로, 그런 모든 학자와 석학들을 알렉산드리아로 불러서 '뮤즈의 사원[17]' 에서 생활하며 연구하게 했네. 종교도, 정치도, 그 무엇도 연구의 자유를 구속할 수 없게 된 것이지. 그는 단 하나의 조건을 내걸었는데, 그것은 빈손이 아니라 자신들의 책을 가지고 오는 것이었네. 그리고 그곳에서 자기 책뿐만 아니라 다른 모든 책들도 자유롭게 볼 수 있게 해준다는 것이었어.

---

17) 도서관을 지칭한다.

학자들이 떼지어 몰려왔고 그들의 제자들도 그 뒤를 따랐네. 뿐만 아니라 세상의 불가사의에 대해 배우고 싶거나 스스로 발견하길 열망하는 자들도 모여들었어. 그렇게 해서 세상에서 가장 큰 도서관이 세워진 것일세.

전쟁이나 통치로 바쁘다가도 틈이 날 때면 '구원자' 프톨레마이오스 왕은 도서관을 찾아 다정스레 디미트리오스의 팔을 붙잡고 산책을 나서곤 했네. 그들은 둘의 스승인 아리스토텔레스를 흉내내어 한참을 걸으며 이야기를 나누곤 했지…… 암루, 지금 자네와 또 우리 젊은 친구들과 함께 그렇게 해보자고 청하는 바이네. 걷다 보면 혀가 풀리고 또 생각도 풀리지. 앉아 있는 자세는 자기 안의 것을 지키려는 에고이스트처럼 스스로 움츠러든 사람의 자세라네.

프톨레마이오스와 디미트리오스는 그렇게 걷곤 했는데, 종종 왕이 곁에 부르는 학자들 중 한 명을 대동했지. 왕의 첫번째 질문은 항상 똑같은 것이었네.

"그래, 이제 책이 몇 권이나 되지, 디미트리오스?"

이 년 동안 수집한 뒤 사서가 그에게 대답하길, "왕이시여, 이제 곧 오만 오천 권이 됩니다. 그런데 에티오피아, 인도, 페르시아, 엘람,[18] 바빌로니아, 아시리아, 칼데아,[19] 페니키아, 시리아에 책들이 무척 많다고 들었습니다."

"자네 생각엔 이 세상에 책이 몇 권이나 있는 것 같은가?"

"정말이지, 전혀 모르겠습니다. 차라리 유클리드에게 물어보시지요."

---

18) 고대 이란 왕국.
19) 바빌로니아 남부를 가리키는 고대 지명.

그렇게 말하며 그는 말없이 자신들을 따라온 청년을 돌아보았네. 유클리드는 스물다섯도 채 안 되는 나이였지. 미남이었고, 세계에서 가장 위대한 수학자였네.

암루, 놀라지 말게나. 학자라고 하면 나와 같은 모습을 상상하는 게 보통이니까. 대머리와 허연 수염, 수전증에 늘 똑같은 장광설, 고통에 충혈된 불안정한 시선, 지니고 다니기에 버거운 지식으로 휜 등, 한 번도 사랑하거나 웃거나 노래한 적 없는 그런 노인으로 말일세. 하지만 내 종손녀의 아름다움을 보게나. 새로운 눈과 얼마간의 무모함으로 세상 이치에 대한 명제, 가정, 공리들을 만들어내고, 이해하고, 힘있게 밀어붙여보는 것, 그것이야말로 젊음의 특권이지. 나중에는…… 하여간 시간이 되면 히파티아가 유클리드에 대해 나보다 더 잘 말해줄 걸세.

그래서 젊고 잘생긴 유클리드는 껄껄 웃음을 터뜨리며 말했네.

"왕이시여, 어찌 제가 그걸 말씀드리기를 바라십니까? 그러자면 우선 이 세상에 얼마나 많은 언어가 있고 또 그 언어를 전달하기 위해 얼마나 많은 문자들이 있는지 알아야 할 텐데요. 저는 아테네의 처녀 수만큼이나 그런 것에는 관심이 없습니다……"

"최소한 어림짐작이라도 할 수 있지 않겠나?"

"지금 이 순간 인더스 강가에서는 어느 시인이 자신의 서사시 마지막 구절을 쓰고 있고, 시라쿠사에서는 한 기하학자가 건축술 논문을 시작했지요. 아마도 이 세상에는 하늘의 별만큼이나 많은 책이 있을 겁니다. 그런데 매일 밤 새로운 별이 뜨지요."

"그럼 하늘에는 별이 얼마나 있는가?"

유클리드는 약간 귀찮아지긴 했지만 자신의 무지를 드러내고 싶지 않아 이렇게 대꾸했네.

"피타고라스의 제자들은 다섯 갈래로 나뉜 별 하나 덕분에 자기들끼리 서로 알아본다고 하더군요. 왜냐하면 다섯은 혼인의 숫자요 조화의 숫자니까요. 그러니……"

그러자 왕이 말을 끊으며 말했네.

"그러면, 우리가 수집할 책의 권수를 오십만 권으로 정하지. 디미트리오스, 어떤가? 이 목표가 적당해 보이나?"

"거기에 오십만일 권째 책을 덧붙이지요. 폐하께서 제게 말씀하셨던 「알렉산드로스 이야기」가 거의 완성되었습니다."

암루, 프톨레마이오스를 내가 방금 말한, 책 수집을 자랑으로 내세우는 허영심 많은 부자들 중 한 사람으로 생각하지 말게. 그것도 그 나름대로는 정복이었으니 말일세. 그렇지만 그는 알렉산드로스와는 반대로 자신의 이익을 위해 국가들을 차지하려 하지는 않았네. 정신의 세계를 차지함으로써 자신이 알렉산드로스의 후계자로서 자격이 있다는 것을 보여주려 했던 것이지. 그는 자기가 수집한 세계의 모든 지식이 그것을 알고자 하는 모든 사람들에게 개방되기를 기대했다네. 알렉산드로스는 뜨는 태양을 구하려 했던가? 프톨레마이오스, 그는 태양이 자신의 도시국가에서 정점에 이르기를 기다렸네. 그의 아들과 후계자들은 그가 시작한 그 움직임 속에 끌려들어가게 되어 있었어. 그의 왕조는 그가 세운 전통을 이어가야 할 의무가 있었던 것이지. 한 독재자의 일시적 변덕처럼 보이는 것이 그처럼 원대한 계획이 되었던 것일세. 즉 '구원자'인 프톨레마이오스 왕은 그렇게 해서 자신의 도시가 환한 빛을 발하게 만들었던 것이지. 학문이라는 복된 빛은 신성한 빛이라네.

암루, 철학을 시도하다

　　—방금 한 이야기는 아리스토텔레스가 꿈꾸었던 이상적인 도시국
가에 대한 것이로군. 하지만 마호메트는 메카를 우리의 신성한 도시
로 만드셨소. 바다와 바다의 탐욕스러운 유혹에서 멀리 떨어져서 자
신들의 부로 살아가는 메카는 당신의 철학자가 상상했던 것과는 정
반대요. 대체 그가 우리 모슬렘들에게 가르칠 게 뭐가 있단 말이오?
　　암루는 산책로 중간에 있는 메마른 연못을 응시하며 말했다.
　　—아리스토텔레스는 훌륭한 통치자는 항상 절도와 가능성, 조화
를 가늠해야 한다고 주장하였네.
　　—프톨레마이오스의 도서관이 그의 스승의 생각과 어떤 면에서
일치한다는 것이오?
　　—세계 모든 민족의 책들을 모은다면 그들을 더 잘 이해할 수 있
고, 나아가 그들과 매우 이득이 되는 교역관계를 유지할 수 있을 거
라는 면에서 그렇네.

―하지만 하늘의 별만큼이나 많은 책을 모은다니! 신의 눈에 비추어 볼 때, 그런 터무니없고 불가능하며 또 말도 안 되는 건 내 이제껏 본 적이 없소.

―책이란 무엇보다도 교육에 쓰이는 것이라네. 아리스토텔레스가 말하기를, 가장 훌륭한 도시국가란 교육을 통해 시민들에게 덕성을 가르치는 곳이라 하였지.

―그건 통치자들 자신이 덕이 있다는 것을 전제로 할 때요.

―방금 자네는 그 철학자의 말을 글자 하나 안 틀리고 거의 그대로 말했네. 프톨레마이오스 왕은 성서에 나오는 왕인 다윗과 솔로몬처럼 덕이 깊고 지혜로운 사람이었어.

―노인장, 그것은 신성모독이오. 다윗과 솔로몬은 신의 말씀을 들었소. 그들은 전지전능하신 분의 명령을 따른 것이오.

―'구원자' 프톨레마이오스 왕께서는 우리 세 종교에 공통적인 성서, 즉 우리 친구들은 구약이라 부르고 또 우리 둘은 토라라고 부르는 그 책을 읽으셨다는 걸 아시는지요? 프톨레마이오스 왕은 그 책을 그리스어로 번역까지 시키셨고, 그로써 기적이 일어났지요.

대화가 약간 위태롭게 돌아가는 것을 보고 라제스가 끼어들었다.

―유대인이여, 난 자네 말을 믿지 않네. 자네는 하느님의 말씀을 듣고도 교묘히 왜곡했다고 선지자께서 말씀하신 그 종족의 일원이니까.

―라제스의 말은 한치의 틀림도 없는 진실이오.

필로포노스와 히파티아가 너무도 진지하게 합창을 하다시피 외치자, 암루는 깜짝 놀랐다.

―내 말이 아마도 너무 과격했나 보군. 하지만 왜 당신네 히브리인들은 당신네들과 똑같이 하느님을 믿는 우리 모슬렘의 신앙을 그

토록 번번이 뭘 모르는 짓, 더 심하게 말해서 어리석은 짓으로 여기는 거요? 우리가 한낱 목동이고 유목민이며, 교회라고는 사막의 모래밖에 갖지 못한 가난하고 무지한 백성이기 때문이오?

— 거상인 당신이 그토록 가난한 줄은 몰랐는데요. 예전에 이곳에 왔을 때, 당신은 백스무 마리의 낙타들에 칼이나 코란이 아니라 아름다운 비단과 그윽한 향대를 싣고 있었지요. 당신이 무지하다는 말에 대해선, 이번 논란이 벌어지는 내내 무지란 전적으로 상대적이란 걸 당신이 몸소 우리에게 증명해주지 않았나요?

히파티아는 비꼬는 듯한 말투로 끼어들었다.

— 믿지 못할 여자로군! 아첨을 하더니 이번에는 조소하는 건가…… 그대는 그런 주장으로 날 꺾을 수 있다고 생각하오?

암루는 껄껄 웃으며 탄성을 올렸다.

— 우리는 당신을 꺾으려는 게 아니라 설득하려는 거예요. 이 장소를 파괴하려는 자는 하느님과 인간들 앞에 가장 끔찍한 범죄를 저지르는 자가 될 거라는 걸 설득하려는 것이지요. 사람들은 프톨레마이오스 왕에게 '구원자'라는 별칭을 붙였어요. 알렉산드로스가 잘못된 방향으로 가지 않게 여러 번 막아주었기 때문이지요. 하지만 저는 무엇보다도 그가 전쟁과 침략의 제물이 될 시기에 세상의 모든 지식을 구해냈기 때문에 그 별칭을 받을 자격이 있다고 말씀드리는 바입니다.

젊은 아가씨는 진중히 대답했다.

— 그렇다면 그대는 여러 민족의 장래가 과거의 지식을 토대로 건설된다고 생각하오?

— 사실이지요. 도서관을 구해낸다면 당신도 틀림없이 '구원자 암루'라는 훌륭한 별칭을 얻을 수 있을 거예요.

─과거에 상인이었던 나는 파괴보다는 건설을 더 좋아하지. 하지만 거듭 말하건대, 당신네 도서관은 바벨 탑을 떠올리게 해. 세상의 모든 글들을 한 군데 모은다는 것은 하늘에 도달하려는 것과 마찬가지로 커다란 죄악이야. 당신네 성서에는 그러한 오만함을 가진 사람들을 벌하기 위해 하느님께서 그들을 땅 위 여러 곳으로 흩뜨려놓고 그들이 서로를 이해할 수 없도록 공통된 언어를 뒤죽박죽 섞어놓았다는 사실이 쓰여 있지 않은가?

　　─성서도 때로는 말장난을 하지요. 히브리어로 '바벨'이라는 명사와 '뒤죽박죽 섞다'라는 동사는 마찬가지로 쓰이거든요.

　　라제스가 끼어들었다.

　　─말장난이라니 그게 무슨 말인가? 그대의 성서가 하느님의 말씀이라면 진리만을 말할 뿐이거늘.

　　─제가 그리스어로 번역한 토라를 이야기하면서 보여드리려 했던 게 바로 그것입니다. 70인역 성서[20]의 기적을 말씀드릴 수 있게 허락해주십시오.

　　─그러지. 대신 내일 하게나. 말솜씨가 좋아야 할 거야. 내가 자네 이야기를 믿으리라는 확신이 서지 않거든!

　　'그가 무엇보다도 오마르를 설득할 수만 있다면!' 세 명의 알렉산드리아인이 예를 갖추어 절하고 물러날 때 그 수장은 생각했다. '그렇다면 예언자의 마지막 글들을 불태워버리는 죄, 자신에게 떨어진 그 죄를 감히 되풀이하겠는가?'

---

20) 현재 전하는 가장 오래된 그리스어역 구약성서. 72명의 학자가 번역했다는 전설에 따라 붙여진 이름이다. BC 3세기 중엽에 '모세 5경'이 번역되었고, 그 뒤 약 100년 사이에 현재 정경(正經)의 거의 전부가 번역되었다.

70인역 성서

(라제스의 첫번째 풍자문)

알렉산드리아에는 온갖 언어의 책들이 점점 더 쌓이고 있었습니다. 시리아어, 페르시아어, 이집트어, 산스크리트어 등등이죠. 히브리어만이 빠져 있었답니다. 도서관 사람들은 유대인의 언어는 아람어라고 믿었고 히브리어가 존재한다는 사실조차 모르고 있었습니다. 사실 문어인 히브리어 역시 성스러운 언어입니다. 게다가 사람들은 유일신만을 섬기며 우상숭배를 하는 종교들을 인정하지 않으려는 유대 민족에게 커다란 불신감을 갖고 있었지요.

그래서 당시 프톨레마이오스 왕은 자신의 왕국에 사라피스[21]에 대한 그리스-이집트 신앙을 퍼뜨리려고 했는데, 이는 자신이 다스리는 두 공동체를 동일한 신앙으로 통합시키려는 의도에서였습니다. 암루, 당신은 종교적 관용이 문명의 제1요소라는 가르침을 명

---

21) 이집트, 그리스의 태양신. 사라피스에 대한 제의는 성스러운 이집트의 황소 아피스와 연관해서 거행되었고, 점차 태양신뿐 아니라 치료와 풍요의 신으로 숭배되었다.

심하시기 바랍니다. 왕은 동물을 숭배하는 이집트 백성들의 그 야 릇한 우상숭배를 한 번도 칼이나 불로 근절시키려 하지 않았습니 다. 물론 꿀 바른 파이를 악어에게 바치거나 암소를 숭배하는 것은 그리스인들에겐 터무니없어 보였죠. 어쨌건 올림포스의 주인인 제 우스도 이오를 유혹하기 위해 동물 모습으로 변신하지 않았던가 요? 그래서 그리스 신들과 이집트 신들이 서로 싸우지 않고 공존하 는 것으로 결정이 났지요. 서로 반대편에 서는 대신 나란히 놓이게 된 겁니다. 게다가 알렉산드로스는 그런 예를 제시하기도 했습니 다. 자신이 제우스의 아들이자 염소 머리를 한 이집트 신인 아몬의 아들이라고 선언했으니까요. 그의 후계자인 프톨레마이오스는 교 묘히 또다른 결합을 선포했습니다. 남성 신인 디오니소스와 오시리 스를 고귀한 여신인 사라피스 속에 녹아들게 한 것처럼 말이지요.

왕은 어느 누구에게도 강요하지 않았지만 수많은 아첨꾼과 야심 가들은 이 종교를 열성적으로 따랐습니다. 그중에는 도서관 설립자 인 디미트리오스도 있었습니다. 그는 즉각 개종하고 종교의식을 집 행했지요.

하루는 왕이 도서관의 복도를 거닐고 있었습니다. 디미트리오스 가 자리를 비운 터라, 건물 감시를 책임지고 있는 유대인 장교 아리 스테아스를 대동하고 말이지요. 여느 때처럼 프톨레마이오스는 획 득한 책의 권수를 물었습니다.

"오, 왕이시여, 십만 권 가까이 됩니다. 하지만 우리에겐 없는 성 서들이 있는데, 예루살렘과 유대 지방의 보편적인 유일신에 대한 것들입니다."

프톨레마이오스는 다른 모든 책들과 마찬가지로, 가장 뛰어난 학 자와 랍비들에게 토라의 그리스어 번역을 즉각 명했습니다.

그런데 디미트리오스는 그 사실을 모르고 있었습니다. 처음으로 그는 왕이 자신에게 내린 임무, 전세계의 모든 책들을 모아들이고 번역하고 분석하라는 임무를 망칠 뻔했답니다. 디미트리오스는 유일신 신앙이 퍼져나가 공식적인 사라피스 숭배가 공격당하지나 않을까 두려워했습니다. 그는 사라피스를 숭배하는 대사제 중 한 명이었지요. 그는 또한 알렉산드리아에 무척 많이 살고 있는 유대인들을 이집트 백성들이 증오하고 있다는 것도 알고 있었습니다. 그 증오심은 아마도 히브리 민족의 이집트 대탈출 이래 뿌리 깊이 자리잡은 것이겠지요. 그래서 괜히 그들 종교에 지나친 호의를 베풀다가, 외곽과 시골에서 정기적으로 일어나는 것과 같은 폭동을 야기시킬 필요가 없다고 보았던 것입니다.

하지만 무엇보다도 도서관장인 그는 자신이 거부하는 진정한 이유, 즉 그리스를 도망쳐 나오면서 했던 맹세에도 불구하고 정치욕이 심마(心魔)처럼 자신을 다시 사로잡았다는 사실을 고백하고 싶지 않았습니다. 평생 동안 자신에게 주어진 임무에 헌신하는 대신, 노쇠해가는 프톨레마이오스 왕의 후계 문제에 특별한 관심을 갖고 또다시 술책을 꾸미기 시작했던 것이지요.

프톨레마이오스는 정복자 알렉산드로스 대왕의 휘하에서 일하다가, 에우리디케라는 여인을 첫번째 부인으로 삼았습니다. 마케도니아에 있는 대왕의 타락한 후손들을 가르치는 교사가 된 어느 장군의 딸이었지요. 그 결혼에서 네 명의 자녀가 생겼는데, 그렇다고 해서 프톨레마이오스와 그의 장인이 전쟁을 벌이지 않았던 것은 아닙니다. 전쟁은 장인이 죽을 때까지 계속되었지요. 프톨레마이오스는 키레나이카를 점령하자, 이집트와 그 나라 간의 결속을 다지고자 그곳 군주의 딸인 베레니케를 아내로 삼았습니다.

베레니케는 알렉산드리아에서 이내 영향력을 갖게 되었고, 반면 잊혀진 여인인 에우리디케는 차츰 부차적인 역할로 밀려나게 되었습니다. 물론 그녀를 따르는 무리도 있었는데, 그중 중요한 인물 중 하나가 디미트리오스였지요. 그런데 베레니케가 아들을 낳자, 왕은 그 아들을 자신의 후계자로 지칭하며 프톨레마이오스라는 이름을 붙여주었습니다. 백성들은 모두 깜짝 놀랐지요.

디미트리오스는 왕의 결정을 번복시키려 하면서 에우리디케의 맏아들에 대한 선호를 나타냈지요. 그리스인다운 오만에 젖은 그로서는 야만인이, 지나치게 어두운 피부색의 거류 외국인이 언젠가 알렉산드리아를 통치하게 되리라는 것을 상상도 할 수 없었던 것입니다. 프톨레마이오스는 매우 냉담하게도 자신의 옛 친구를 두루마리들이 있는 곳으로 돌려보내버렸습니다. 그때부터 사서는 자신이 섭정이 되어 베레니케와 그 아들을 제거하고 진정한 그리스인인 첫째 왕비의 장남을 왕좌에 앉히기 위해, 왕이 서거하기를 바라는 지경에 이르렀던 것입니다. 그런 가운데 그는 아리스테아스의 제안을 거절했고, 옳건 그르건 간에 베레니케는 성서를 따르는 종교를 믿고 있다고 생각하게 되었습니다.

아리스테아스는 둘째 왕비의 측근이었습니다. 시인 칼리마코스와 마찬가지로 왕비와 함께 키레나이카에서 온 그는 그리스 문화에 심취해 있는 추방당한 유대인들 중 하나였습니다. 예루살렘의 바리새인 율법학자들은 그들을 미워했고, 약간 부당하긴 하지만 때로는 우리의 몇몇 선지자들이 그들을 훈계하곤 했지요. 그렇지만 그는 자신이 믿는 종교의 그 어느 것도 부인하지 않았고, 또 공동 목욕탕에 갈 때 가짜 포피를 만들어 음경에 달고 가는 사람들 축에도 끼지 않았습니다. 오히려 그는 진심으로 하느님의 말씀을 귀족들 사이에 퍼뜨리기를 희망했습니다. 암루, 알고 보면 당신과 좀 닮았지요.

디미트리오스가 부당하게도 자신의 제안을 거절하자, 아리스테아스는 화가 났습니다. 왕궁에서 벌어지는 음모를 증오하던 그는 베레니케에게 달려가 불평을 늘어놓았지요. 그러자 베레니케 왕비는 왕비대로 그 사실을 왕에게 고했고, 왕은 장시간 자신의 도서관 사서를 꾸짖었답니다. 그것이 젊은 시절 친구였던 두 사람 우정의 끝이었습니다. 예전에는 왕의 자문을 맡았지만 결국 신임을 잃고 평생 도서관에 갇혀 사는 신세가 되었습니다. 자신이 만들어낸 작품의 수감자가 된 것이지요. 한편 왕은 자신의 결심이 확고하다는 것을 분명히 하기 위해 베레니케에게서 낳은 아들을 권좌에 합류시켰습니다. 그 후 왕은 도서관에 들를 때면 항상 그 아들을 대동했지요. 디미트리오스는 패배한 것이었습니다.

아리스테아스는 도서관 내의 강력한 실권자가 되었습니다. 그 젊은 장교에겐 군인 같은 기질이 전혀 없었습니다. 그는 한 번도 싸운 적이 없었지요. 베레니케가 키레네[22]의 한낱 공주로 시인과 지식인들에 둘러싸여 지내던 때에, 그는 가장 총명한 젊은 시절을 그녀의 궁에서 생활했답니다. 파피루스와 잉크 제조 분야에 관해 잘 알고 있던 덕분에 아리스테아스는 자연스럽게 필경사들의 우두머리가 되었지요. 그렇지만 초기에는 그러한 직위란 순전히 명예직에 지나지 않았습니다. 그는 성서를 도서관에 반입하고 그것을 번역시키는 데 혼신의 힘을 기울여야 했습니다.

그건 사소한 일이 아니었습니다. 물론 알렉산드리아에서는 더이상 반대하는 사람이 없었지요. 오히려 왕은 그 작업을 서둘러, 자신

---

22) 그리스 식민지인 키레나이카의 수도.

이 죽기 전에 모세의 율법을 알 수 있게 해달라고 요구하기까지 했습니다. 게다가 아리스테아스는 두루마리 성서를 구하는 데 별다른 어려움을 느끼지도 않았습니다. 자신이 가지고 있던 것을 도서관에 기증했으니까요. 그에게 남은 일이라곤 번역가들을 구하는 것뿐이었습니다. 그런데 그게 가장 어려운 일이었지요.

옛 이집트의 식민으로 살던 유대인들은 도시가 건설되자마자 왕궁과 인접한 지역으로 와서 정착했습니다. 그들과 그리스인들은 거의 구별이 안 될 정도였지요. 그런 사람들 중에서 번역을 맡을 율법학자들을 구할 수는 없었습니다. 알렉산드로스와 프톨레마이오스가 팔레스타인 지방에서 전쟁을 치를 때 잡아왔던 노예들 중에서 찾을 수도 없었지요. 특히 전리품처럼 획득한 옛 병사들과 그 가족들 중에서 구한다는 건 더더욱 안 될 일이었지요.

알렉산드리아까지 와서 기꺼이 번역 작업에 착수해줄 율법학자와 필경사들을 찾아내기 위해, 예루살렘으로 가야 했습니다. 팔레스타인은 그리스의 수중에 떨어진 지 사십 년이 훨씬 지나 있었기 때문에 점령자들의 새로운 문물에 매료된 유대인들이 많았지요. 철학자와 시인들을 알게 되었고, 공동 목욕탕과 경기장에도 다녔고, 아테네까지 여행도 했으며, 점령자들과 결혼을 약속하기도 했지요. 바리새인 사제와 율법학자들은 자신들이 '두번째 황금 송아지'라고 비난하는 것에 현혹되어 신도들이 자신들에게 등을 돌리는 것을 격렬하게 꾸짖었습니다. 전 세계 종교들이 모두 그렇지요. 종교지도자들은 다른 곳에서 오는 모든 것, 특히 좋고 아름다운 것에 대해서는 공포심을 갖거든요. 또 하나의 진리가 있다는 것은 설령 그것이 자신들의 진리에 위배되는 것이 아니라 할지라도 그만큼 지상에서의 자신들의 힘을 약화시키니까요. 암루, 그렇지 않습니까?

이렇게 자꾸 캐묻기 좋아하는 제 성격을 용서하십시오. 다시 아리스테아스 이야기로 돌아가겠습니다. 예루살렘에 맨손으로 갔다가는 거절당할 것이 뻔하다고 생각한 그는 출발 전에 왕을 알현하여 히브리의 율법학자들이 도서관에 와서 일하는 것을 승낙하는 대가로 노예로 잡혀 있는 모든 유대인들을 해방시켜줄 것을 약속해달라고 요청했습니다. 프톨레마이오스는 그러겠다고 했지요. 자신의 선임자였던 파라오와는 반대로, 그는 모세의 백성들은 속박당해 있을 때보다 자유로울 때 나라에 더 도움이 되리라는 것을 알아차린 것이지요.

왕의 약속으로 사기충천한 아리스테아스는 예루살렘으로 떠날 채비를 갖추었습니다. 그는 어린 시절에 예루살렘을 본 것이 마지막이었습니다. 알렉산드리아의 훌륭한 시민이 된 그는 예루살렘이 그토록 조그만 도시라는 것에 약간 실망했습니다. 시온 산과 여호와의 신전[23]을 합쳐놓아도 파로스 섬에 고스란히 들어갈 것 같았으니까요.

그의 예상과 달리, 유대인 사제 평의회인 산헤드린은 아무 어려움 없이 프톨레마이오스의 요청을 받아들였습니다. 72명으로 구성된 그 종교재판소의 구성원들은 대사제와 마찬가지로 몸소 갈 수도 있었겠지만, 그들 대부분은 그리스어를 몰랐습니다. 그래서 자신들을 대표할 수 있는 사람들을 신중히 선발했지요. 이스라엘의 12부족을 대표해서 각 부족에서 원로 6명씩 12그룹을 지명하였습니다. 나중에는 그들을 '70인의 학자들'이라고 부르는 전통이 생겼는데, 이는 아마도 게으른 필경사가 계산을 잘못해서 그렇게 된 것

---

23) 솔로몬이 예루살렘에 세운 신전을 말한다.

52

일 겁니다. 손을 떠는 72명의 백발노인들 무리를 상상해서는 안 될 것이라고 생각합니다. '원로'라는 말은 정확히 '가장' 혹은 '무리의 우두머리'를 의미하기 때문입니다. 나이의 문제가 아니지요. 매우 박식한 그들은 그리스어를 완벽히 구사했습니다. 따라서 '귀족'들의 세계에 대해 개방적이고, 또 전통에 그리 얽매이지 않는 사람들이었습니다. 게다가 그렇게 오랜 여행을 하고 막중한 임무를 수행하려면 장년기에 들어선 사람이 아니면 안 되었지요.

연대기에 따르면, 그들이 도착하자마자 프톨레마이오스 왕은 왕궁의 커다란 접견실에서 그들을 맞이했다고 합니다. 또한 7일 동안 연회를 베풀었는데, 그 기간 중에 왕은 자연과 하늘, 남자와 여자, 올바른 통치에 관한 모든 것들을 그들에게 물었고, 72명의 랍비들은 완벽하게 대답해서 토라가 전지전능하다는 것을 그에게 납득시켰다고 합니다.

당신도 아마 이해했겠지만, 제가 말씀드리는 연대기는 어느 유대인의 손으로 쓰여진 것입니다. 호교론적인 그런 종류의 문학은 제가 믿는 종교에는 해당되지 않습니다. 그런 연대기는 서가에 흔히 널려 있는데, 학자는 늘 훌륭한 입담으로 군주를 진리의 길로 이끌어야 한다는 강요된 상황 속에서 쓰인 것이죠. 제 말은 그런 학자들의 수만큼이나 수없이 많은 진리가 있다는 겁니다. 군주들의 수도 그만큼 많지요.

만일 그 연대기를 알고 싶다면 어느 책장에 꽂혀 있을 터이니 보여드리지요. 제목이 '아리스테아스의 서한'인데, 아마 우리가 얘기하는 그 장교가 직접 쓴 게 아닐 가능성이 높습니다. 어쨌건 그 책에는 72명의 율법학자들 중 왕에게 도서관이 쓸모없다는 걸 입증하려 한 사람은 하나도 없었다고 쓰여 있습니다. 물론 그들은 왕에게 모든 것은 성서에 쓰여 있노라고 주장하곤 했습니다. 누가 그렇지 않다고 하겠습니까? 그렇지만 암루, 한 번도, 단 한 번도 그들은 이제 다른 책들은 필요없다는 주장을 펴지 않았습니다.

플라톤을 흉내 낸 그 연회가 끝나자, 70인(그리고 두 사람, 저는 게으르지 않으니까요)은 프톨레마이오스에게 일을 시작할 수 있게 해달라고 했습니다. 그들의 요구 사항은 한 가지뿐이었습니다. 무세이온을 우상을 섬기는 사원으로 간주하던 그들은 그 무세이온 안에 들어가지 않고 72개의 독방을 사용할 것이며 자신들의 번역이 끝난 뒤에만 그 방에서 나오겠다는 것이었습니다. 그동안 그들은 절대 서로 이야기를 나누지 않겠다고 했습니다. 왕은 기꺼이 승낙했고, 아직 탑이 세워지지 않은 파로스 섬이 가장 적합하고 조용한 곳이라고 생각했습니다. 도시와는 오직 다리 하나로만 연결되어 있기 때문에 그곳을 감시할 병사들이 많지 않아도 되었지요. 전시에는 병사들을 그렇게 아낀다고 해서 지나친 일이 아니었으니까요. 그는 또한 토라의 번역이 완료될 때까지는 탑의 건립을 중단하라고 명령했습니다. 그리고 필요한 방들을 섬에 지었습니다.

그 준비 기간 동안에 우리의 72인이 무엇을 했는지 저는 모릅니다. 아무튼 알렉산드리아는 그들에게 아이스킬로스나 소포클레스식으로 모세 5경을 공연하는 유대인 극장부터 시작해서 많은 여흥 거리를 제공했습니다. 보다 세속적인 다른 것들도 물론 제공했지만 그들은 여지없이 거절했지요. 그래도 부족의 우두머리들 아니겠습니까?

때가 되자, 그들은 섬에 들어가 격리되었습니다. 나중에 사람들은 그들의 작업이 지연되어 탑 공사도 중단되고, 또 그 기간에 죽은 '구원자' 프톨레마이오스 왕이 자신의 두번째 작품, 즉 그의 사후에 완성된 세계 7대 불가사의 중 하나인 등대를 보지 못했노라고 탓했습니다. 무엇인들 유대인의 탓으로 돌리지 못하겠습니까? 유대인에 대한 비난은 많지만, 그중에서도 그 비난은 허위라는 점을 저는 강조하는 바입니다. 그들이 일한 기간은 고작 두 달 반이었으니까요.

사실 72일째 되던 날, 72인의 번역가들은 작업이 끝나자 동시에 자신들의 독방에서 나왔습니다. 목표에 이르고자 각자 7,200개의 두루마리를 번역하고 720병의 사이프러스 산 포도주를 마셨다고 하는데 저는 모르겠습니다. 그건 숫자에 대해서 저보다 잘 아는 히파티아가 당신에게 말해줄 것입니다. 하지만 연대기에 따르면, 그 72가지 번역본을 비교했는데 놀랍게도 거의 글자 하나 틀리지 않고 같았답니다…… 이게 기적이 아닐까요?

암루, 자신도 번역가임을 시인하다

— 자네는 참으로 경박한 어투로 토라에 관해 말하는군. 그건 이스라엘 자손들과 이스마엘 자손들의 성서라네. 그러니까 라제스, 자네와 나의 율법에 관한 것이지. 또한 기독교도들의 율법에 관한 것이기도 하고. 그걸 비웃는다는 건 신성모독일세.

암루가 평을 늘어놓았다.

— 당신도 그 책을 불같이 옹호하시는군요. 아마도 그와 똑같은 불로 그 책을 파괴하시겠지요.

— 말장난은 그만두게. 대체 자네한텐 모든 게 농담거리에 지나지 않는단 말인가?

— 저 사람의 조롱 어린 가면을 믿지 마세요. 아니 차라리 방패라고 해야겠지요. 도서관에서 일하지 않을 때면 라제스는 도시의 가장 빈곤한 동네에서 전염병이 옮거나 봉변을 당할지도 모르는 위험을 무릅쓰고 가난으로 병든 자들을 치료하면서 시간을 보낸답니다.

그래서 온갖 비참함을 너무도 자주 보지요. 파리들이 목을 축이는 아이의 갈라진 배, 분만의 고통으로 죽어가는 산모, 어쩌면 당신의 칼에 그렇게 되었을지 모를, 팔이 잘려나간 병사 등등…… 그토록 혐오스러운 광경을 수없이 접한 그에게 우리의 논쟁이 뭐 그리 중요하겠어요? 그의 쾌활함, 겉으로 드러나는 경박함은 그를 사로잡고 있는 그 끔찍한 모습들을 잠시라도 잊게 해주지요.

히파티아가 끼어들었다.

— 히파티아, 네가 내 행동을 정당화해줄 필요는 없어.

조롱 어린 표정이 완전히 사라진 라제스가 이 사이로 말을 내뱉었다.

— 이 여인에게 그런 투로 말하지 않았으면 하네.

암루가 나무랐다.

— 식사가 준비된 것 같은데.

토론이 수탉들의 싸움으로 변질되지 않기를 바라는 필로포노스가 제지하며 나섰다.

— 암루, 자네는 내가 70인역 성서 이야기를 아무리 들어도 물려하지 않는 이유를 이해하겠나? 그것은 내게 철학과 계시의 만남이기 때문일세. 내 일생은 바로 그 결합을 위한 투쟁에 지나지 않는다네.

— 그렇지만 엄밀하게 공증된 그 72개의 번역본들 어디에 기적이 있는지 모르겠군. 모든 히브리어 단어에는 똑같은 의미로 상응되는 그리스어 단어들이 있지 않소?

암루가 투덜거렸다.

— 제가 '바벨' 과 '뒤죽박죽 섞다' 라는 동사가 동음이의어라고 말한 것은 단지 저의 박식을 헛되이 자랑하려고 한 것이 아니었습니다. 비꼬려고 한 것은 더더욱 아니지요. 의미가 전부가 아니라는

걸 말하고자 했던 것입니다. 그렇지 않다면 70인역 성서의 번역자들은 예컨대 '대혼란의 탑'이라고 썼을 수도 있는데, 그렇다면 반역이 되었을 테지요. 아리스테아스라고 자칭하던 사람이 『아리스테아스의 서한』을 쓸 때 '원로'를 '노인'이라고 번역하면서 저지른 그런 반역 말입니다. 그 이야기에서 나이는 전혀 상관이 없는데 말이지요. 열사의 사막 출신인 당신은 '눈' 하면 무엇을 떠올립니까? 아마 북극에 내리는 눈과 완전히 똑같은 그런 눈은 아니겠지요? 언젠가 당신네 코란을 그리스어나 라틴어로 번역해야겠다는 생각이 든다면, 모든 단어들이 때로 어쩔 수 없이 에둘러 돌아가야만 하는 장애물과 같다는 것을 확인하실 수 있을 겁니다. 물론 70인역 성서의 기적이 마호메트의 책에 다시 한번 재현되지 않는다면 말이지요.

— 그럴 생각을 해보았네. 심지어 내가 정복하게 될 땅의 백성들에게 내가 직접 신의 말씀을 전하겠노라고 칼리프에게 제안하기까지 했지. 칼리프는 그것은 신성모독이 될 거라며 거절했어. 하느님의 말씀은 다른 어떤 언어가 아니라 오직 아랍어로 예언자에게 전해지는 것이기 때문이라면서 말이지.

— 오직 하나의 언어만 쓰는 신이라니! 신의 보편 편재성을 참 이상한 방식으로 생각하는군요.

라제스가 농담을 던졌다.

— 딱한 일이지!

장군은 한숨을 내쉬고는 말을 이었다.

— 당신들에게 고백하는 셈이지만, 난 이 도서관과 이 도서관을 건립한 '구원자' 프톨레마이오스 왕을 존경하기 시작했소. 내 개인적인 생각으로만 말하자면, 알렉산드리아를 이슬람의 보배로 만들

고 싶소. 하지만 나는 한낱 군인일 뿐, 칼리프인 오마르가 어떤 명령을 내리든 그 명령에 따라야만 하오. 이 모든 과거의 위대한 유산을 존중해야 한다는 걸 그에게 설득시킬 수 있도록 날 도와주시오. 70인역 성서만큼 심오한 이야기를 내게 더 해주시오. 그런 이야기를 들으면 마치 내 마음이 움직인 것처럼 그의 마음도 움직일 수 있을 것이오. 이 모든 책들이 코란을 거스르는 것이 아니라, 오히려 그 반대로 코란에 쓰인 말씀을 확인시켜주며 더 큰 위대함을 부여하는 것이라는 사실을 그에게 증명할 수 있도록 도와주시오. 어쩌면 그의 마음이 누그러질지 모르니…… 당신들 중 하나가 어느 청년 얘기를 했는데, 재능이 뛰어나 무례하기까지 했고 또 별을 세는 자라고 했소. 그자의 이야기를 오마르에게 하면 쓸모가 있을까? 칼리프는 그자가 조물주의 작품을 목록으로 만듦으로써 신을 불신할 태세를 갖춘 악마의 사도라고 생각하지 않을까?

— 유클리드는 별을 세지 않았어요.

히파티아가 부드러운 말로 정정해주며 덧붙였다.

— 하지만 그가 창안한 기하학은 결국 별을 관측하는 것에 이르지요. 사실, 암루 당신은 느끼지 못하겠지만 당신 자신도 유클리드의 제자랍니다. 당신이 군대를 이끌고 여기까지 올 때 낮에는 해를 보고 밤에는 별자리를 찾아가며 길을 따라온 것이 아니던가요?

— 그 유클리드라는 자의 이야기는 내일 그대가 해주시오. 지금은 물러가 편안히 쉬고 그대들이 주장하는 것을 곰곰 생각해보시오.

'그래, 적은 암루 당신이 아니라 당신의 군주야. 그렇다면 모든 정복자 군대의 장군은 결국 자신이 몸 바쳐 싸운 자의 권좌를 원하

게 마련이라는 공리에서 시작하자.' 아름답고 박식한 히파티아는
이런 생각을 하며 안심했다. '조심하라, 사막의 카이사르여. 클레
오파트라처럼 나는 그대 앞에 지식의 양탄자를 펼칠 터이니. 그대
는 오마르라 불리는 그대의 위대한 거물이 가진 권력뿐만 아니라
메디나를 탐내게 되리라.'

유클리드의 무례

(히파티아의 첫번째 노래)

유클리드의 생애에 대해서는 알려진 바가 거의 없어요. 생이 짧아서 그런지 그를 안다고 자랑스레 떠드는 사람들도 드물지요. 하지만 그의 작품은 뛰어나며 그 수도 많답니다. 그가 쓴 책을 꽂으려면 책장 세 개로도 충분치 않을 거예요. 그렇듯 다른 이들과 똑같았던 청년이 디미트리오스의 직속 부관, 에페소스 출신의 문법학자로서 공식적으로는 최초로 사서라는 직함을 지닌 제노도토스 앞에 서게 되었어요. 사실 디미트리오스는 도서관뿐만 아니라 무세이온 전체를 맡고 있었답니다. 그는 무세이온에 거주하는 사람들을 위해 중앙 광장 주변으로 산책로, 나무 그늘 쉼터, 원형의 대형 식당을 만들게 했었지요. 위대한 헤로필로스의 지휘 아래 있던 의사들은 특별 해부실들을 사용하고 있었어요. 책과 마찬가지로 전 세계의 모든 동식물을 한자리에 모으기 위해 만든 동물원과 식물원도 있었고요.

유클리드는 짐이라곤 가방 하나에, 기하학을 다룬 '기하학 원본' 이라는 제목의 자신의 첫 저서 세 권을 담아왔을 뿐이었어요. 그는 그리스 메가르 출신으로, 플라톤의 아카데메이아에 속해 있었던 그 의 할아버지 유클리드의 추천을 받아 사서를 찾아오게 되었답니다. 사실 추천은 필요 없었어요. 기하학자라는 자격만으로도 무세이온 의 문을 열고 들어오기에 충분했으니까요. 도서관 장서들이 들어오 기 시작한 초엽의 상황은 그랬답니다. 아주 자연스럽게 디미트리오 스는 자신이 알고 있는 사람들, 그러니까 아테네의 학교라든가 아 카데미를 막 나온 문법학자, 철학자, 시인들을 자신을 도와달라고 불렀어요. 프톨레마이오스 왕은 왕대로 자신의 왕조를 굳건히 하고 정당화하는 데 전념하고 있었지요. 그래서 자신이 고용한 학자들로 하여금 역사, 여러 민족의 서사시와 시조 신화들, 세상의 모든 종교 들, 호메로스, 조로아스터, 길가메시,[24] 그리고 또 라제스가 당신에 게 이야기한 것과 같이 성서 같은 책들을 연구하게끔 유도했습니 다. 왕 자신이 손수 『알렉산드로스 대왕의 역사』를 쓰지 않았겠어 요? 디미트리오스가 제노도토스의 도움을 받아 『일리아드에 관하 여』에 덤벼든 것처럼 말이죠. 키레네의 시인인 칼리마코스는 이집 트 여왕인 아르시노에의 『예언』을 쓰려 하고 있었지요. 그리고 그 위대한 시인의 제자인 로도스[25] 출신의 아폴로니오스는 『아르고나 우티카(아르고 선의 영웅들)』에 착수했고요.

만일 박물관이 시, 종교, 철학, 언어, 문학만으로 만족한다면 보 편적이고자 하는 그 목적에 도달하지 못하리라는 걸 모두들 느끼고 있었답니다. 그러니 기꺼이 플라톤의 학교에 쓰인 것과 마찬가지로

24) 고대 메소포타미아의 영웅 중 가장 잘 알려진 인물.
25) 에게 해 동남부의 그리스령 섬.

"기하학자가 아닌 자는 누구도 여기 들어오지 말지니"라는 문구를 도서관 정문의 박공에 써넣을 수도 있었을 거예요.

그때 첫번째 기하학자로 제노도토스 앞에 나선 사람이라고는 무사태평한 키 큰 청년 하나밖에 없었는데, 그 청년은 아무렇지도 않게 그곳에서 일하게 해달라면서 여러 시간 동안 산책로를 걷는 수염이 허연 박식한 학자들과 똑같은 혜택, 똑같은 숙소, 똑같은 임금을 요구했던 거예요. 물론 사서는 학자들로 구성된 심사위원회를 열어 먼저 그의 저서인 『기하학 원본』을 읽혀 토론을 벌이게 한 뒤, 그들의 시험에 통과해야 한다고 유클리드에게 일러주었지요. 그런데 유클리드는 대수로운 일이 아니라는 듯 그 짬을 이용해 자신은 피라미드의 구조를 연구하러 가겠노라고 대답한 거예요.

그가 나일 강을 따라 여행을 떠나기에 앞서 던져두고 간 저서를 읽은 독자이자 심사위원들은 청년이 쓴 저서의 정확성과 거기에 기울인 심혈에 몹시 놀랐답니다. 그들은 당시 유행하던 피타고라스주의자들의 것처럼 도형과 수에 대한 신통치 않으면서 알쏭달쏭하고 예언적이고 난해한 작품을 예상했지요. 그런데 그와 반대로 모든 것이 체계적으로 증명되고 전개된, 마치 천상의 음악처럼 투명하고 아름답고 조화로운 글이었던 거예요. 그래서 그들은 기자[26]의 햇볕에 얼굴이 그을린 유클리드라는 자를 소환하게 되었어요.

"세계의 불가사의, 피라미드라고 하는 완벽한 기하학적 구조물들을 보고 왔으니 묻는 말인데, 자네는 피타고라스가 그것들을 세웠다고 하는 자들의 말을 인정할 수 있겠는가?" 하고 프톨레마이오스 왕은 물었어요.

---

26) 이집트 북부 도시로, 부근에 피라미드와 스핑크스가 있다.

"왕이시여, 저는 피타고라스라는 사람을 전혀 모릅니다. 사실을 고백하자면 그런 질문은 제 관심사가 아닙니다. 이 자리에서 딱 한 가지만은 확언드릴 수 있습니다. 고대 파라오들이 그 건축물들을 세우기 위해 뛰어난 기하학자들의 도움을 청했다는 것입니다. 그들의 영광에 이르기 위해 왕께서도 마찬가지로 하실 수 있기를 바랍니다!"

이 무례하기 짝이 없는 대답에, 회중 가운데에서 몇몇 질책의 웅성거림이 들려왔어요.

"하지만 젊은이, 그대는 피타고라스가 삼각형이야말로 모든 세대의 원칙, 궤적을 그리는 모든 것들의 형태의 원칙이라고 썼다는 것을 알고 있지 않은가? 피라미드란 삼각형들을 쌓아놓은 것이 아니라면 대체 무엇이란 말인가?" 디미트리오스가 물었어요.

"그렇게 말하는 걸 들은 적은 있지만, 잘 모르겠습니다. 이 나이에 저는 아직 많은 것을 모릅니다. 그의 사고로 쓰여진 도형들이 있다는 것도 말입니다. 대신 제가 아는 것은 피타고라스가 말하는 삼각형이란 피라미드의 네 면을 이루는 삼각형들과는 전혀 관계가 없다는 것입니다. 이집트인이 신성시하는 도형은 직삼각형으로, 그들은 그것이 완벽하고 따라서 신성하다고 여겼습니다. 또 유일무이하기 때문에 완벽한 것이었지요. 그들의 측량사들은 직각을 얻어내기 위해 매우 교묘한 방법을 찾아냈습니다. 긴 먹줄로 일정한 간격마다 매듭을 지었던 것입니다. 3, 4, 5의 길이에 해당하는 먹줄을 가지고 각각의 변이 기하학적인 연속을 이루는 그런 유일한 직각삼각형을 만들어냈지요. 그런데 사제들이 그걸 낚아채서는 수직선인 3의 선은 번식의 신인 오시리스이며, 밑변의 선인 4의 선은 수태의 신인 이시스, 빗변인 5의 선은 탄생의 신인 호루스를 나타낸다고 선포했던 것입니다. 피타고라스가 이집트를 방문했을 때, 신성한 것으로 간주되는 그 도형 덕분에 그 유명한 수학 정리를 발견했을 수 있습니다. 그게 무엇인지는 말씀드리지 않아도 저만큼 잘 아실 겁니다."[a]

유클리드의 증명은 심사위원들의 얼을 빼놓았답니다. 그들 중 몇몇은 다 이해하지 못할 정도였으니까요. 디미트리오스는 물었어요.

"그래서 자네는 우리에게 피라미드의 어느 곳에서도 그 신성한 삼각형을 찾아내지 못했다고 단언하는 것인가?"

"저는 그걸 찾지도 않았으니 아무것도 단언하지 않습니다. 저는 보잘것없는 건축가에 지나지 않지만, 제가 보기에 그 건축물들이 만일 그 도형에 따라 세워졌더라면 모래사막에서 오래 버티지 못했을 것 같습니다. 신학자나 철학자라면 한가한 시간에 그것에 매달릴 수도 있었겠지요. 분명 몇 가지를 왜곡해서라도 그 유명한 삼각형을 찾아내고야 말았을 것입니다……"

그 기하학자는 짓궂은 미소를 띠며 말을 마쳤는데, 그 때문에 여러 사람의 심기가 불편해졌지요. 유클리드는 다시 말을 이었어요.

"저로 말씀드리자면, 숫자나 도형이 상징하는 바에 대해서는 별로 신경을 쓰지 않습니다. 4가 여성신이라거나 원이 아폴론의 얼굴을 나타낸다거나 하는 것은 헛소리처럼 들립니다. 왜냐하면 증명할 수 없으니까요. 수학의 미와 유용성은 다른 데 있습니다. 아닌 게 아니라, 사제나 철학자들이 그런 걸 가지고 노는 건 그 사람들 마음이죠. 저는 그런 걸로 건축가, 측량사, 기술자와 천문학자들을 위한 가장 좋은 도구를 만들고 싶습니다."

심사진의 몇몇 사람들은 피타고라스 학파의 유명인사들이어서 분노하기 시작했어요. 유클리드는 자신이 지나쳤으며, 그런 식으로 하다가는 무세이온의 출입을 허가받지 못하리라는 걸 깨달았죠. 그래서 한껏 겸허하게 말했어요.

"제 젊은 혈기를 용서하십시오. 여러분이 보신 『기하학 원본』의 초고는 모두 철학자들과 가장 위대한 철학자인 아리스토텔레스 덕분에 쓴 것입니다. 그분의 삼단논법이 없었다면 저는 아무것도 아닐 것이고, 아무것도 모를 것이고, 아무것도 발견하지 못했을 것입니다."

그러자 디미트리오스가 주의를 주었어요.

"조심하게, 젊은이. 자네가 휘젓는 그 분야에는 나도 약간은 조예가 있는 편이네. 자네는 설득력을 키워야겠어. 그 삼단논법 중 가장 단순하고 유명한 걸 한번 들어보지. '모든 사람은 죽게 마련이다. 소크라테스는 사람이다. 고로 소크라테스는 죽게 마련이다.' 자네의 기하학이 어떤 점에서 이 논법과 관계가 있단 말인가?"

"대전제인 '모든 사람은 죽게 마련이다'와 관계가 있습니다. 이는 증명할 수 없는 긍정명제입니다. 증명하려면 최초 인간의 탄생부터 시작해서 모든 족보를 다 열거해야 할 텐데 그건 불가능한 일입니다. 하지만 바보 중의 바보라도 그 명제가 명백한 것이며 사실이라는 것은 알 수 있습니다. 저도 여러분께 대명제, 공리 하나를 제시하지요. '한 직선 밖에 위치한 점에서 그 직선에 대한 평행선은 단 하나만 얻을 수 있다.' 이 명제에 동의하시는지요?[b]"

유클리드는 다시 한번 되풀이해 말했고, 심사위원들은 생각에 깊이 빠져들었습니다. 몇몇은 손에 얼굴을 파묻었고, 또 몇몇은 집게 손가락으로 턱을 가볍게 두드리고 있었으며 또다른 사람들은 탁자에 손가락으로 보이지 않는 도형들을 그렸습니다. 왕은 시선을 허공에 둔 채 입으로 무언가 중얼거렸지만 아무 소리도 들리지 않았습니다. 마침내 왕이 입을 열었어요.

"그대의 말이 옳도다. 명백한 것이다. 하지만 내게는 하나의 발견이자 계시로다."

"계시라니요, 그건 아니옵니다. 왕께서는 제가 쓴 『기하학 원본』 앞부분에서 이미 그 문장을 읽으셨으니까요. 너무나 자명한 것으로 보였기에 미처 주의를 기울이지 않으신 것이지요. 철학서의 중간쯤에서 '모든 인간은 죽게 마련이다' 라는 문장을 읽으셨더라도 마찬가지였을 것입니다. 그 문장은 눈길을 끌지 못한 채, 별로 중요하지 않은 문장처럼 시야에서 벗어나버렸을 것입니다. 중요한 것, 그것은 소크라테스가 사람이었다는 점, 그저 사람이었다는 점입니다. 그것이 핵심입니다."

유클리드는 열을 올렸습니다. 점에서 출발하여 공간으로 전개해가며, 그는 완벽한 형상들로 이루어진 우주 전체를 구축해냈습니다. 매우 아름다운 건물들의 건축가, 별들의 측량사가 되었지요. 그가 노래하는 숫자들에서 가장 감미로운 음악이 솟아올랐답니다. 감히 어떤 신도 그의 노래에 끼어들 생각을 하지 못할 정도였지요. 기하학에 대한 그의 찬가는 올림포스에 바치는 것이 아니라 사람들에게 바치는 것이었어요.

유클리드에 매료된 프톨레마이오스는 그가 발표를 끝내고 난 후에도 한참 동안이나 말이 없었습니다. 마침내 프톨레마이오스는 이렇게만 말했을 뿐이지요.

"무세이온에 들어온 것을 환영하노라!"

유클리드가 몇 해나 알렉산드리아에 머물렀는지는 알려져 있지 않아요. 그의 명성은 순식간에 퍼져 그의 강의를 들으려 사방에서 사람들이 몰려들 정도였는데, 당시 모든 수학자, 천문학자, 기술자들이 그의 제자가 되었다고 해도 과언은 아니죠. 그렇다고 그가 자신의 저서를 계속 쓰며 발견에 발견을 거듭하지 못했던 것은 아니랍니다. 오히려 그 반대죠. 그는 무세이온의 식당 위에 돔을 세우고 그 위쪽 테라스에 천문대를 두었어요.

그런데 유클리드에게는 왕궁 지구의 성벽 아래 해변에서 강의를 하는 습관이 있었답니다. 무릎을 꿇고 앉은 제자들 앞에서 그는 곧고 긴 굵은 막대로 모래 위에 도형을 그리곤 했지요. 막대를 너무도 능숙하게 다루는 솜씨가, 마치 막대가 저절로 유연하게 움직여 정확한 도형을 그려내는 것 같았답니다. 어느 날 부유한 제자들 중 하나가 그의 강의가 무슨 쓸모가 있겠느냐고 묻자 유클리드는 경멸하는 표정으로 노예들 중 하나를 돌아보며 이렇게 말했다지요. "저자에게 한 푼 주거라. 자신이 배우는 것으로 무언가를 벌어야 하는 자이니."

왕도 기꺼이 그 강의에 참석하여 청중 사이에 익숙한 듯 끼어 앉곤 했더랍니다. 하지만 그날은 프톨레마이오스가 근심이 있는 듯 보였지요. 착실한 학생처럼, 왕은 손가락을 들고 말했어요.

"나는 방금 자네가 쓴『기하학 원본』다섯번째 권을 읽었네. 무척이나 좋은 글임은 틀림없으나 나는 전혀 이해하지 못했네. 비율 개념을 정의할 수 있는 지름길은 없는가?"

"학문에는 왕도가 없습니다."

유클리드는 이렇게 대답하고 다시 막대를 들어 강의를 계속했지요.

암루여, 그와 같은 무례를 참지 못하는 군주들, 나아가 칼리프들이 많다는 걸 저는 알고 있어요. 학문과 자연의 법칙 앞에서 자신들이 다른 사람들과 동등하다는 것, 때로는 더 부족하다는 것을 인정하지 않으려는 군주나 칼리프들이죠. 그들은 그 위대한 진리 앞에 고개를 숙이기보다는 오히려 그 진리를 불태워버리죠. 허나, 프톨레마이오스는 그런 사람은 아니었답니다.

그 후 얼마 되지 않아 왕은 죽었어요. 왕이 베레니케에게서 낳은 아들이 필라델포스라는 이름으로 그의 뒤를 이었고 선왕의 일을 계속 추진했습니다. 디미트리오스는 에우리디케가 낳은 자식이자 자신이 가르쳤던 그의 형을 왕으로 세우려고 했었지요. 그렇지만 그의 음모는 수포로 돌아갔습니다. 그리고 무세이온을 세운 그 자신은 얼마 후 뱀에 물려 죽고 말았지요. 몇몇 사람들은 뱀이 저 혼자서 그의 방 안으로 들어간 것이 아니라고 주장했습니다.

프톨레마이오스 2세인 필라델포스가 통치하던 초창기는 적어도 무세이온에서만큼은 유클리드가 통치하던 시기였답니다. 노소를 막론하고 그리스 전역에서 몰려든 학자들이 알렉산드리아에 머물렀습니다. 수세기 동안 수학과 천문학의 중심이었던 아테네는 그 후 이집트를 환히 비추는 불길에 눌려 쇠퇴했습니다. 그 불길은 오래지 않아 더이상 꺼지지 않는 불길이 되어, 암루여, 당신이 올 때까지도 아직 잿더미 속에서 타오르고 있었지요.

그러던 어느 날 유클리드는 어딘지 알 수 없는 곳으로 떠나버렸답니다. 그는 혼자 고독하게 자신의 저서를 계속 쓰고 싶었던 거지요. 그 자신 덕분에 들끓는 가마가 되어버린 무세이온으로부터 멀리 떨어진 곳, 거창한 논쟁과 치졸한 질투, 정신과 학문의 찬란한 향연뿐 아니라 비열한 음모로 가득 찬 그곳에서 멀리 떨어진 곳에서 말이지요. 그는 자신의 지식을 충분히 많은 수의 유능한 사람들에게 전수했다고 생각했죠. 사실, 그는 알렉산드리아에 도착했을 때 이미 그 존경스러운 아리스토텔레스 학파 사람들로 구성된 심사진과 대면함으로써 자신이 세운 목표를 달성했다고 간주하고 있었답니다. 그가 내세운 것은 기하학은 기하학자의 일이며, 천문학은 천문학자, 기술은 기술자의 문제라는 것이었죠. 또 자연과학 분야에서는 물리적 관찰이 철학적 사변보다 우위라는 것과 실험이 신학적 논쟁에 앞선다는 것이기도 했고요. 그는 자신이 저술한 수많은 글을 도서관에 남겼는데, 그 글이 모두 순수기하학에 관한 것은 아니었답니다. 암루여, 당신이 만일 그럴 만한 인내심이 있다면 그가 쓴 『천문학 입문』을 읽을 수 있게 해드리죠. 그 책은 마치 샘물처럼 맑답니다. 또다른 글에서 그는 광학을 이야기하고 있고, 또 어떤 글에서는 사람들의 작업을 돕는 물건들의 제조법을, 또 어떤 글에서는 '화음 입문'을 말했죠. 그 책을 읽으면 악기를 전혀 연주하지 않고도 가장 아름다운 음악을 들을 수 있을 거예요.

유클리드는 결국 알렉산드리아를 떠났어요. 하지만 떠나기 전에, 자신이 판단하기에 제자들 중에서 가장 대담하고 뛰어나다고 생각한 자, 수년 전 디미트리오스와 프톨레마이오스 왕에게 당당히 맞섰던 그 무례한 젊은이와 무척이나 흡사한 어느 천문학자, 사모스 출신의 아리스타르코스라는 제자에게 자신의 막대를 넘겨주었던 것입니다.

암루, 유혹하려 하다

　─히파티아, 그대의 목소리가 너무도 감미로워, 왜 음악과 기하학이 자매지간인지를 충분히 이해할 수 있겠소. 그러나 아쉽게도 그대를 메디나로 데려가 칼리프 앞에서 학문의 아름다움을 노래하게 할 수는 없구려. 오마르는 여자에게 글을 가르치는 것은 그들의 천성을 꽃피우는 데 해롭다고 믿고 있소. 처녀성의 특징인 그 순결의 꽃은 여자가 예술과 학문을 접하는 순간부터 그 부드러움, 청초함을 잃기 시작한다고 말이오. 그는 그러한 논리에서 여자들이란 오직 집 안에서 아이들을 돌보며 요리를 할 때에만 좋다는 결론을 얻었지. 그대의 아름다움, 그대의 지식, 그대의 자유로움이 그에게는 릴리트[27]의 최악의 악덕들로 여겨질 것이오!

　─암루여, 당신은 참으로 엄한 군주를 섬기고 있군요.

---

27) 탈무드에 의하면, 최초의 여성으로서 인간을 타락시키고자 했다 한다.

히파티아는 이렇게 대답하며 약간의 교태를 섞어 덧붙여 말했다.

— 만일 당신의 나라와 종교의 장점을 자랑하여 내 마음에 들려 한다면 그건 좋은 방법이 아닐 걸요.

— 유클리드의 작품에서 오직 당신에게 그것을 이야기해준 여자의 목소리만을 건졌다면 대체 그 이야기에서 어떤 논지를 택해 당신의 주군을 설득할 수 있을지 모르겠군요.

라제스가 약간 퉁명스러운 어조로 끼어들었다.

— 나는 그대들의 변호사가 아닐세. 그리고 언제부터 피정복자가 정복자에게 가르침을 주었단 말인가?

암루가 같은 어조로 맞받아쳤다.

— 나는 비잔틴 사람이 아닙니다. 그러니 나를 당신의 피정복자로 보지 마십시오. 그리고 난 군인도 아닙니다. 내 직업은 생명을 구하는 것이지, 생명을 죽이는 것이 아니란 말입니다.

라제스가 대답했다.

— 암루, 당신은 기하학의 유용성을 이해했나요?

히파티아가 개입했다.

— 그대의 말에 따르면, 그것은 무엇보다도 우상을 섬기는 신전의 건축에 쓰이겠군. 그렇지만 우리는 하느님께 기도를 올리는 데 건축물을 필요로 하지 않아.

장군은 투덜거리며 말했다.

— 암루여, 자네는 나일 강을 따라 늘어서 있는 긴 기계들을 본 적이 있는가? 마치 물이 역류하는 것처럼 힘들이지 않고 물을 길어 밭까지 실어 나르는 기계들 말일세. 끝이 없는 그 나사 모양을 발명한 아르키메데스는 유클리드의 제자였네. 그는 또 「가벼움과 무거움에 대하여」라는 유클리드의 논문 덕분에 위조화폐를 밝혀내는 확

실한 방법을 생각해내기도 했지. 게다가 전쟁 도구들도 많이 만들어냈는데, 분명 장군, 자네가 관심을 가질 만한 것이고, 틀림없이 자네가 적들을 제압할 수 있게 해줄 것이지. 또한 파로스 섬을 굽어보는 그 거대한 등대에 관해서 말인데, 만일 유클리드의 또다른 저서인 『광학』이 없었더라면 수세기 전부터 그 많은 선원들이 올바르게 항구를 찾아갈 수 있었겠나?

필로포노스가 말했다.

— 모두 다 좋은 얘기요. 하지만 그 천재적인 기계와 도구들은 아주 오래 전에 발명된 것들이지. 지금은 케케묵은 그 책들에 의지하지 않아도 어떻게 그것들을 만드는지 다 알고 있소. 그러니 만일 내가 오마르라면 당신들에게 뭐라고 얘기할지 알겠소. "그 발명품들을 보존하라. 하느님께서 그것들이 존재하도록 허락해주셨으니. 하느님께서는 분명 그것들을 진정한 신자들이 사용할 수 있도록 점지하신 것이다. 하지만 그 책들은 불태워버려라. 하느님께서는 또한 예언자의 목소리를 통해 그분의 말씀을 전하려 했으며, 그 말씀 속에 다른 모든 것들이 들어 있는 것이니."

암루가 말했다.

— 그러면 이렇게 대답하시지요. 당신들의 신의 말씀을 튼튼한 배에 실어 가장 안전한 길로 해서 전혀 알지 못하는 지역, 그러나 그 책들이 말하고 있는 그런 곳에 더 빨리 그리고 더 멀리 전달할 수 있는 방법을 바로 인간이 쓴 천한 그 책들 속에서 찾을 수 있을 것이라고요. 아무것도 완성된 것은 없으며, 아무것도 고정된 것은 없습니다. 암루여, 역사는 계속 그 흐름을 이어간답니다. 우리를 둘러싼 이 벽들 안에 당신이 있다는 것이 바로 그 증거가 아닌가요?

라제스가 말했다.

—아마 그렇겠지. 나는 코란과 함께 새로운 시대가 시작된다는 말을 덧붙이겠네. 순수와 진리의 시대이지. 이교도적인 미신에서 벗어난 시대 말일세. 히파티아, 가장 나쁜 미신은 별들에게서 인간의 미래를 읽어내려 하는 것이 아니겠소?

—천문학자들은 행성에서 자신들의 운명을 알려고 하지 않으며, 신의 모습을 보려고 하지도 않아요. 그들은 하늘의 측량사이며 신이 만들어놓으신 작품의 감상자들일 뿐이죠. 또한 하늘의 지도에 줄을 그어서 여행자들을 위해 지상의 지도를 더욱 정확하고 확실하게 만드는 별의 지리학자들이랍니다.

젊은 여인은 자신이 하는 말에 크게 확신을 갖지 못하고 소리쳤다.

—그렇다면 유클리드가 자신의 막대를 넘겨준 자에 대해 내게 이야기해주시오. 그 사모스의 아리스타르코스라는 자는 분명 그런 사람들 중 가장 뛰어난 사람이겠군. 그가 발견한 것은, 하늘을 마치 흔한 밀밭처럼 측정하는 일이 신성모독이 아니라고 나를 충분히 납득시킬 수 있는 것이어야 할 거요.

'난 정말 바보야.' 히파티아는 생각했다. '왜 아리스타르코스의 존재에 대해 입을 다물고 있지 못했을까? 이제는 저자에게 거짓말도 할 수 없겠어. 그렇다면 사실을 왜곡하지는 않고 다른 방식으로 이야기를 해주어야겠어.'

별과 모래

(히파티아의 두번째 노래)

하늘을 관찰한다는 것은 오늘날에도 군인이라는 직업만큼이나 위험한 것이지요. 어쩌면 더 위험할 수도 있어요. 왜냐하면 천문학자는 뒤에 자신을 지원해줄 군대도 없이 혼자니까요. 지상을 다스리는 것에 만족하지 못하고 사람들로 하여금 자신들의 왕관이 하늘에서 주어졌다는 것을 믿게 하고자 하는 군주들 앞에 혼자 맞서지요. 또한 별의 움직임을 설명하거나 일식을 예고하는 일이 자신들 권력의 토대를 이루는 신비를 낱낱이 드러내지나 않을까 두려워하는 사제들, 신탁을 전하는 무녀들 앞에서도 혼자지요. 지진, 홍수, 기아, 가뭄이라도 닥치면 천문학자가 감히 신들과 악마들의 영역을 넘나들어 그런 일이 생겼다고 믿는 백성들의 두려움과 미신에 대해서도 홀로 맞서야 하고요……

그래도 천문학자는 계속 하늘을 파헤치고 별들을 측정하며 행성들에 올라타고 태양을 정면으로 주시한답니다. 저 위에 올라가면,

천문학자는 자신을 위협하는 감옥이나 사형 집행인의 도끼를 망각하죠.

사모스 출신의 아리스타르코스는 가장 무모한 사람이었습니다. 스승인 유클리드에게서 그 혈기와 무례함을 배웠지요. 그보다 훨씬 사려 깊고 지혜로운 동료들 앞에서 자신만이 알고 있는 위험한 가정들을 툭툭 내뱉을 때마다, 좌중 중 여럿은 두려움에 떨며 혹시 사제들이 심어놓은 첩자가 듣고 있지나 않을까 싶어 주위를 돌아보곤 했답니다.

최근에는 수학에서도 그렇지만 당시* 알렉산드리아는 천문학 부문에서 이미 아테네를 앞서고 있었습니다. 유클리드가 원했던 바대로 그곳에서도 역시 하늘을 관찰한다는 것은 더이상 철학자나 시인의 일이 아니라 기하학자의 일이었기 때문이지요. '관찰하다' '측정하다' '계산하다' 와 같은 단어들은 그때부터 중요해졌답니다. 하나의 사실이 입증되었어요. 지구는 둥글다는 것이었지요. 나머지에 대해서는 플라톤과 그 제자인 에우독소스 이래로 법칙처럼 되어 있는 것을 받아들였습니다. 즉 우리가 살고 있는 이 공 모양의 땅은 모든 것의 중심에 꼼짝 않고 자리잡고 있으며 우주가 그 주위를 돈다는 것이었지요.

아리스타르코스는 그 가설을 다시 문제삼고 싶어했어요. 그는 모든 것이 허용될 수 있다고 생각했죠. 프톨레마이오스 2세 필라델포스는 그의 사소한 실수를 눈감아주곤 했고, 또 유클리드의 막대가 학자인 그에게는 가장 훌륭한 보증이 되었으니까요. 이제는 살짝 조각도 하고 금실로 상감도 한 그 지팡이는 그에게 작업 도구였

---

*BC 270년경.

습니다. 시각과 계절에 따라 사막 중심의 여러 장소로 가서 그 지팡이를 꽂곤 했는데, 투박한 해시계로서 위대한 유클리드의 그림자이기도 한 그 지팡이의 그림자 덕분에 그는 천공의 1001개 거리를 측정할 수 있었지요.

그런데 어느 날 그는 자신의 작업을 총망라하여 '태양과 달의 크기와 거리'라는 제목으로 발표하기로 결심했습니다. 파문이 일었지요. 이에 대해 알렉산드리아 종교계에서 가장 중요한 인물인 사라피스의 대사제는 왕에게 즉각 청문회를 열게 해달라고 청원을 했답니다. 사태의 심각성을 깨달은 왕은 즉석에서 소수로 구성된 심의회에 아리스타르코스를 소환했습니다. 선왕을 본받아 왕도 천문학자의 강의에 몇 번 참가했었고, 기하학에서는 꽤나 뛰어난 학생임을 보여주기도 했었지요. 그렇지만 아리스타르코스가 출석하자, 프톨레마이오스는 고소인에게 발언권을 주었습니다.

"그대의 작품을 읽었네. 내가 그 분야의 전문가도 아니고 하니 어쩌면 잘못 이해했을 수도 있겠지. 그래, 분명 잘못 이해했을 것이네. 그대처럼 박식한 사람이……" 대사제는 아무 감정이 실리지 않은 어조로 말했어요.

"나는 단지 기하학적인 추론의 힘에 의거해서 태양과 지구 사이의 거리를 계산했을 뿐이오. 그건……"

"그렇겠지, 그럴 거야. 하지만 그 거리가 상당해 보이던데." 사제는 말을 잘랐어요.

"달과 우리 사이의 거리의 열일곱 배에서 스무 배 정도 되지요. 그렇지만 아쉽게도 내가 사용한 방법이 더 정확하게……"

"그대가 말하는 것처럼, 아니 내가 이해한 바대로 태양이 그렇게 멀리 있다면, 그렇다면 보기보다 태양이 훨씬 크다는 말이군." 천문학자의 자세한 설명이 귀찮아진 사제는 또다시 말을 중단시켰어요.

"제대로 이해하셨구려. 내가 명쾌하게 설명을 못 해서 혹시 올바로 이해를 못 했을까 걱정했는데."

대사제는 그가 빈정거린다는 것을 알아채지 못했습니다. 그만큼 그는 화가 치밀어 오르고 있었던 거죠.

"그대 말을 믿자면 태양이 심지어 지구보다 더 크단 얘기인데. 열 배는 더 말이야."

"점치는 능력만큼이나 천문학에 대한 재능도 뛰어나시구려. 지구를 일곱 개 정도 나란히 놓아야 태양의 지름과 같아질 것이오. 이렇게 말하면 더 좋아하시겠군. 그 빛나는 구체의 부피는 우리의 보잘것없는 집과 350배의 비율관계에 있다고 말이오.[d]"

아리스타르코스는 짓궂게 덧붙였습니다.

"왕이시여, 제 증인이 되어주십시오. 저자는 오만하기 짝이 없는 미치광이로, 잘못된 추론으로 마치 흔해빠진 공을 가지고 놀듯, 우리에게 빛을 뿌려주시는 헬리오스 신과 우리의 성스러운 땅의 여신 헤스티아를 조롱하고 있습니다."

프톨레마이오스 필라델포스는 좀더 두고 보려 했어요.

"처벌을 하기 전에 우선 따져봅시다. 이보게, 아리스타르코스. 피타고라스는 음계에 따라 별들의 높이를 나누지 않았던가? 그리고 그대처럼 기하학자인 에우독소스는 세상의 면적을 확고히 결정하지 않았던가? 그런데 그대는 어떤 주장으로 감히 그 대가들의 말을 거스른단 말인가?"

"제 스승 유클리드가 세상은 기하학의 법칙에 따른다는 것을 증명하게 된 것과 같은 주장입니다. 그분은 인간의 이성을 신뢰한 스승으로서, 제가 이렇게 상기시켜드리는 걸 허락해주신다면, '구원자' 이신 선왕께서는 그 어느 학자보다도 더 그분을 존경하셨지요."

"그러니까 그대는 단순한 점, 선 혹은 삼각형들로 우주의 크기를 규명해낼 수 있다고 주장하는 것인가? 자, 그럼 설명해보라. 그대는 내가 내 아버지의 선례를 따르고 있다는 것과 그대의 강연을 가벼이 여기지 않고 몇 번 참관한 적이 있다는 것을 알 것이다."

"오, 왕이시여! 제가 드리는 말씀을 이해하시고자 하는 큰 영예를 베풀어주시니, 제가 폐하를 진리의 길로 안내할 수 있도록 질문할 수 있게 허락해주시겠습니까?"

지적인 도전을 받아들일 준비가 된 프톨레마이오스는 고개를 끄덕였어요.

"왕께서는 가끔 천문대 테라스에 올라 별들을 관찰하셨습니다. 아마도 매달 달이 주기적으로 움직일 때 딱 반으로 나뉘어 한쪽은 환하고 다른 한쪽은 어둠 속에 든 원반형 표면을 보셨을 겁니다." 아리스타르코스는 말했어요.

"물론이다. 상현달이 되었을 때지."

"좋습니다. 그럼 머릿속에서 지구, 태양, 상현달을 꼭짓점으로 하는 커다란 삼각형을 그려서 그 각도를 보십시오."

다시 강의실로 돌아왔다고 생각한 아리스타르코스는 대사제를 향해 돌아서서 비꼬는 듯한 미소를 지으며 말했어요.

"대사제께서도 마찬가지로 해보시구려. 좀 어려운 것 같으면, 진리를 보다 잘 엿볼 수 있게 파피루스에 그 도형을 그려보시든지."

심의위원들 사이에서 꾸짖는 웅성거림이 들려왔습니다. 아리스타르코스는 그런 것에는 아랑곳하지 않고 또다시 왕을 향해 학자답게 계속 말을 이어갔어요.

"지구를 달과 연결하는 직선과 달을 태양과 연결하는 직선이 이루는 각도에 대해 말씀해주실 수 있겠습니까?"

"어…… 완전히 직각이로군." 잠시 망설이다 프톨레마이오스가 대답했어요.

"대왕이시여! 혜안에 경의를 표하는 바입니다. 이제 태양이 무한 히 멀리 있지 않다고 한다면, 저는 그 거리를 측정하려는 것이기 때문입니다. 태양과 지구 사이의 직선과 태양과 달 사이의 직선이 서로 이루는 각이 0이 아니라는 것을 인정하시겠지요."

"그렇군. 하지만 그대는 그 각도를 어떻게 잴 수 있는가? 혹시 직접 태양에 가보기라도 한 것인가?" 대사제가 빈정거리며 끼어들었어요.

"그 문제 역시 유클리드가 나 대신 대답을 해주지요. 그 각이란 지구에서 태양과 달을 보았을 때 그 직선들이 이루는 각의 연장선에 대한 여각에 지나지 않소이다. 나는 분명히 말했소. 지구에서 보았을 때라고. 따라서 그 각도는 잴 수 있는 것이오."

"그래서?"

"그러면 지구, 태양, 상현달이 이루는 직각삼각형의 간단한 삼각법에 따라, 그 대단한 각도는 지구와 태양, 지구와 달 사이의 거리 비율을 우리에게 알려주는 것이오!°"

"정말로 영리하도다."

왕은 손을 들어 대사제에게 입을 다물라는 명령을 내렸어요. 대사제는 아무것도 이해하지 못하고, 또 재판에서 자신이 질 것 같은 느낌이 들자 화가 머리끝까지 치밀어 거의 숨이 막힐 지경이었지요.

"따라서, 왕이시여, 놀라지 마십시오. 머리만 약간 쓰고 유클리드의 보편적인 기하학을 사용하면 전혀 닿을 수 없는 거리에 있는 것처럼 보이는 그 원반, 태울 듯 우리의 눈을 쏘는 그 원반이 유한한 거리에 놓여 있다는 것을 증명할 수 있고, 우리의 꿈을 밝히는 행성인 달까지의 거리를 끌어낼 수 있는 것입니다!" 아리스타르코스는 결론을 맺었어요.

아리스타르코스의 재판은 학자의 명백한 승리로서 거기서 결론이 났어야 했습니다. 그러나 암루, 당신도 알다시피 학문으로 세상의 가장 높은 곳에 이른 사람들, 지성의 힘으로 하늘을, 궁륭과도 같은 하늘을 속속들이 파헤치는 사람들은 고개를 뒤로 한껏 젖힌 채 아찔한 도취 속에 살지요. 그런 사람들이 벼랑 아래로 곤두박질치는 일도 아주 빈번히 일어나고요. 사모스 출신의 아리스타르코스가 바로 그런 유의 사람이었답니다. 그런 까닭에 부러 무심한 척 이렇게 덧붙여 말하지 않을 수 없었던 것이지요.

"제 추론을 받아들여주시는 영광을 베푸셨으니 이제 확고한 결론을 인정해주시겠지요. 사실 제 논문 「크기와 거리에 관하여」는 이제 막 제가 끝낸 「가설」이라는 저서의 보잘것없는 서문에 지나지 않습니다."

"아! 그대의 그 「가설」에서는 또 어떤 이단의 말을 늘어놓고 있는가?" 이번에야말로 천문학자가 잘못하여 막다른 길에 들어서길 바라는 대사제가 회심의 미소를 감추지 못하며 물었어요.

"앞서 이야기한 것에서 우선 우리가 방금 말한 것보다 우주의 규모가 훨씬 더 방대하다는 결론이 나왔소이다. 태양의 권역과 관련해서 지구가 하나의 점과 같은 역할을 하는 것과 마찬가지로, 태양은 항성들의 권역에서 하나의 점과도 같은 것이오. 그리고 태양과 항성들이 떠 있는 하늘이 그토록 멀리 있는데, 그처럼 거대한 물체들이 떼를 지어 한꺼번에 그것도 단 하루 만에 지구와 같이 조그만

곳 주위를 돈다고 생각하는 것은 말도 안 되오."

"어리석은 소리! 거대한 천공이 돌고 있다는 것은 눈으로 뻔히 확인할 수 있거늘! 명백한 사실이라니까!"

"대사제여, 당신이 한 바퀴 빙 돌아 이 둥근 방의 벽들을 장식하고 있는 횃불들이 당신 눈앞을 스쳐 지나갈 때, 당신은 방이 도는 것이며 당신은 그대로 움직이지 않고 있다는 느낌을 받지 않겠소?"

침묵이 아연실색한 심의위원단을 잠시 사로잡았어요.

"따라서 나는 항성들과 태양은 움직이지 않는다고 주장하는 바이오. 원의 원주 위에서 지구가 태양의 주위를 돌고 있소이다. 태양은 그 궤적의 중심에 있으며, 항성계도 태양과 마찬가지로 같은 중심의 주위에 펼쳐져 있지요." 아리스타르코스는 또박또박 말했어요.

경악에 찬 두번째 침묵이 잠시 흐르다 대사제의 두려움 가득한 외침 소리에 깨졌습니다.

"그렇다면 지구가 더이상 우주의 중심이 아니란 말인가!"

"결코 그랬던 적이 없으니 더이상 아닐 것도 없지요."

"그대의 그 당치도 않은 설명에 따르면 우리가 태양의 주위를 도는 것이니, 더이상 천공이 우리 머리 위로 조화롭게 도는 것이 아니겠군!"

"마치 세상이라는 등잔 주위로 개똥벌레가 도는 것과 같소이다." 전혀 흔들리는 기색 없이 아리스타르코스는 그 말을 긍정했습니다.

"개똥벌레라고! 천하디천한! 지팡이를 놀려 양피지에 숫자 몇 개를 끄적여서는 세상의 질서를 파괴하고 태초 이래 모든 현자들의 논문을 모욕하다니, 네가 무슨 신이라도 되느냐? 왕이시여! 이자는 지나친 주장을 하고 있습니다. 방금 신의 면전에서 성녀에게 침을 뱉은 것입니다. 아리스타르코스를 사형에 처하십시오!"

프톨레마이오스는 눈살을 찌푸렸습니다.

"천문학자여, 그대는 사실 도가 지나쳤도다. 기하학의 확실한 길을 벗어나 이미 공공연하게 밝혀진 세상의 질서를 다시 문제삼고 있으니. 공개 재판에서 그대의 입장을 밝힐 것을 명하노라!"

대사제는 왕 앞에 꿇어 엎드려 청했습니다.

"신성한 군주시여! 제발 부탁이옵니다. 공개 재판은 최악의 상황을 불러올 것이고, 그로 말미암아 상상조차 할 수 없는 재난이 닥칠 것입니다. 위대한 구원자이신 선왕 덕분에 현재 왕께서 다스리시는 나라들 모두가 사라피스 신의 숭배에 만족하고 있습니다. 만일 그리스인들에게 올림포스는 이제 한낱 언덕에 지나지 않으며 아폴론만이 우주의 유일한 지배자로 군림한다고 알려주면 그들이 뭐라 하겠습니까? 벌써부터 유대인들은 자신들의 여호와가 태양의 진로를 막았다는 둥, 자신들의 신이 세상을 창조하는 데 일 주일이 걸렸다는 둥 끊임없이 떠들어댄다는 소리를 들었습니다. 그자들은 언제든지 불평을 늘어놓고 음모를 꾸밀 자들입니다. 하지만 왕이시여, 무엇보다도 이집트 백성들을 두려워해야 합니다! 선동자들이 그들로 하여금 고대의 라 신이 죽은 파라오들의 무덤 위에 또다시 번득이고 있다고 믿게 한다든지 하면 폭동이 일어날 겁니다. 그렇게 되면 신으로서의 폐하의 본질을 문제삼을 것이고, 폐하의 권좌가 흔들릴 것이며, 여신의 신전 사라페움은 버려질 것입니다. 그리 되는 것은 모두 지구가 개똥벌레이고 태양이 등잔과 같다고 말하는 이 미친 자의 잘못 때문입니다. 미친 자이거나…… 자신의 왕을 배신하는 자 말입니다!"

사모스의 아리스타르코스는 그런 모욕에 펄쩍 뛰었습니다. 오랫동안 사막을 걸어다니고, 관측소 역할을 해준 피라미드 꼭대기를 오르내리고, 평소에 운동을 한 덕분에 그의 어깨는 건장했습니다. 그런 그가 유클리드의 막대를 휘두르며 위협적인 태도로 사제에게 다가섰습니다. 경비병들이 간신히 그를 제지했지요.

사라피스의 마법사는 그의 얼굴에 침을 뱉었어요.

"네 보잘것없는 몸뚱이는 대가이신 헤로필로스의 해부대 위에서 갈기갈기 찢길 때에야 비로소 학문에 더 쓸모가 있을 게다!"

왕은 입을 다물라 하고 재판을 열되 비공개로 열겠노라고 선포했어요. 그는 천문학자에게 누구를 변호인으로 택하고 싶은지 물었어요.

"시라쿠사 출신의 아르키메데스입니다. 그 사람이라면 여러분을 납득시킬 수 있을 겝니다." 아리스타르코스는 이렇게 대답했지요.

무한 나선 양수기를 고안해낸 천재적 발명가를 변호인으로 선택한 것은 대단히 영리한 짓이었습니다. 사실 오래 전부터 프톨레마이오스 필라델포스는 아르키메데스를 알렉산드리아로 끌어오려고 했지만, 무세이온에서 내놓은 굉장한 제안에도 불구하고 아르키메데스는 매번 몸을 빼곤 했지요. 물론 예전에 한 번 온 일도 있었지만 그것은 단지 그의 명백한 스승인 유클리드의 강의를 듣고 그의 저서를 참조하기 위해서였답니다. 그러고 나서 그는 시라쿠사로 되돌아갔지요. 그리고 그곳에서 꼼짝도 않으며 무세이온에 있는 동료들과 서한을 부지런히 주고받는 것으로 만족하고 있었습니다. 그와 의견을 나눈 기하학자, 수학자 그리고 천문학자들은 모두 그에게 매료되었습니다. 그는 많은 수의 새로운 도형들, 이를테면 회전 타원체, 직각 원추곡선체 등을 생각해냈고, 기쁜 마음으로 유체, 부유 물체, 지렛대의 법칙과 그 외 여러 가지 법칙들을 연구했는데, 당신에게 다 설명하자면 너무 오래 걸릴 거예요.

프톨레마이오스 필라델포스는 초조해했답니다. 모든 사람들과 마찬가지로 그도 시칠리아 출신인 그 학자에게 강한 인상을 받았던 것이지요. 그는 개인적으로 편지를 써서, 설령 몸소 알렉산드리아로 오지는 못하더라도 제작자로서 그가 만든 숱한 발명품들을 알려달라고 청하기도 했답니다. 아르키메데스는 그중 딱 두 가지만 넘겨주었는데, 그것은 귀금속을 물에 집어넣어 세공이 섬세하지 못하거나 위조된 것들을 분간해내는 가장 좋은 방법과 암루 당신이 정복한 땅에 오늘날까지도 물을 대는 그 나선 양수기랍니다. 하지만 전쟁 무기는 전혀 주지 않았지요.

기발한 생각으로 가득한 아르키메데스는 알렉산드리아에 있는 동료들에게 잘못된 정리를 보낸다든지 혹은 '태양의 소' 와 같이 거의 풀 수 없는 문제를 제시한다든지 해서 매 고비를 슬쩍 넘겼는데, '태양의 소' 라는 문제는 해법이 너무도 많아서 동료들은 그것을 다 찾아낼 수가 없었답니다.「 왜냐하면, 암루여, 수학이란 웃음과 장난과 음악의 근원이기도 하기 때문이지요. 어떤 날 밤에는 달이 장난을 쳐서 심술궂은 미소로 천문학자들이 보지 못하게 별들을 가려버리는 일이 있잖아요?

아리스타르코스에게는 시칠리아 출신의 그 학자를 변호인으로 내세울 또다른 훌륭한 이유가 있었답니다. 아르키메데스가 미묘한 정치적 문제를 다루고 군주들의 비위를 맞추는 데 재주가 뛰어나다는 걸 알고 있었던 것이지요.

시칠리아의 가장 오래된 가문 중 하나에서 태어난 아르키메데스는 그곳 식민지를 다스리는 교양 있는 참주 히에론의 조카로서, 히에론은 그를 자신의 수석 병기 제작자로 임명했었답니다. 그가 태어난 섬은 대서양의 그리스 식민지들 중 가장 오래되고 풍요로운 곳으로 알렉산드로스 대왕이 정복하지 못한 곳이었고, 따라서 알렉산드로스 사후 일어난 왕위 계승 싸움에서 멀리 비켜나 있었습니다. 그렇지만 당시 수도였던 시라쿠사 요새는 지중해 서쪽의 새로운 라이벌 세력인 로마와 카르타고 사이에 끼어 있었습니다. 조국을 열렬히 사랑하는 아르키메데스는 항만 공사, 선박 제조 및 전투 관련 작업을 주도하며 몸과 마음을 바쳐 전쟁 위협에 시달리는 그의 도시를 방어했답니다. 그렇게 해서 파괴적인 무기들을 발명했지요. 용맹한 장군이신 당신은 전쟁 무기라는 말에 방금 눈이 빛을 발하더군요. 그는 자신의 이론적 업적을 잊었고, 다시 돌아와달라고 부탁하는 알렉산드리아의 동료들에게 커다란 실망을 안겨주었죠.

따라서 아리스타르코스가 천문학 관련 재판에 와서 자신을 변호해달라고 부탁했을 때도, 그가 여러 해 전에 무척 존경했던 자신의 스승임에도 불구하고 그 부탁을 회피하려 했답니다. 그렇지만 우선 참주인 히에론과 의논을 해야 했지요.

"네가 알렉산드리아에 갈 것을 명하노라. 그 재판은 내가 관여할 바가 아니니 네가 내키는 대로 처신하라. 이건 네게 맡기는 또 하나의 임무다. 사절로서의 임무지. 앞으로 일어날 분쟁에서 우리에겐 동맹 세력이 절대적으로 부족하다. 필라델포스 왕에게 알렉산드리아는 시라쿠사와 마찬가지로 그리스 국가임에 반해 로마와 카르타고인들은 야만인일 뿐이라는 것을 상기시켜라. 그런 사실을 그에게 더 잘 납득시키기 위해 도시국가 카르타고의 역사를 환기시켜주어라. 어쨌건 카르타고는 그 근원이 페니키아가 아니더냐? 이집트는 티레[28]를 다스리므로, 카르타고의 먼 자손이라고 주장할 수 있다. 만일 이러한 외교적 협상이 통하지 않으면 네가 발명한 전쟁 무기의 설계도 몇 개를 넘겨주어라. 하지만…… 신중해야 한다. 알겠느냐?" 참주는 말했어요.

"말씀하신 대로 하겠습니다, 히에론. 조국을 위해 일하면서 동시에 외교사절로서의 신분이 보장되어 알렉산드리아에 붙잡혀 있을 염려 없이 친구인 아리스타르코스를 변호할 수 있으니 저로서도 기쁩니다." 아르키메데스는 대답했어요.

"네 친구인 그 천문학자는 무슨 일로 고소되었는가?"

참주는 아르키메데스의 설명에 귀를 기울였지만 문제가 무엇인지 알게 되면서 얼굴이 점차 굳어졌습니다. 마침내 그가 냉담한 어조로 말했어요.

"내게 솔직히 말해다오. 너는 그 괴상망측한 말을 믿느냐? 아리스타르코스는 지구가 태양의 주위를 돌고 있다는 것을 증명해 보였느냐?"

"그는 태양과 지구 사이의 거리와 그 상대적인 크기를 측정했을 뿐입니다. 나머지는 단순한 가설일 뿐 이론도 아니고, 상식이나 눈으로 하는 직접적인 관찰에 정면으로 위배되니 정리도 아닙니다. 눈에 보이는 것만 믿어야 한다면 우리는 아직도 탈레스[29]가 초기에 생각하던 바를 이야기해야 할 것이고, 지구란 바다 위에 나뭇조각처럼 떠 있는 원반이라고 상상해야 할 겁니다. 그렇지만 아리스타르코스의 대담한 가설은 학자와 철학자들에게 아직 상상할 수 없는 광경들로 이끄는 새로운 길을 열어주는 것이지요."

"학자와 철학자들에게는 그럴지 모르지만, 일반 사람들에게는

---

28) 현재 레바논 남쪽 해안에 위치한 페니키아의 항구.

29) BC 6세기 초의 그리스 수학자이자 철학자. 물이 모든 물질의 본질이라는 데 기초한 우주론을 갖고 있었다.

어떨지 생각해보았느냐? 신과 인간, 강자와 약자, 군주와 신하, 주인과 노예가 결국 전부 다 약하기 짝이 없는 쪽배에 탄 개미떼와 다름없으며, 그 쪽배가 거대한 태양이라는 배에 이끌려 가는데, 태양의 배도 하늘의 바다보다 훨씬 더 광대한 공간 가운데를 항해하는 것이라는 걸 그들이 알게 된다면 어떤 반응을 보이겠는가? 그리 되면 세상의 균형은 끝장이 날 게다. 내 생각으로는 분명 재앙이 연달아 일어날 것이다. 황폐한 광경들, 폭동, 시역(弑逆), 무신론, 사원 파괴, 사유재산 침해, 그 외에 훨씬 더 치명적인 수많은 재난을 초래하는 결과를 낳을 게야!" 참주는 말했어요.

"아저씨께서 저에게 발명하게 한 살상 무기보다 더 치명적이라고 할 수는 없지요." 아르키메데스는 씁쓸하게 대답했어요.

"알고 있다. 하지만 믿어라. 평화가 다시 찾아온다면 그때는……그동안은 네가 필라델포스에게 가서 행할 외교적 사명에 시라쿠사의 운명이 달려 있다는 걸 잊지 말아라. 만일 아리스타르코스의 운명이 그 임무에 해가 된다고 생각될 때가 있다면 네 친구를 택할지 조국을 택할지 선택해야 할 것이다. 내가 지켜보겠다."

그것은 명백한 협박이었지요. 아르키메데스는 근심에 휩싸인 채 자신이 직접 설계한 가공할 위력의 전함에 몸을 실었습니다. 알렉산드리아에 도착하자마자, 그는 왕에게로 안내되었습니다. 아르키메데스로서는 그 내용을 알 수 없는 히에론의 긴 편지를 읽고 난 후, 프톨레마이오스는 간단히 말했어요.

"아르키메데스, 자네는 우리와 함께 남아 있게. 자네의 천재적인 재능이 제대로 꽃을 피울 수 있도록 우리 무세이온의 평화와 안정을 제공해주겠네. 자네가 있어야 할 곳은 전쟁터도 아니고 정치 외교의 미로도 아니라네."

"뭐라고요? 저더러 배반을 하라는 말씀이십니까? 제가 있을 곳은 제 조국이며, 지금 위험에 처해 있는 제 주인과 백성들 곁입니다."

"자네의 주인은 학문이고, 자네의 조국은 도서관에 있는 수천 권의 책들 속이며, 자네의 백성은 그곳에서 일하는 학자와 현자들일세. 그리고 위험은 지금 그들 가운데 가장 뛰어난 자인 사모스의 아리스타르코스 머리 위를 감돌고 있다네."

사실 프톨레마이오스 필라델포스는 무척 당혹해하고 있었답니다. 그는 통상 무세이온의 몫인 논쟁과 분쟁에는 결코 개입하지 않는다는 선왕의 절대적인 원칙을 따르고 있었습니다. 그러나 이번 사건은 너무나 중대한 것이었지요. 아리스타르코스의 「가설」은 무세이온을 완전히 적대적인 두 세력, 철학자와 과학자의 패로 나누어놓았으니까요. 온갖 종교의 사제들로부터 지지를 받는 전자에게는 조그만 지구가 태양의 주위를 돌고 있다는 생각을 인정하는 것, 아니 그저 그러려니 묵과하는 것까지도 인간과 신의 죽음을 의미할 뿐 아니라 플라톤의 아카데메이아, 아리스토텔레스의 학교, 제논의 스토아 학파 학교, 에피쿠로스의 정원을 파괴하는 것을 뜻했습니다. 이 네 개의 학교는 아테네에 있었어요. 종조부인 필로포노스께서도 제 말에 뭐라 하지는 않으실 거예요. 프톨레마이오스 1세와 2세는 부단히 노력했음에도 불구하고 이류 철학자들, 작고한 그리스 대가의 아류들만 알렉산드리아로 끌어오는 데 성공했으니까요. 아마 그들 자신도 그런 사실을 알고 있었을 겁니다. 사실 그들은 당대의 가장 위대한 사상가에게 바다를 건너와 아리스타르코스 재판에서 검사의 역할을 맡아달라고 부탁했습니다. 그는 바로 유명한 제논의 후계자인 아소스 출신의 클레안테스인데, 거의 백 살이 되어가는 노인이었죠.

　무척 연로함에도 불구하고 클레안테스는 당대 아테네의 새로운 철학 유파인 스토아 학파를 대표하고 있었답니다. 아리스타르코스의 적들이 그에게 부탁한 것은 결코 우연이 아닙니다. 사실 자유로운 연구와 끊임없는 문제 제기를 권장하는 플라톤과 아리스토텔레스의 사상과는 반대로, 제논과 클레안테스에게 철학이란 껍데기는 논리학이고 흰자는 도덕이며 노른자는 물리학인 달걀과도 같은 것이었지요. 요컨대 전체를 깨뜨리지 않고는 만질 수 없는 체계였답니다. 그들은 우주도 같은 식으로 생각하고 있었어요. 유일하고 유한한 달걀, 무한한 진공으로 둘러싸여 있으면서도 살아 있는 달걀, 노른자는 지구인 그런 달걀로 말이죠. 물론 그러한 표현은 은유입니다. 세상의 물질적 실제는 그런 것과는 상관없지요.

　사실 오늘날 당신의 종교나 필로포노스 종조부의 종교 그리고 라제스가 가진 종교도 마찬가지죠. 기독교인과 유대인에게는 예루살렘이 세상의 중심이고, 당신네들한테는 메카가 중심이니까요. 그런데 구체의 표면에는 중심이 없어요. 적어도 기하학적으로는. 사제들의 지리학은 측량사의 지리학과는 다르죠. 성서 어디를 보아도, 그리고 아마 당신의 코란 어디에도 지구의 물리적 형태는 문제가 되지 않을 거예요. 동그란지 납작한지, 타원형인지 피라미드형인지 말이에요. 종교와 그것이 무슨 상관이겠어요. 스토아 학파 사람들에게도 마찬가지죠. 그런데 아리스타르코스가 지구가 태양의 주위를 돌고, 따라서 지구가 더이상 우주의 중심이 아니라는 걸 증명하려 했을 때, 그 물리적인 설명은 세상에 대한 상징적인 설명과 정면으로 맞부딪치는 게 된 거예요. 상징적인 설명에서 신성은 모든 곳에 편재하며 인간은 바로 그 모든 곳의 중심에 있으니까요.

자신의 종교가 어떤 것이든 간에 클레안테스, 프톨레마이오스 그리고 사제들은 그런 것을 용납할 수 없었습니다. 용납한다면 곧 자신들의 종말을 받아들이는 것이 될 테고, 적어도 생각은 그랬죠. 아르키메데스는 왕과 대담을 나누면서 물리적인 것과 상징적인 것이 평화롭게 공존할 수 있다는 걸 보여주려고 했습니다. 그는 헤시오도스[30]를 인용하고 호머 해석학자들의 말에 기대어 만년 구름에 덮여 있는 보이는 그대로의 올림포스 산이 반드시 신이 거주하는 물리적 장소는 아니라고 설명했습니다.

  식견이 있는 군주를 아무것도 모르는 학생처럼 대했으니, 참으로 어처구니없는 실수였지요! 게다가 우리의 학자께선 또다른 우를 범했답니다. 즉 이미 세상을 떠난 팔레론 출신의 디미트리오스를 참조하는 게 좋겠다고 생각했던 겁니다. 초라한 조신이 되어버린 가엾은 아르키메데스는 무세이온을 세운 그 사람이 필라델포스 왕이 권좌에 오르는 걸 어떻게든 막으려 했었고 그 일로 인해 사형당했다는 사실을 까맣게 잊었던 것이지요.

  왕은 화가 치밀어 얼굴을 붉혔습니다. 그를 무지몽매한 사람으로 간주하는 것까지는 괜찮았지요. 하지만 그의 적인 디미트리오스를 떠올리다니…… 겁에 질린 아르키메데스는 자신의 외교적 임무가 수포로 돌아가고 절친한 벗인 아리스타르코스가 사형에 처해질지 모른다는 걸 깨달았습니다. 왕은 마침내 마음을 가라앉히고 말했어요.

  "재판은 없을 것이다. 대사제와 클레안테스는 아리스타르코스의

---

30) BC 8세기경의 그리스 시인으로, 신들의 계보를 논한 『신통기』를 저술했다.

목을 치는 데 혈안이 되어 있다. 사형은 확정된 것이나 다름없다. 내가 전혀 손을 쓸 수 없는데, 학자를 살해했다는 오명은 내가 뒤집어쓰게 될 게야. 떠도는 소문이란 군주들에게 수많은 범죄를 떠안기니 말이다. 그 고집 센 나귀 같은 천문학자에게 가서 자신의 발언을 취소하라고 설득하라. 만일 성공하면 무세이온에는 다시 평화가 깃들 것이다. 그러지 못하면 그를 몰래 자네의 섬으로 데려가라. 자네의 주인에게는 그 늙은 괴짜를 떠맡는 것이 내게 제안한 동맹의 대가가 될 것이다."

왕은 자신이 멸시하던 상대편 히에론에게 멋지게 한 방 먹인 것이 흐뭇해서 손을 비비며 아르키메데스를 보냈습니다. 시칠리아의 학자는 고개를 떨어뜨린 채 접견실을 나왔습니다. 창피했지요. 시라쿠사의 수석 기술자인 그는 참주인 히에론에게 매정하게 거절당한 적이 수없이 많았지만 그런 것을 참아내는 것이 그의 역할이었습니다. 이번에는 프톨레마이오스 필라델포스 왕을 대하게 되었는데, 예술과 학문의 옹호자인 그는 자신에게 조국을 배신하라는 요구는 전혀 하지 않았고, 왕국과 신하들의 안정을 위해 가장 대담한 학자로 하여금 평생의 작업을 부인하라고 요구하지도 않았습니다.
"하지만 아르키메데스, 내 계산은 정확하네. 대체 왜 내가 틀렸다고 내 입으로 말해야 하는가?"
거의 여든 살이 된 과학의 헤라클레스 아리스타르코스는 순진함과 열정을 조금도 잃지 않고 있었습니다. 겨우 서른세 살밖에 되지 않은 아르키메데스는 둘 중 자신이 더 냉철하다고 느꼈죠. 그는 이번 발언 철회는 순전히 형식적인 것일 뿐 내용에서 바뀌는 것은 아무것도 없다, 사람들이 아직 지적으로 성숙하지 못해 그런 새로운 것은 받아들이지 못한다고 아무리 설명을 해도 아리스타르코스에게는 전혀 먹혀들지가 않았습니다. 아리스타르코스가 아는 것이라곤 단 하나, 자신은 자신의 이론을 믿는다는 것이었죠. 다른 어떤 일도, 심지어 자신의 목숨까지도 자신이 발견한 것에 비하면 아무것도 아니었던 것입니다.

대신 늙은 천문학자는 망명에는 동의했답니다. "아우성치는 사제들"과 "더러운 스토아 학파 학자들" 그리고, 종조부님, 용서하세요, 할아버지께선 아직 정정하시니까, "자지가 축 늘어진 그 문법학자들"에게 넌덜머리가 난다는 것이었어요. 자신의 역할이 약간 수치스럽게 여겨지긴 했으나 노스승이 자신을 따라 시라쿠사로 간다는 데 안도하며 기뻐한 아르키메데스는 왕에게 가서 행복한 결말을 알렸습니다. 대신 프톨레마이오스는 그 시칠리아 사절에게 시라쿠사와의 굳건한 동맹을 보장해주었지요.

다음날, 자신을 고국으로 데려다줄 배가 정박한 항구에서 아르키메데스는 아리스타르코스를 한참이나 기다렸지만 그는 오지 않았습니다. 마침내 어린 노예 하나가 와서 꾸러미 하나를 건넸습니다. 그것은 조각이 된 길고 무거운 지팡이였는데, 그 위에는 금으로 방정식들이 새겨져 있었죠. 그 선물과 함께 천문학자가 서명을 한 쪽지가 들어 있었는데, 거기엔 "유클리드의 막대가 군주들과 세력가들 앞에서도 자네가 바르게 처신하는 법을 가르쳐줄 수 있기를!"이라고 쓰여 있었답니다.

사모스 출신의 아리스타르코스가 어디로 사라져버렸는지는 아무도 알지 못했습니다. 혹자들은 그가 이집트 사막의 한복판, 시에네라는 마을의 태양 아래로 도망쳤다고 주장하지요. 그가 쓴 「가설」이라는 원고는 한 번도 필사되지 않았어요. 불경하다고 판결을 받기도 했지만 그 원본, 단 한 부밖에 없는 대담하기 짝이 없는 그 책은 도서관에 소중하게 보관되어 있습니다. 프톨레마이오스 필라델포스, 클레안테스, 칼리마코스는 얼마 후에 모두 죽었어요. '은인' 프톨레마이오스 3세가 처음 내린 결정은 아르키메데스를 불러 자기 아들의 교사이자 사서로 삼겠다는 것이었습니다. 하지만 아르키메데스는 이를 사양하고 대신 키레네 출신인 에라토스테네스를 추천했어요. 에라토스테네스는 철학자, 시인, 역사가, 천문학자, 음악가이자 무엇보다도 지리학의 창시자이지요. 훌륭한 선택이었어요.

새로 온 사서는 수년 동안 시라쿠사 출신의 학자와 잦은 서한을 주고받았습니다. 어느 날 그는 '방법'이라는 제목이 붙은 책을 한 권 받았는데, 그것은 아르키메데스가 자신의 발명의 비밀을 써놓은 것이었어요. 일종의 유언장 같은 그 책과 함께 금으로 상감된 오래된 지팡이도 보내왔지요. 유클리드의 막대는 결국 문자 그대로 풀면 '사랑의 힘'이라는 이름을 지닌 그 사람의 손에 쥐여졌던 것입니다.

얼마 후 에라토스테네스는 시칠리아의 벗이 어떻게 죽었는지 알게 되었습니다. 이집트에서 돌아온 후 아르키메데스는 점차 정치에서 손을 뗐습니다. 아리스타르코스를 저버렸다는 자책감에 시달리던 그는 순수이론 연구의 재능을 보고 만질 수 있는 대상으로 돌리고, 그 결과를 실험을 통해 쓸모 있는 것들에 적용하라는 시라쿠사 군주의 압력에도 더이상 굴하지 않았습니다. 물론 그 쓸모 있는 것이란 전쟁을 위한 쓸모였죠. 히에론이 아무리 협박을 하고 사정을 해도 소용없었어요.

아르키메데스는 우선 천상의를 만들었는데, 그것은 아리스타르코스의 가설에 따라 천체의 움직임을 정확히 재현해내는 놀라운 기계이지요. 또 엄청나게 큰 수의 체계를 고안해냈는데, 그런 수에 비하면 십만이라는 숫자는 티끌에 불과한 것이었죠. 해변의 모래사장에 그려서 자신의 이론을 증명하곤 했던 그는 마지막 증명의 요소로 모래알을 선택했습니다. 모래 한 줌에는 얼마나 많은 모래들이 있을까? 시라쿠사 해변에는? 세상의 모든 해변과 사막에는? 그렇게 기상천외한 것을 셀 수 있다는 것은 그 누구도 상상조차 하지 못하던 일이었어요. 하지만 아르키메데스는 걸작인 『모래 계산자』라는 논문에서 모래도 수에서 벗어나지 못한다는 것을 증명했지요. 그는 우주 전체를 채울 만큼의 모래알 수도 셀 수 있다고 장담했습니다. 가능한 한 가장 큰 수를 구하기 위해 그는 아리스타르코스의 가설에 따라 우주의 크기를 엄청나게 크게 잡았습니다. 그리고 그가 얻어낸 막대한 수에 대해, 그것이 보다 더 큰 수, 자신처럼 특출한 두뇌의 소유자만이 생각해낼 수 있는 수에 비하면 아무것도 아님을 증명해냈지요.

정치적인 면에서 외교사절로 알렉산드리아에 간 것은 실패였습니다. 알렉산드로스 대왕에 버금가던 필라델포스 왕과 그의 뒤를 이은 '은인' 왕이 어렴풋이 약속을 하긴 했지만, '은인'은 지중해 서쪽에서 일어나는 일에는 전혀 신경을 쓰지 않았으니까요. 히에론은 혼자서 로마와 카르타고 중 하나를 선택해야 했습니다. 그리고 불행히도 카르타고를 택하고 말았죠. 결국 삼 년 동안 시라쿠사는 로마군에 포위되어야 했습니다. 아르키메데스가 발명한 전쟁 기계에도 불구하고 도시는 적의 침략을 받았지요.

불길에 휩싸인 시라쿠사 시로 제일 먼저 진입한 사람은 10인 대장인 브루투스였습니다. 용기를 내기 위해 들이켠 싸구려 포도주와 피에 취한 그 로마 병사는 도시의 거리를 휘젓고 다니면서 새로운 제물을 찾아 피에 젖은 검을 휘둘러댔습니다. 그러나 살아남은 사람들은 모두 왕궁으로 몸을 피했고, 왕궁에서는 히에론이 마르셀루스 장군이 들어오면 자비심을 베풀어주길 바라며 도시국가의 열쇠를 건네주기 위해 기다리고 있었지요. 성벽의 비밀문을 통해 작은 모래밭으로 간 브루투스는 어느 노인이 쪼그리고 앉아 모래 위에 알 수 없는 도형들을 그리고 있는 모습을 보게 되었습니다. 전사에게는 정말 보잘것없는 먹잇감이었지요. 바닷바람에 약간 술이 깬 병사는 저 그리스인이라면 자녀들을 위한 가정교사로 좋은 노예라고 생각했습니다. 그는 전리품을 두둑이 챙긴 후 로마로 돌아가서 가정을 꾸밀 생각이었거든요. 그래서 가까이 다가가 건방진 말투로 말했어요.

"노인장, 일어나 나를 따라오라!"

아르키메데스는 고개도 들지 않고 대답했어요.

"잠깐만, 부탁이네. 마침내 알아낸 것 같군."

늙은이가 말을 듣지 않는 것에 격분한 10인 대장은 아르키메데스의 등에 검을 박아버렸습니다. 피가 솟아 모래 위로 흘렀고, 그 위에 그려진 도형들과 숫자들은 피에 흥건히 젖었습니다. 어쩌면 그것이 아리스타르코스의 가설에 대한 대답이었는지도 모르지요.

암루, 풍자를 시도하다

― 그 10인 대장이란 작자는 멍청한 놈이었군. 하지만 더 나쁜 건 그 장군이야. 내가 그자였더라면 부하들에게 아르키메데스처럼 소중한 발명가는 반드시 살려두어야 한다고 명령했을 텐데.

암루는 소리쳤다.

― 마르셀루스 장군도 그렇게 명령을 내렸죠. 그래서 브루투스는 자신의 목숨으로 죗값을 치렀답니다.

히파티아가 대답했다.

― 그 마르셀루스라는 작자가 제대로 했군. 군대에서 가장 나쁜 죄는 설령 노인이 학자라 해도 노인을 죽이는 것이 아니라 상관의 명령에 불복하는 것이니까.

― 늘 그런 것은 아니지. 암루, 항상 그런 건 아니라네. 왜냐하면 장군, 불행히 자네도 어쩌다가 자네 주인의 명에 따라 이 도서관을 불태우게 된다면, 그땐 한 번에 수천 명의 아르키메데스를 살해하

는 것이 될 테니 말일세.

필로포노스가 이렇게 대꾸하자 당황한 장군이 말했다.

—이런! 그 학자를 잃었다고 해서 로마가 세계를 정복하지 못한 것도 아니잖소. 당신들이 말하는 그 아리스타르코스의 괴상망측한 짓거리도 마찬가지지. 자기 말로는 추론을 잘 하면 달과 해의 거리를 측정할 수 있다는데, 그게 무슨 가치가 있단 말인가? 파피루스나 모래밭에 보잘것없는 인간의 손으로 그린 삼각형들일 뿐인 유클리드의 기하학이라는 것이, 멀리 떨어진 넓은 공간에 신이 그린 삼각형들, 천문학자들이 아무리 생각 속에 재현하려 애써보았자 헛수고인 그런 거대한 삼각형들과 맞먹는다고 누가 감히 장담할 수 있단 말인가?

—그런 의심도 할 만하죠, 암루여. 그런데 먼 훗날의 학자들이 그런 명백한 진리[8]를 밝혀내지 못하는 건 아니에요. 그러니까……

장군의 지적에 상당히 놀란 히파티아가 대답했다.

—태양이 우주의 중심에서 움직이지 않고 있다는 그 불경한 설명에 대해선 말이오. 그렇게 설명한다고 해서 신의 말씀이 사람들에게 그 빛을 널리 전하지 못했던 것도 아니오. 우주의 중심은 단 하나, 그것은 신이오. 예언자께선 이렇게 말씀하셨지. "신은 눈에 보이는 기둥도 없이 하늘을 세우셨다. 태양과 달을 주관하시는 분도 그분이시다. 그분은 만물에 운동과 질서를 부여하셨도다. 그리하여 당신의 놀라운 능력을 명백히 보이신 것이다."

젊은 여인의 말을 끊으며 암루가 열을 올렸다.

—그럼 대체 어떤 점에서 지동설이 불경하다는 거죠? 성서에 지구가 태양의 주위를 돌지 않는다거나, 그 반대라거나, 또 달의 주위를 돌지 않는다고 언급한 부분이 있던가요? 그러니까 과학의 몫은

98

과학에, 신의 몫은 신에게 맡겨두세요.

히파티아는 흥분했다.

— 여자들이란! 전지전능하신 분께서 선지자들을 시켜 그런 걸 우리에게 말할 필요가 없다고 판단하신 건 그분 나름대로 이유가 있어서요. 신의 신비를 굳이 파헤치고자 하는 것은 신을 모욕하는 것이오……

— 아, 저는 그걸 기다려왔지요. 그 유명한 신비라는 것을! 그 신비의 이름으로 사제들이 죄라고는 인류에게 약간의 진리를 전하려 한 것밖에 없는 수많은 사람들을 죽음으로 몰고 갔거든요.

히파티아가 쏘아붙였다.

— 제발 진정해, 히파티아.

젊은 여인과 장군 사이의 말싸움이 내심 싫지 않은 라제스가 끼어들었다.

— 아리스타르코스의 이론들은 그가 죽은 뒤에 완전히 폐기되었잖아. 아무도 더이상 지구가 태양의 주위를 돈다든지, 그 '등잔'이 모든 운동의 중심이라든지 하는 걸 증명하려 하지 않았어. 곰곰 생각해보면 말이야, 만약 그게 사실이었다면 여호와께서 어떻게 여리고에서 태양의 움직임을 정지시킬 수 있었겠어? 아, 정말이지 그런 걸 생각해내다니 아리스타르코스가 너무 경솔했어. 자신의 이론을 세우면서 예컨대 '태양이 일어난다, 태양이 잠자리에 든다'를 '매일 아침 지구가 일어난다 혹은 잠자리에 든다'라는 식으로 대체할 새로운 구문들을 찾아내느라 여러 밤을 하얗게 지새우고 소중한 건강을 해치게 될 가엾은 문법학자와 문헌 연구자들 생각은 했을까? 불쌍한 지구가 누구랑 잠자리에 들겠어? 너무 외로울걸!

그는 농담이라는 티도 내지 않고 덧붙여 말했다.

―플로티누스[31]의 수염을 걸고 말하는데, 라제스, 당신은 마냥 농담이나 하고 정말 짜증나! 대체 당신에게 신성한 것이라고는 전혀 없는 거야?

히파티아가 야유했다.

―이런, 히파티아! 우리 의사분의 빈정거림은 매일 마주치는 세상의 불행으로부터 자신을 보호하기 위한 방패라고 말한 사람이 그대가 아니었던가?

자신이 점수를 따고 있다고 생각한 암루가 이죽거렸다.

―하지만 라제스의 말처럼 아리스타르코스를 개에게 던져줄 수는 없죠. 그것은 부당한 비난이며, 아리스타르코스를 그렇게 빨리 패배자의 대열에 집어넣을 수는 없다고요. 오직 후세 사람들만이 판단할 수 있겠죠. 아리스타르코스가 없었다면 에라토스테네스는 결코 지구의 둘레를 측정할 수 없었을 테고 우리가 사는 행성을 기후별로 나눌 수도 없었을 걸요. 그 사람이 아니었다면 프톨레마이오스가 『우주 형상지』를 쓰지도 못했을 거고요. 그 책은 기독교인과 유대인이 성서의 말씀에 어긋나지 않는다고 인정한 책이에요. 그가 아니었다면……

그녀는 흥분했다.

―프톨레마이오스가 또 있나? 그 사람은 번호가 몇 번인가?

라제스와 재치 있는 말씨름을 겨뤄보고 싶었던 암루가 물었다.

―그 사람은 이집트 왕이 아니니 얘기가 다르지. 그리고 얘, 히파티아, 이제부터는 좀 냉정을 되찾고 차분해지렴. 애는 썼다만 신통치 않은 하늘에 관한 네 설명 때문에 우리 주빈께서 화나신 모습

---

31) 205~270. 그리스의 철학자. 신플라톤 학파의 창시자.

이 보이지도 않느냐?

필로포노스가 끼어들었다.

— 전혀 그렇지 않소, 존경하는 필로포노스.

암루가 부인하며 덧붙였다.

— 가장 가증스러운 신성모독을 할 때조차도 솔직해서 참으로 매력적이오. 그런데 이건 또 뭐요? 당신네 학자들은 항상 이런 식으로 서로 다투시오? 마치 시장에서 돈 많은 손님을 두고 장사치들이 싸우는 모습 같구려. 대체 당신들이 내게 팔 귀중품으로 무엇이 있소?

— 자네에게 판다고?

필로포노스는 한숨을 내쉬고는 말을 이었다.

— 장군, 전혀 없네. 우리는 앎, 지식을 자네에게 주고 싶은 걸세. 사실 학자들은 종종 서로 다투지. 하지만 안심하게. 생산적인 논쟁이니까. 그러한 다툼에서 언제나 진리의 싹이 솟아나거든. 차라리 내일을 기대하게. 우리의 친구인 라제스가 자네에게 지식을 겨루는 진정한 경기자들인 이 시대의 위인들이 서로 맞붙었던 싸움들을 이야기해줄 걸세. 그러한 다툼들이 자네에겐 부질없는 것으로 보이겠지. 하지만 그것들이야말로 미와 학문의 여러 길을 열어주었네. 그것들이 적어도 지구의 둘레를 잴 수 있게 해주었으니.

'생산적인 논쟁이라,' 늙은 문법학자는 젊은 벗들을 데리고 물러가며 속으로 코웃음을 쳤다. '내가 보기엔 장군과 의사가 서로 대립하는 논쟁이야말로 그런 방향으로 가는 것 같군. 암루, 이제부터 그대가 히파티아의 마음에 들기 위해 무슨 일이든 못 하겠는가? 자기 주군의 명을 거역하게 될지 누가 알겠는가? 사랑의 힘이란 그토록

큰 것을! 만일 도서관을 살리는 대가가 그것이라면 기꺼이 내 종손
녀를 저 낙타 부리는 자에게 주고말고. 암, 그래야지.'

지식을 겨루는 경기자들
(라제스의 두번째 풍자문)

장군, 당신 말이 맞습니다. 프톨레마이오스라는 이름을 가진 자들은 참으로 많지요. 우리는 지금까지 겨우 셋만 언급했을 뿐이고요. 사람들은 그들을 라지드 왕조라고 하는데, 선조가 필리포스의 장군이자 알렉산드로스의 친척인 라고스라는 사람이었기 때문이라고 합니다. 그의 아내가 무척 상냥했다고들 해요. 지리학자인 프톨레마이오스는 잠시 잊도록 하지요. 수세기 이후의 사람인데다 왕가의 후손과는 전혀 관계가 없으니까요. 그 사람 이야기는 조금 뒤에 들려드릴 텐데, 그 프톨레마이오스는 당신의 칼리프의 마음을 누그러지게 할 것입니다.

다른 프톨레마이오스들, 이집트의 왕이며 새로운 파라오들은 모두 열세 명이 있었습니다. 열세 명의 프톨레마이오스라! 그것만으로도 복잡한데, 그것도 부족해서 아버지에서 아들로 계승된 것이 아니라 형제들간에 계승이 이루어졌지요. 서로 왕위를 놓고 다투느라, 둘째가 첫째를 추방하고, 막내가 뒤에 태어나는 동생을 독살하고, 장남이 자신의 자리를 되찾기 위해 막내를 타도하여 살해하곤 했습니다. 정말 맹수 우리가 따로 없지요! 일을 더 복잡하게 만든 것은 그 매력 만점의 가문에선 자신의 누이와 혼인하는 것이 관례였다는 것입니다. 프톨레마이오스 2세 때부터 그 관습이 시작되었는데, 그 때문에 필라델포스[32]라는 이름이 붙었지요. 지참금 문제가 해결된다는 장점은 있지만 의사인 저로서는 그러한 결합에서 백성을 다스리는 데 가장 적합한 후손이 나오리라는 장담은 못 하겠군요.

'구원자' 프톨레마이오스 1세가 아들을 딸인 아르시노에와 결혼시킬 때 가졌던 바람은 이집트의 새 백성들의 환심을 사고자 하는 것이었습니다. 사실 전설에 따르면, 이집트를 건국한 신이자 왕인 오시리스는 자신의 누이인 이시스와 혼인했고 둘 사이에서 태양신인 호루스가 나왔다고 합니다. '천박한 미신'이라고 생각하시겠죠. 저도 동의합니다. 하지만 결국 암루여, 당신이 조금만 더 깊이 생각해보고 우리가 공동으로 섬기는 성서를 믿는다면 말이지요, 성서에서 최초의 남자와 최초의 여자 사이에 낳은 두 아들 카인과 아벨이 자기 가족 이외의 그 어디에서 배우자를 찾아낼 수 있었겠습니까? 눈살을 찌푸리시는군요. 암루여, 농담이었습니다. 아무튼 별로 수가 많지 않은 이집트 백성들은 자기 조상신들에게는 전혀 개의치 않고, 성스럽게 여기는 돌멩이나 나일 강 혹은 이름도 모를 나무에 대고 그리스 침략자들한테서 해방시켜달라고 비는 쪽을 선호했지요.

---

32) '누이를 사랑하는 왕'이라는 의미.

다시 도서관 이야기로 돌아가보겠습니다. 그 후 알렉산드리아에서는 더이상 새로운 작품들을 손에 넣기 위해 선박들을 수색할 필요가 없어졌습니다. 국가로부터 숙소와 음식과 급료를 받을 수 있다는 희망에 세계 각지에서 학자, 시인, 철학자들이 몰려들었으니까요. 일단 무세이온에 자리를 잡으면, 운좋게 선택된 자들은 연구하고, 글을 쓰고, 고대의 작품들을 필사하고, 주석을 달며 분석했습니다. 심지어 유식한 척하는 꽤 적지 않은 사람들이 그 작품들을 고치기도 했지요. 예컨대 호메로스가 『일리아드』의 몇몇 대목에서 어설픈 문체를 사용했다거나 비속한 표현을 썼다고 판단한 거죠.

식객, 사기꾼들이 가장 위대한 시인, 가장 뛰어난 기술자들과 뒤섞여 몰려드는 가운데에서 사람들을 가려내기란 정말 어려운 일이었습니다. 왕이 사서의 도움을 받아 단독으로 결정을 내리곤 했는데, 사서는 아마 이집트에서 두번째로 중요한 인물이었을 것이고, 대개는 대신을 겸하고 있었지요. 초기의 사서들은 당연히 문법학자와 문헌학자들 중에서 뽑혔는데, 작품들을 분류하려면 출처 이외의 다른 기준들이 있어야 했기 때문입니다. 이를테면 최초의 사서인 에페소스 출신의 제노도토스가 세운 약간 혼란스러운 체계인 서고 입고 날짜 같은 것이죠. 제노도토스는 호메로스를 자기 방식대로 다시 쓰기도 했어요.

그의 후임자에 대해서는 이미 말했었지요? 키레네 출신의 칼리마코스라는 사람으로 베레니케 왕비의 측근이었다고요. 아르키메데스가 자신의 이름을 딴 용수철, 톱니바퀴, 나사를 만든 것처럼, 칼리마코스는 시가(詩歌)를 만들어냈습니다. 놀란 표정 짓지 마세요, 암루. 그리스 시가를 말하는 것이니까요. 당신네 백성과 가나안 서쪽에 사는 모든 백성들이 태초부터 그 신성한 예술을 구가해왔다는 것을 저는 잘 알고 있습니다. 하지만 그리스인들은 이성과 논리에 지나치게 몰두하다 보니 그렇지 못했지요. 심지어 플라톤은 자신의 『공화국』에서 시인들을 추방해버리기까지 했죠. 그러다 보니 그들에게 시란 마치 존재하는 것이 수치스럽기나 한 듯, 다른 종류의 꽃나무들, 즉 서사시, 연극, 철학, 음악, 나아가 과학이 만발한 숲속에 핀 바이올렛 꽃처럼 슬그머니 빠져버렸습니다. 칼리마코스는 시를 손에 들고 해가 환히 비치는 곳으로 나아갔습니다. 시는 더이상 그 모든 나무들의 그늘이 필요치 않았던 것이지요. 시는 스스로의 힘으로 만개하였습니다.

그러한 해방을 더욱 돋보이게 하기 위해 칼리마코스는 서사시의 언어와 리듬인 이오니아 식 장단단격의 6각시가 아니라 도리아 방언으로 애가의 이행구를 운율로 삼아 초기 작품을 썼습니다. 서사시는 그 힘으로 오랫동안 시를 눌러왔던 장르이지요. 그리고 초기 작품들을 책으로 냈습니다. 첫 시집이었죠. 그것은 하나의 혁명이었습니다. 이전까지는 감히 그렇게 하지 못했던 모든 사람들이 마침내 용기를 내게 되었습니다. 테오크리토스, 헤로다스, 로도스 출신의 아폴로니오스, 비잔틴 출신의 아리스토파네스 같은 사람들이 알렉산드리아로 몰려들었고, 기하학에 열광했던 알렉산드리아는 또 한번 거대한 열정에 휩싸이게 되었습니다. 칼리마코스는 시의 유클리드였던 셈이죠.

하지만 그는 신들, 사랑, 자연의 아름다움, 영혼의 고통을 노래하는 것에 만족하지 않았습니다. 도서관을 수중에 넣었던 것이지요. 정신이 약간 지쳐가고 있던 늙은 제노도토스는 그가 하는 대로 내버려두었습니다. 열성적인 칼리마코스의 후원 아래 도서관에서 일하던 수많은 사람들은 보다 뚜렷한 임무를 떠맡게 되었습니다. 그는 수서(受書) 업무를 재조직하여 모든 텍스트에 그 출처, 이전 소유자, 교정자를 명기한 꼬리표를 붙였습니다. 텍스트들은 손으로 베껴 쓰거나 때로는 받아 쓴 것들이어서 세심하게 교정을 해야 할 필요가 있었지요. 그렇게 해서 도서관은 호메로스의 새로운 판본을 마련하고 고전들에 주를 달고 주해를 하는 문헌 작업의 중심지가 되었던 것입니다.

칼리마코스는 색인 작업을 감독했습니다. 그는 도서관에 있던 약 12만 개에 달하는 두루마리를 읽고, 분류하고, 주제별로 나누어 목록을 작성했습니다. 시적인 것이라곤 전혀 없어 삭막하기 짝이 없는 텍스트지요. 하지만 다시 읽어보아도 길게 나열된 목록에서 깊은 매력을 발견할 수 있답니다. 「피나케스」[33]라는 세계 최초의 작가와 작품 목록 말입니다. 도서관의 책들을 분류하는 그 많고 많은 방법들을 여기서 늘어놓지는 않겠습니다, 암루. 그 문제라면 존경하는 필로포노스 선생님을 따라갈 수가 없으니까요. 이 주제가 당신에게 좀 따분하지 않을까 걱정입니다.

문학의 헤라클레스인 칼리마코스가 어느 정도로까지 도서관을 잘 이끌어나가는지 알게 된 프톨레마이오스는 그에게 공식적인 새 책임자가 되어줄 것을 요청했습니다. 그러나 시인은 이를 거절하고 대신 자기의 수제자이자 왕자의 교사이기도 한 로도스 출신의 아폴로니오스를 추천했습니다. 칼리마코스는 아르키메데스를 본받아 그런 식으로 은퇴하기로 결심했던 것이지요. 그는 시라쿠사의 학자가 참주에게 그랬던 것처럼, 자신의 재능을 온통 군주에 대한 봉사에 쏟고 싶지 않았던 것입니다. 군주의 업적을 노래하기 위해 영감

---

33) 고전 시가와 산문 두루마리 약 12만 개를 6개 분야로 나누어 목록으로 만든 것.

을 해치고, 돈과 정치 문제를 놓고 심의회에서 논쟁을 벌이느라 정력을 낭비하는 일이 그에게는 글쓰기의 자유에 심각한 타격을 주는 것으로 보였으니까요.

그런 고상한 이유 외에도 아폴로니오스가 자신의 뒤를 잇는다는 생각이 별로 불쾌하지는 않았습니다. 오랫동안 자신의 제자였던 그가 이제는 매우 막강한 라이벌로 떠오르기 시작했으니까요. 차후로는 젊은 경쟁자에게 칭송, 찬사, 왕이 발표하는 거창한 연설문 작성, 파피루스 상인들과의 힘겨운 협상, 왕에게서 몇 푼 되지 않는 드라크마[34]를 추가로 타내어 별로 흥미도 없는 두루마리 묶음을 구입하는 일들이 그에게 돌아가게 될 터였지요. 그러면 적어도 그동안만이라도 아폴로니오스가 『아르고나우티카』와 같은 훌륭한 걸작을 더이상 써내지는 못할 것이라 생각한 것입니다. 굉장히 뛰어난 사람도 때때로 놀라울 정도의 비열함을 보이기도 하지요!

하지만 일은 예상대로 풀려나가지 않았습니다. 아폴로니오스는 여전히 글을 쓰면서도 왕국에서 가장 중요한 인물, 세인의 관심을 한몸에 받는 인물이 되었으니까요. 사람들은 그에게 몰려가 시 몇 구절을 보이며 조언이나 일자리, 관직을 구하고자 했고, 이에 반해 불행한 칼리마코스는 세인에게서 잊혀진 존재가 되어버린 것입니다. 도서관 한구석에 산더미처럼 쌓인 목록들 뒤로 파묻혀버린 노인에게 이제는 어느 누구 하나 관심을 보이지 않았습니다. 그는 호기심이 당기는 것, 희한한 단어들, 잊혀진 신화를 찾아 양팔에 두루마리를 가득 안은 채 마치 세상의 무거운 짐을 밀고 다니는 풍뎅이처럼 느릿느릿, 그러나 열심히, 미로와도 같은 서가들을 헤매고 다

---

34) 화폐의 단위.

넜습니다.

그러던 어느 날이었어요. 그날도 씁쓸함을 되씹으며 헤시오도스가 쓴 『신통기』의 삭제된 판본—이것 역시 어설픈 제노도토스가 저지른 또 하나의 잘못이지만—을 복원하려고 애쓰다가 두 명의 거만한 젊은이가 자신의 서재 옆을 지나치는 것을 보게 되었습니다. 그들은 그가 다른 이들과 마찬가지로 별로 중요하지 않은 필경사일 뿐이라고 생각했는지 거의 신경도 쓰지 않고 큰 소리로 떠들며 그의 곁을 지나쳤습니다.

"확실히 말이야, 이 도서관에서 기하학 책은 찾아보려야 찾아볼 수가 없어. 아폴로니오스 스승님 말씀이 맞아. 너무도 오랫동안 자연과학을 분류하는 데만 신경을 썼다고 하셨거든." 그중 한 사람이 지껄였습니다.

노시인은 얼굴이 창백해졌습니다. 자신의 옛 제자가 저런 애송이들 앞에서 그의 작업을 헐뜯었다니! 자신이 「피나케스」에서 문헌학과 마찬가지로 수학, 의학, 천문학, 지리학으로 학문을 구분한 것이 전혀 잘못된 것이 아닌데도 말입니다. 그러한 비판은 너무나 부당한 것이었지요. 칼리마코스는 복수를 하기로 다짐하고 자신이 다루는 가장 훌륭한 무기, 즉 글을 이용했습니다.

그가 쓴 『이비스』가 세상에 나오자 떠들썩했습니다. 아니, 차라리 엄청난 웃음을 불러일으켰다고 해야겠군요. 그 풍자는 아폴로니오스의 문체를 흉내 낸 것이면서도 또한 아폴로니오스의 작품에 쓰인 모든 것이 고대 작가들과 자기 스승의 작품을 표절한 것이라는 의미를 흘리고 있었으니까요. 그 글에 '이비스' 라는 제목을 붙임으로써 칼리마코스는 사서가 이집트 출신이지 그리스 출신은 아니라는 것, 텃새가 자기 살던 곳을 떠나면 매사에 서툴러지고 먹이라도 찾을라치면 진창에서 곤욕을 치러야 한다는 것을 상기시켰지요.

시인에게 조소의 대상이 되는 것보다 더 나쁜 것은 없습니다. 특히 대신 회의가 한창 벌어지는 가운데 왕자가 직접 아폴로니오스 면전에서 가장 짓궂고도 우스꽝스러운 대목을 소리 내어 읽으며 재미있어할 때는 더더욱 그렇지요. 설령 프톨레마이오스라 할지라도 학생이 제 선생을 조롱하는 일은 흔하지 않으니까요. 아폴로니오스는 당당히 사서직을 사임하고 자신이 살던 로도스 섬으로 돌아가 그곳에서 수사학과 문법을 가르쳤습니다.

필라델포스 왕의 말년은 통치 기간이 길어지면 그렇듯이 단조롭고 힘들었습니다. 그의 재위 기간은 사십 년이거든요. 아폴로니오스가 가버린 일, 결국 중단되긴 했지만 사모스 출신의 아리스타르코스가 재판에 회부된 일은 알렉산드리아가 퇴락기에 접어든 것을 보여주는 커다란 징후들이었습니다. 마침내 왕이 죽고, 칼리마코스도 얼마 지나지 않아 왕의 뒤를 따랐습니다.

아버지와 아르시노에 왕비 사이의 근친상간에서 태어난 프톨레마이오스 3세가 재위했던 24년간은 아마도 이집트 역사상 가장 평화롭고 번창한 시기였을 것입니다. 지혜로운 그의 통치 아래 도서관에 소장된 두루마리 장서는 거의 50만 개에 달했습니다. 여러 차례 공을 들인 덕분에, 마침내 예전에 아리스토텔레스가 소장했던 장서들을 아테네에서 얻어내기까지 했지요.

신하들이 지어준 '은인'이라는 별명에 걸맞게, 새로운 왕이 제일 처음 한 일들 중 하나는 아폴로니오스를 다시 불러와 사서에 임명하는 것이었습니다. 옛 제자였던 왕이 간곡히 사정하자, 망명중이던 시인은 몇 가지 조건을 내걸고 돌아왔습니다. 우선 키레네 출신의 에라토스테네스라는 과학자와 함께 일을 맡겠다는 것이었는데, 그는 바로 아르키메데스와 서신을 주고받던 사람으로 후에 유클리드의 막대를 소유하게 되지요. 그 결정은 현명한 것이었습니다. 칼리마코스가 어둠 속에서 도서관의 운명을 좌우하고 있었을 때는 문학을 내세우느라 천문학, 기하학 혹은 건축학의 작품들이 무시되었기 때문입니다.

아폴로니오스는 칼리마코스의 공격에 영혼 깊숙이 상처를 입은 터였습니다. 하지만 시인인 칼리마코스의 작품은 세상 그 무엇보다도 높이 평가하고 있었지요. 로도스에서 망명생활을 하는 동안 그는 자신의 서사시인 『아르고나우티카』를 끊임없이 가다듬어 절대적으로 완벽한 경지에 이르게 하였습니다. 그러나 그 뒤로는 영감이 고갈되고 말았지요. 이미 작고한 스승의 망령이 그를 짓누르는 한 더이상 글을 쓸 수가 없었던 것입니다. 그는 어느 날 또다른 '이비스'가 나타나 훨씬 더 큰 모욕을 줄지 모른다는 생각에 떨었습니다. 책들이 무서워졌던 게지요. 그리하여 알렉산드리아로 돌아온 후 그는 도서관의 모든 책임을 에라토스테네스에게 떠넘기고, 자신은 '은인' 왕의 가장 가까운 조언자로서 만족했던 것입니다. 애가 대신에 이제 그는 왕의 연설문과 칙령들만 작성했습니다.

지중해 연안 근동 지방 전체를 지배하게 된 이집트 왕국에서 왕 다음으로 가장 강력한 인물이 바로 아폴로니오스였고, 그는 이집트가 그렇게 강성하게 된 것과 무관하지 않았습니다. 지중해 반대편에는 로마가 있었지요. 하지만 그때 누가 그 야만인들에게 관심을 가졌겠습니까? 오늘날 비잔틴이 당신네들로 대표되는 유목 상인들을 멸시하는 것과 똑같이, 당시 오만한 알렉산드리아는 서쪽 세상의 병사와 농민들을 멸시했지요.

로마에 대해 불안감을 느낀 사람은 단 한 명, 진정한 사서인 에라토스테네스였습니다. 사실 그의 벗인 아르키메데스가 편지에서 종종 도시국가 이탈리아가 거둔 승리에 대해 알려주곤 했습니다. 그래서 그는 왕과 아폴로니오스에게 위험을 알리려고 했지만 소용없었지요. 가서 연구나 하고 서가를 관리하라는 말만 들었으니까요. 하지만 그는 무엇보다도 알렉산드리아의 몰락이 서쪽에서부터 오리라는 것을 알아채고 있었습니다.

에라토스테네스는 박식한 사람이었습니다. 그는 저마다 자기 전공 분야에만 몰두하는 성향이 있던 무세이온에서, 모든 것에 대해 두루 지식을 갖추고 있었지요. 예전에 칼리마코스에게 문법과 시를 배웠고, 그 후 약 이십여 년간 아테네에 체류하며 플라톤주의자와 스토아 학파 사람들과 빈번하게 교류를 했답니다. 그 뒤에는 알렉산드리아로 돌아와서 사모스의 아리스타르코스에게 천문학과 수학 강의를 들었고, 시칠리아 출신 학자인 아르키메데스가 이집트에 머무는 그 잠시 동안에 교분을 맺기도 했었지요. 그 교분은 아리스타르코스의 재판이 문제되었던 한때, 아르키메데스의 지나치게 외교적인 태도 때문에 깨어질 뻔하기도 했습니다. 에라토스테네스는 자신은 그 재판에 동의하지 않는다는 것을 분명히 하기 위해 아테네로 다시 가버렸지요. 그리고 연로한 필라델포스 왕에게 이렇게 편지를 보냈습니다. "적어도 이곳에서는 위정자들이 학자에게 완전한 자유를 부여하고 있습니다. 그들은 소크라테스의 죽음이 남긴 교훈을 이해했던 것입니다. 그렇지만 왕께서는 아리스타르코스를 무세이온에서 쫓아냄으로써 그에게 가장 지독한 독당근을 내리신 겁니다"라고 말이지요.

프톨레마이오스 3세는 왕위에 올라 아폴로니오스와 에라토스테네스를 차례로 곁에 불러들여 자신은 용기 있게 자발적으로 망명한 자가 선왕인 필라델포스 왕에게 준 교훈의 의미를 잘 이해했노라고 확실하게 알렸습니다. 그리하여 '은인'이 통치한 이십사 년간은, 더이상 글을 쓰지 않는 시인 아폴로니오스와 박학다식한 학자 에라토스테네스 사이에 완전한 합의가 이루어진 덕분에, 무세이온에 평화가 자리잡을 수 있었습니다.

사실 에라토스테네스는 어느 분야에 뛰어나다고 말할 수가 없습니다. 철학, 시학, 역사, 음악, 수학 그리고 물론 천문학을 다 다루었으니까요. 여든두 해의 생애 동안 그는 자신의 모든 재능을 발휘하지도 못한 채, 그리스인들이 포위하고 있을 때, 생의 최후 시한에 다다른 듯 세상을 떠났습니다. 사실 그는 어느 정도 자신의 운명을 선택했습니다. 눈이 멀어 더이상 글을 읽을 수 없게 되자 굶어 죽어버렸으니 말입니다.

하지만 그 전에 얼마나 많은 눈부신 업적을 남겼는지 모릅니다. 나야 수학자가 아니고 의사라서 암루, 당신에게 그 방법을 상세히 설명할 수는 없지만, 그는 소수를 찾아내는 방법을 창안했는데 그걸 '체[h]'라고 부릅니다. 또한 「카타스테리스메스」라는 목록에 736개의 별을 분류해놓았는데, 나로서는 그 둘 다 잘 모릅니다. 내가 아는 것은 그가 최초로 지구의 둘레를 계산해냈다는 것이지요.

그 엄청난 일을 이루어내기 위해 그는 하지에 태양이 천정점에 위치할 때 드리우는 그림자 길이의 차이를 서로 멀리 떨어진 두 지점에서 측정했습니다. 한 군데는 알렉산드리아이고 다른 한 군데는 시에네라는 지중해 도시인데, 그곳은 그의 스승인 아리스타르코스가 사람들에게서 완전히 잊혀진 채 생을 마감했던 곳입니다. 그렇게 함으로써 그는 스승에게 가장 큰 경의를 표한 셈이지요. 왜냐하면 천문학계의 스승인 그의 계산 방식 덕분에 에라토스테네스가 지구 둘레를 잴 수 있었으니까요. 암루, 당신이 아무래도 못 믿겠다는 표정이니 잠깐 설명을 해야겠군요⋯⋯

에라토스테네스는 여행자들의 입을 통해 시에네에는 우리가 하지라고 부르는 여름 첫날 정오가 되면 태양 광선이 100쿠데[35] 정도 깊이의 우물을 수직으로 비춘다는 사실을 알게 되었습니다. 그 짧은 순간에, 군중들은 평소 우물 바닥 어둠 속에 웅크리고 있던 동그란 우물물이 반짝이는 모습을 경탄하며 볼 수 있다고 합니다. 그런데 우리 학자께선 이미 시간과 계절에 따라 사막의 여러 장소에 유클리드의 막대를 꽂아본 적이 있어서, 알렉산드리아에서는 태양이 언제나 그림자를 만든다는 것을 알고 있었습니다. 그래서 천재적인 추론을 해낸 것이지요. 즉 시에네에서는 그림자가 생기지 않는 시각에 알렉산드리아에 생기는 그림자의 길이를 측정해낸다면, 지구의 둘레를 계산해낼 수 있겠구나 하는 것이었지요. 생각했던 날짜와 시각이 되자, 그는 그 작업을 실행에 옮겨 태양이 알렉산드리아에 광선을 내리쬐는 각도를 추론해냈습니다. 정확히 원의 50분의 1이 되는 각도였죠. 기하학의 가장 간단한 셈을 통해, 에라토스테네스는 지구 둘레의 길이는 시에네에서 알렉산드리아까지의 거리의 50배와 같다는 결론을 이끌어냈습니다.[i] 그런데 그 거리는 어떻게 잴 수 있었을까요?

전해지는 이야기에 따르면, 에라토스테네스는 대상들에게 물어서 낙타 한 마리가 그 거리를 가는 데 오십 일이 걸리며, 낙타는 하루에 평균 100스타드[36]를 간다는 사실을 알아냈다고 합니다. 사실

---

35) 길이의 단위. 1쿠데는 약 50센티미터.
36) 고대 그리스의 거리 단위.

114

에라토스테네스로서는 이런 조악한 근사치로 만족할 수가 없었을 것입니다. 이와는 반대로 도서관에 있는 귀한 자료에는, 그 학자가 어떻게 천재성을 발휘하여 자신의 목적을 이루었는지 잘 나와 있지요.

그는 당대에 알려져 있던 지형 측량 수단을 모두 동원하려 했습니다. 대상들의 이야기뿐만 아니라 토지대장, 예선도(曳船道)의 거리, 비전문가들의 보고 등을 말입니다. 암루, 혹시 당신이 이제 막 정복한 나라의 나일 강이 매년 경작한 땅의 경계와 테두리를 바꾼다는 사실을 아시는지요? 소유권을 명확히 정하기 위해 프톨레마이오스 왕조는 각 지역의 도청 소재지마다 재정과 토지대장 담당을 두어 왕실 측량사들이 측정한 지적부상의 토지 구획인 '스프라기드'의 넓이를 기록하게 했습니다. 에라토스테네스는 이러한 자료들을 수집하여 수첩에 꼼꼼히 기록했습니다. 또한 시에네와 알렉산드리아 사이로 거의 북쪽을 향해 흐르는 나일 강의 길이와 관련된 수치들도 기록해두었습니다. 곡물과 수단에서 나는 값비싼 천들을 가득 싣고 나일 강을 따라 내려오는 위풍당당한 범선들은 분명 사람의 힘으로 끌었을 것입니다. 그 사람들은 긴 밧줄을 사용하여 배를 끌었는데, 그 밧줄들은 셴[37]이라는 것으로, 길이가 모두 일정해서 사용된 셴의 숫자만 세면 예인하는 중계소 사이의 거리를 쉽게 얻을 수 있었습니다. 암루, 그리스화한 모든 국가의 도로들이 그렇듯이, 이집트의 도로들도 비전문 측량사들이 측정했다는 사실을 아시는지요? 하루 보행 거리란 이미 헤로도토스가 천 년도 더 전에 사용한 길이의 단위랍니다. 에라토스테네스는 보행자들에게 돈을 주

---

37) 밧줄을 이용한 길이의 단위. 1셴은 5~10센티미터.

고 시에네에서 알렉산드리아까지 걸어가게 하기도 했지요.

마침내 그는 여러 출처에서 얻은 자료들을 모두 모은 뒤 숱한 오류의 가능성을 최소화하기 위해 평균을 냈답니다. 그리고 의기양양하게 '은인' 왕에게 가서 결과를 알렸지요. 시에네에서 알렉산드리아까지의 거리는 5천 스타드이므로, 지구의 둘레는 그보다 50배 더 많은 25만 스타드라는 것이었습니다.[j]

마지막으로 그는 자신이 수학적 추론의 엄밀한 사슬을 통해 측정해낸 지구를 바빌로니아인들이 눈금을 매기는 방식에 따라 마치 수박처럼 360개의 똑같은 구역으로 분할했습니다. 그렇게 해서 그 뒤로 사람들이 '지식을 겨루는 선수'라고 즐겨 부른 에라토스테네스는 프톨레마이오스 — 이 사람은 물론 우주의 학문이라는 자신의 영역을 제외하고는 한 번도 왕이 되어본 적이 없는 학자 프톨레마이오스를 말하는 것입니다 — 가 나타나기 거의 삼 세기 반 전에 지리학을 창안했지요.

암루, 시인임을 밝히다

　─자네가 말한 그 지식의 헤라클레스들, 시인, 철학자, 과학자들
은 대체 무슨 열정으로 도시국가와 종교의 일에 끼어들게 된 것인
가? 운이나 맞추고, 사색이나 하고, 발명이나 할 것이지. 통치는 왕
들에게 맡기고, 기도는 사제들에게 맡기면 될 것 아닌가!

　암루가 말했다.

　─후자들이 자기 직분을 잘 수행해야겠지요. 그리고 자신들은
조잡한 시를 쓰거나 우주의 형상에 관해 규칙을 정하는 일 따위는
하지 말아야지요. 당신의 칼리프도 아무것도 모르면서 지구가 편평
하다고 선포한 그 사제들처럼 과학의 발견을 좋다 아니면 나쁘다라
는 식으로 결론을 내립니까? 문학을 안답시고 뽐내는 군주와 장군
들로 말하자면, 그 작자들이 쓴 형편없는 작품들로 서가를 채우자
면 서가 전체가 필요할 겁니다.

　라제스가 대꾸했다.

—사실 말이지, 나도 사막의 고독 속에서 천지창조의 무한함에 관해 몇 편의 시를 써보려고 했네. 알라 신이 용서해주시길.

　암루는 수염을 쓰다듬고 히파티아를 곁눈질하며 말했다.

　—축하하네.

　필로포노스는 매우 정색을 하며 칭찬하고는 말을 이었다.

　—라제스의 저 못된 말은 듣지 마시게. 군주와 군인들도 때로 존경할 만한 작품들을 썼으니 말이네. 자네에게 '구원자' 프톨레마이오스 1세가 쓴 알렉산드로스에 관한 작품을 말해주었지만, 지금 내가 말하는 것은 카이사르와 그 외 여러 사람의 글이라네. 사제들에 대해서는, 아! 자네가 누미디아[38]의 히포네스 출신인 아우구스티누스의 작품을 읽어야 할 텐데. 그 사람은 기독교계에서 가장 뛰어난 작가이자 사상가였다네.

　—당신들 말을 듣고 있자니 내가 읽어야 할 게 무척 많구려. 그런데 우리에게는 그럴 시간이 거의 없소. 당신들은 아직까지도 내 질문에 답하지 않았소. 대체 지식에 관한 일들에만 신경을 써야 할 그 망할 시인과 학자들이 왜 권력의 일에 몰두하는 거요? 라제스, 왕이 내린 그 명예를 거절할 수 있었던 것을 보면 자네가 그토록 헐뜯은 그 칼리마코스라는 자가 내 보기엔 아르키메데스보다 더 용감한 것 같은데.

　암루가 빈정거렸다. 그러자 히파티아가 끼어들었다.

　—차라리 이렇게 생각하진 않으시나요? 도서관이라는 공동의 이익을 위해 행동하는 대신 오직 자신의 예술과 자신의 라이벌인 아폴로니오스를 생각하여 그렇게 숨어버린 것이 이기적이고 시기

---

38) 알제리 북부에 해당하는 북아프리카의 고대 지명.

심 많은 행동이 아니었는가 하고 말이죠. 반대의 경우로 제 종조부이신 필로포노스를 보세요. 할아버지께서는 이 시대의 모욕을 감수하고 또 지금은 당신 전사들의 모욕을 받으면서도 이곳을 지키기 위해 엄청난 작품으로 남길 수 있는 것들을 희생하신 분이니까요.

— 애야, 그런 얘기라면 제발 그만두어라. 장군, 자네의 질문에 답하자면, 작가나 학자들이 정치에 몰두한 것이 아니라 정치가 오히려 그들에게 신경을 썼다고 말하겠네. 시인들이 왕을 필요로 하기보다는 왕들이 시인들을 더 필요로 했으니 말일세. 시인들은 군주가 하사하는 은급(恩給)이나 그들 머리에 얹어주는 관이 없더라도 잘 지냈을 테니까. 왕들로 말하자면, 그들이 필요로 하는 건 자신들의 영광을 노래하는 숱한 글이 아니라 시인들이 지닌 비전일세. 눈앞에 보이는 사물들로 이루어진 현실 저 너머를 꿰뚫어 보는 그런 혜안이 시인들에겐 있거든. 그들이 하는 말은 신이 불러준 것이 아니기 때문에 그들을 예언자라고 할 수는 없네. 예언자로 자처하는 시인에겐 불행이 찾아들지. 하지만 시인들은 그 누구도 볼 수 없는 것을 본다네. 그러나 안타깝게도 군주들은 그 드높은 진리에 거의 귀를 기울이지 않지. 만일 그 세 프톨레마이오스 왕들이 칼리마코스의 이 구절을 읽었더라면 아마도 알렉산드리아는 지금과 같은 꼴은 당하지 않았을 걸세. "왕의 권력은 신에게서 받는 것이지만, 왕이란 국가의 수호자에 지나지 않는다. 오직 신만이 국가를 파괴할 수 있으며, 신만이 왕들을 권좌에서 물러나게 할 수 있다." 그리고 에라토스테네스는 『시라쿠사 공략』에서 이렇게 말했네. "저녁의 태양은 바다를 그 피로 적시네. 군주들이여, 조심하라. 저녁의 태양이 뮤즈들을 익사시키며 새벽까지 퍼지지 않도록." 그는 이처럼 로마인들의 정복, 로마와 페르가몬의 동맹과 도서관 전쟁을 예

고했지.

　―도서관 전쟁이라니? 그럼 책 때문에 전쟁을 했단 말이오? 당신들 말로는 책은 오직 평화만을 가져다준다고 하지 않았소?

　―단지 말싸움이었을 뿐이네. 하지만 그 말싸움이라는 것은 실제의 분쟁, 더 잔혹한 분쟁을 예고하는 것이었지. 자네가 허락한다면 내일 내가 그 얘기를 해주겠네. 라제스의 말은 너무 가벼울 테고, 히파티아는 그런 유의 이야기를 경멸하니 말일세.

　암루는 생각했다. '자, 책도 무기가 될 수 있다는 것을 오마르가 깨닫는다면, 어쩌면 마음을 접을 수도 있겠지.'

도서관 전쟁
(필로포노스의 두번째 강론)

그보다 800년 전에 수많은 소왕국과 도시국가들이 급속히 생겨 나고 있었네. 알렉산드로스의 후손이라거나 그 휘하 장군으로서 후계자임을 뽐내는 그리스인들이 다스리는 그런 나라들을 통제하기엔 제국이 너무 방대하여 다소간 느슨한 상태였지.

그 조그만 나라들 중 '미시아'라는 암벽 산봉우리에 페르가몬 시가 우뚝 서 있었는데, 셀레우코스 왕조가 지배하는 페르시아 세력권에 둘러싸여 있었다네. 알렉산드로스 휘하의 어느 장군이 전리품을 숨겨두기 위해 그곳에 요새 하나를 세웠었네. 그리고 장교들 중 하나에게 경비를 맡겼는데, 그자는 장군을 배신하고 셀레우코스 안티오코스에게 팔아버렸다네. 그 대가로 배신자가 받은 것이 바로 전리품으로 획득한 보물과 페르가몬이었지. 요새는 점차 그 영역을 확장하였고, 오래지 않아 그 지역은 왕국이 되고 세력도 커졌네.

페르가몬은 에게 해의 몇몇 아름다운 항구를 차지하는 것에 만족하지 못하고 예전에 자신을 태동하게 해준 배후의 국가 영토, 즉 자신의 주군인 안티오코스의 영토를 넘보게 되었다네. 페르가몬은 로마에 도움을 청했지. 이스트로스에서 키레네, 아테네에서 쉬즈[39]에 이르기까지 모두들 분노했어. 마케도니아인이건, 스파르타인이건, 알렉산드리아인이건 아니면 이오니아인이건 간에 모두 다 페르가몬의 왕인 아탈로스가 배신자인 그의 조부와 마찬가지라고 떠들어 댔네. 결국 페르가몬은 그리스 왕국과 도시국가들로부터 추방을 당했네.

　로마는 안티오코스와 전쟁을 벌여 승리했고 그 대가로 임시 동맹국인 페르가몬에 리디아, 프리지아[40] 그리고 헬레스폰트[41]를 넘겨주었다네. 예상과는 달리 로마 병사들은 다시 포에니 전쟁터로 향했어. 지나치게 약아빠지고 규율도 서 있지 않은 그리스인들에게 용기와 질서와 진실함이 무엇인지 교훈을 주는 것으로 만족하고 말이지. 그러나 페르가몬은 오직 싸울 줄만 알고 자신들의 승리를 이용할 줄조차 모르며 연극이 무엇인지도 모르는 촌스러운 라틴인들을 비웃지 않을 나라가 아니었어.

　페르가몬의 새 주인이 된 에우메네스 2세는 로마와의 동맹으로 말미암아 주변 국가들로부터 멸시당한다는 것을 느꼈네. 게다가 그는 출신도 모호했지. 어쩌면 그리스인도 아니고 마케도니아인도 아닐지 모르지만, 확실한 것은 한 줌의 금은 보석을 위해 자신의 주인을 팔아먹은 변절자의 후손이라는 것이었네. 반면 프톨레마이오스

---

39) BC 5000년경에 메소포타미아 평원 인접한 곳에 세워진 고대 도시.
40) 소아시아의 중부에서 서부에 걸쳐 있던 고대 지명.
41) 터키 서부의 마르마라 해와 지중해를 연결하는 지금의 다르다넬스 해협. '그리스의 문호' 라는 뜻.

나 셀레우코스 왕조의 왕들에게는 적어도 알렉산드로스 편에 서서 싸운 조상이나 있었지.

하여간 페르가몬의 왕 에우메네스 2세는 로마의 환심을 산 덕분에 그 뒤 강력한 국가를 떠맡게 되었다네. 그리고 비천한 출신의 사람이 갑자기 엄청난 부를 얻게 된 것처럼 그도 보란 듯이 자신의 행운을 과시했지. 그는 자신이 다스리는 도시국가를 그리스 세계에서 가장 아름답고 위대한 국가로 만들고자 했네. 그는 암벽 산봉우리에 거대한 신전들과 으리으리한 온천장, 초대형 극장들을 세웠네. 그는 모든 면에서 아테네를 모방했는데, 단 그 규모를 두 배로 더 크고 웅장하게 만들었다네. 그 공사에 참여한 건축가들 중 알 만한 이름을 가진 사람은 아무도 없어. 왕은 그 작업이 오로지 자기 혼자만의 작업이길, 후세 사람들이 오직 아탈로스 에우메네스 2세라는 자신의 이름만을 기억하길 원했던 것이지. 그는 온 백성에게 프톨레마이오스 1세가 알렉산드리아에서 그랬듯이 자신도 페르가몬에서 명성을 날리고자 하는 야망을 공표했네.

내 비록 사람의 마음을 꿰뚫어 본다고 할 수는 없지만, 내가 생각하기에 그는 내심 로마인들과 동맹한 것을 사람들한테 용서받고, 왕국이 부유해진 것은 오직 자신의 조상이 배신한 결과에서 비롯된 것이며 그 왕국이 헬레니즘 사상과 예술의 가장 훌륭한 옹호자가 되었다는 것을 증명하려 했던 것 같네. 그런 이유에서 에우메네스는 감히 알렉산드리아 도서관보다 장서 수가 더 많고 더 완벽한 자신의 도서관을 세우겠노라고 장담하게 된 것일세.

그러나 자신과 동류인 자들한테 적법성을 인정받아야 한다는 강박에 사로잡혀 있던 그는 자신의 서가에 오직 그리스 서적들만 두고, 도서관 안뜰에 오로지 그리스 학자와 작가들만 두기를 원했다네.

한편 알렉산드리아는 세상에서 벌어지고 있는 일에 초연한 채 평화로운 나날을 보내고 있었네. 마치 어떤 폭풍이 닥쳐도 뿌리 뽑히지 않으리란 것을 알고 있는 옹이 많은 올리브 나무처럼, 바다 건너편에서 먹구름이 점점 짙어져가는 것에 전혀 신경도 쓰지 않고 말일세.

당시 도서관은 비잔틴 출신의 아리스토파네스라는 엄격한 사람이 맡고 있었는데, 그는 비상할 정도로 박학한 문법학자였네. 그는 호메로스, 헤시오도스, 알세, 핀다로스, 에우리피데스, 아나크레온 그리고 자신과 동명이인인 아리스토파네스의 결정판을 출간했었지. 그가 도서관장을 맡게 되면서 희곡 서적이 서가에 꽂히게 되었네.

또한 고어, 전문 용어, 희귀어, 속담 따위의 목록을 작성함으로써 최초로 사전을 만들었다고도 할 수 있지. 하지만 그의 최고의 업적, 그것은 그리스 문학의 아름다움을 접하려면 자네도 제일 먼저 읽어보아야 하겠지만, 각각의 장르에서 자신이 보기에 가장 완벽하다고 생각되는 본보기로서의 텍스트들을 선별하여 '알렉산드리아의 정전(正典)들'이라는 제목으로 책을 출판한 것일세.

매년 왕의 후원으로 무세이온에 들어오고자 하는 자들을 대상으로 시 경연대회가 열렸네. 지원자들은 모두 시 한 편씩을 지어 읽었지. 때로 지원자가 유독 아름다운 글을 낭송할 때면 심사위원들은 찬사를 아끼지 않았다네. 오직 냉정한 아리스토파네스만이 박수를 치지 않았지. 사람들이 평온을 되찾으면 그때서야 그는 자리에서 일어나 잠시 동안 도서관 안으로 모습을 감추곤 했어. 그러고는 낡은 두루마리를 들고 다시 나타나 큰 소리로 읽었지. 그것은 그토록 뛰어난 지원자의 글과 똑같은 글이거나 거의 비슷한 글이었다네. 아리스토파네스는 한 번도 틀리지 않았어. 그리고 표절한 자는 도시 밖으로 추방되었지. 그렇게 쫓겨난 자는 대개 에우메네스 2세에게로 가서 몸을 의탁했네. 그 왕은 자신이 뽑는 사람들의 질에 대해서는 별로 신경을 쓰지 않았으니 말일세.

어쨌든 페르가몬의 도서관은 계속 성장했네. 6년 만에 벌써 4만 권의 장서를 소장하게 되었지. 그곳에서는 알렉산드리아가 초기에 했던 것과 똑같은 방법을 사용했지만 알렉산드리아만큼 꼼꼼하게 일을 하지는 않았네. 선박들을 통해 들어오는 두루마리들을 압수하기는 했지만 원본에 대한 대가로 복사본을 돌려주는 일은 도외시했네. 그리고 무엇보다도 동맹군인 로마군이 그리스나 일리리아에서 승리를 거두면 페르가몬은 제 몫의 전리품을 요구하곤 했는데 그게 바로 피점령국의 공공 도서관과 개인 도서관 서가의 책들이었다네. 미천한 로마 병사들에게는 달라고 애써 부탁할 필요조차 없었지. 암루, 그들은 그때까지도 정복자에게 책이 어떤 힘을 줄 수 있는지 알지 못했으니 말일세. 그들은 차라리 남성적인 덕목에 대한 예찬을 요구했는데, 그거야 밭을 갈 보습의 날이나 적을 죽일 수 있는 칼 외에 다른 것은 필요로 하지 않지. 그들에게 예술, 문예라는 것은 여전히 타락한 백성들이나 즐기는 선정적인 오락에 불과했네. 뮤즈란 여성이 아니던가?

알렉산드리아의 도서관 사서였던 아리스토파네스가 페르가몬이 점차 무세이온의 헤게모니를 다투려 한다는 것을 제일 먼저 알아차렸네. 이집트로 흘러드는 책의 물길이 고갈되어가고 있었으니까. 대신 위조범, 표절자, 고대의 원고와 비슷하기만 하면 무엇이든 팔아넘기려 하는 사기꾼들의 숫자만 늘어갔지. 물론 노회하고 박학한 학자로서는 그깟 속임수쯤 가려내는 정도야 식은 죽 먹기였지만, 기력이 점점 떨어지고 있었고, 또 자신의 후임으로 지명한 아테네 출신의 아폴로도로스가 과연 그런 일을 감당할 만한 능력이 있는지 확신도 서지 않았다네.

그는 프톨레마이오스 5세인 에피파네스[42]에게 경고했지만 왕은 어깨만 으쓱할 뿐이었지. 왕의 생각은 다른 곳에 가 있었으니까. 네 살 때 왕위에 오른 에피파네스는 재위 스무 해째에 접어들면서 누군가 자신을 독살하려 한다는 근심에 빠져 있었다네. 사실 프톨레마이오스 혈통은 지나친 근친혼으로 인해 육체가 썩어가면서 쇠락하고 있었네. 비록 자신의 누이와 혼인하는 그 불길한 전통을 끊고 이웃 나라 왕의 누이와 결혼을 하긴 했지만 후계자를 생산할 수는 없었어.

어느 날, 페르가몬의 왕 에우메네스 2세는 자신의 도서관에 데모스테네스의 연설문 전체를 완벽히 구비했노라고 의기양양하게 선언했네. 데모스테네스는 그보다 두 세기 전에 알렉산드로스 대왕의 선친인 필리포스 2세가 그리스를 침공했을 때 전력을 다해 투쟁했던 사람으로 모든 시대를 통틀어 가장 뛰어난 웅변가이지. 특히 페르가몬은 소실되었다고 알려진 마지막 저서인 『필리포스 왕 공격 연설문』을 보유하게 되었노라고 주장했다네. 그러자 페르가몬에 사람들이 구름떼처럼 몰려들어 미발표된 그 작품을 보려 했네. 아리스토파네스는 밀정을 보내어 그 작품을 베껴 오게 했네. 일단 원고를 손에 넣자, 그는 시 경연대회 때처럼 검토에 들어갔고, 별 어려움 없이 서가에서 람사크 출신의 아낙시메네스라는 자의 『필리포스 왕 이야기』라는 책을 찾아낼 수 있었다네. 그 책은 그자가 몇 십 년 전에 애써 감추려 하지도 않고 데모스테네스의 연설 원고를

---

42) 그리스어로 '뛰어난'이라는 의미.

흉내내어 쓴 것이지. 페르가몬에서 가지고 있던 글은 위조본, 가짜였던 것일세.

자신이 이겼다고 생각한 아리스토파네스는 페르가몬의 위조본에 대해 비방문을 거듭 작성했지만, 아무 일도 일어나지 않았다네. 여론의 입장에서 보면, 아시아 쪽의 경쟁자가 데모스테네스의 글이 가짜라고 지적하고 나서면서 세상에서 가장 훌륭한 도서관이라는 명성을 부당하게 얻어냈다고 생각한 것이지. 혼란스러운 시절에는 항상 그렇지만 사람들은 재빨리 새로운 것으로 몰려가고 연륜과 경험을 비웃게 되는 법이지. 무세이온은 늙었고 페르가몬은 젊었던 걸세.

게다가 페르가몬도 늙은 문법학자의 공격에 손을 놓고 있지만은 않았네. 페르가몬 측은 과거의 회의주의 철학자인 티몬 드 프리온테를 내세워 풍자문을 퍼뜨리게 했어. 그는 알렉산드리아의 무세이온은 깃털이 뽑히고 필경만 하는 새들만을 가장 귀한 새인 양 모아다가 가둬두고 모이를 주는 새장과 다름없으며, 그 새들이 하는 일이라곤 고작 닳아버린 부리로 한없이 다투는 것뿐이라고 했네. 그의 말에 따르면 수다스러운 새들로 가득 찬 그 새장은 이제는 한낱 상아탑에 불과하며, 왕실의 보호를 받는 그들은 실제의 삶에서 유리되어 머리 쓰는 일에만 몰두하고 있다는 것이었네. 그런 비난이야 학자들을 시샘하는 자, 무지한 자, 궤변가들이 흔히 하는 말 아니겠나.

아리스토파네스는 도서관 전쟁에서 자신의 패배를 인정할 수밖에 없었네. 그는 그 괴로움을 떨쳐버리지 못하고 죽었다네. 프톨레마이오스 5세인 에피파네스도 곧 그의 뒤를 따라 무덤으로 갔지. 그래도 그는 마침내 후계자를 보았다는 걸 흐뭇하게 여겼네. 그의 아내 클레오파트라가 뒤늦게 아들 둘을 낳아주었으니 말일세. 하지만 장남이 프톨레마이오스 6세로서 '어머니를 사랑하는 자' 라는 뜻의 필로메토르라는 이름으로 왕좌에 올랐을 때 그의 나이는 겨우 네 살에 불과했다네. 실제로 클레오파트라 1세가 섭정을 했지. 그녀가 내린 첫번째 포고령은 파피루스의 수출 금지였다네. 이집트만이 제조 비법을 알고 있는 그 식물이 없다면 더이상 책을 만들 수가 없었지. 페르가몬은 절망했네!

그 조치는 결핍에서 풍요를, 악에서 선을 끄집어낼 수 있는 인간의 헤아릴 수 없는 능력을 전혀 고려하지 않은 것이었네. 작업실에서 더이상 단 한 권의 필사본도 나올 수 없다는 것을 깨달은 에우메네스 왕은 파피루스를 대체할 수 있는 물질을 만들어내는 자를 부자로 만들어주겠다고 약속했네. 그러자 나라 안의 온갖 협잡꾼과 미치광이들이 그의 앞에 줄을 지어 섰다네. 망치로 두드린 나무껍질, 목재 섬유, 삶아낸 낡은 천, 비단에 글씨를 쓰자는 제안이 나오고 온갖 방법들이 대두되었지만, 비용이 너무 많이 들거나 너무 복잡하거나, 대개가 바보 같은 방법들이었다네.

그러던 어느 날, 새로 지어 화려한 궁궐로 누더기를 입은 어느 목동이 염소 냄새를 풍기며 아무렇지도 않게 들어섰네. 그리고 에우메네스 왕 앞에 꿇어 엎드리더니 알아볼 수 없을 정도로 미세하게 장밋빛 광택이 도는 얇고 깨끗한 정방형의 섬유질 물체를 펼쳐놓았네. 왕은 그 위에 뭔가 써보라고 했지만, 목동은 이 빠진 입으로 히죽 웃으며 사투리로 자신은 그런 종류의 일은 할 줄 모른다고 대답했네. 그래서 서기가 대신 그 일을 했지. 결과는 완벽했어. 그 부드러우면서 탄력 있는 섬유질 위에 잉크로 글을 써보니, 전혀 번지지 않고 술술 쓸 수 있었던 것일세. 목동이 설명하기를, 그 제조 비법을 자신의 부친에게서 전수받았는데, 매년 여름 하짓날 조상들 무덤 위에서 그것을 태울 때를 제외하고는 다른 곳에 전혀 사용해본 적이 없다는 것이었네. 그는 그것을 새끼 염소나 새끼 양의 가죽으로 만드는데, 이번 것은 아주 어린 암송아지 가죽으로 만들어서 비용이 많이 들었다고 주장했네.

왕이 어떻게 그 비법을 얻어냈는지, 그 목동의 이름은 무엇이며 그의 운명이 어떻게 되었는지는 모른다네. 역사에는 왕들의 이름만 나오니 말일세. 가난한 사람들의 이름이야 모래알과 비슷한 것이지. 빗방울이 떨어지는 순간에나 잠시 빛날 뿐. 그러고 나면 모든 게 증발해버리거든. 어쨌든 그렇게 해서 양피지가 탄생하게 되었다네.*

알렉산드리아에서는 아우성이었지. 아리스토텔레스와 플라톤의 사상을 감히 죽은 가축의 가죽 따위에다 옮기다니, 그 얼마나 불경한 일이었겠는가! 무세이온의 의학 박사들은 양피지에 글을 쓰다가는 끔찍한 피부병이 생기고 거기에 쓰인 글을 읽으면 눈이 멀 것이라고 주장했네. 사제들도 끼어들어 어린 암송아지 가죽을 그런 식으로 사용하는 것은 제사를 지낼 때 신에게 바치는 음식을 먹는 것만큼이나 올림포스 신들에 대한 중대한 모독 행위라고 주장했지. 하지만 프리지아 산악 지대에서는 새끼 염소, 암송아지, 양과 같은 가축떼의 수가 눈에 띄게 줄어들었다네. 양피지는 차츰 발전했지만, 아주 오랜 시간이 지나고 로마인이 지배하게 된 후에야 파피루스를 대체하게 되었어.

---

* 불어로 '양피지'를 뜻하는 parchemin이라는 단어는 그리스어로 '페르가몬의 가죽'이라는 의미인 pergamênê에서 유래하였다.

페르가몬 도서관의 승리는 결정적인 것으로 보였네. 하지만 장서의 수가 아무리 많고 또 양피지가 파피루스를 압도하게 되었음에도 불구하고 학자들은 여전히 '구원자' 프톨레마이오스가 세운 무세이온에 와서 연구하는 것을 선호했어. 그곳에서는 학자들이 유클리드, 에라토스테네스 혹은 칼리마코스와 같은 과거 위대한 인물들의 그림자 아래에서 보호를 받는 듯한 느낌을 가질 수 있었으니 말일세. 그리하여 당시 천문학자이자 지리학자인 니케아 출신의 히파르코스와 사모트라키아 섬[43]출신의 문헌학자 아리스타르코스 같은 사람들이 아테네 출신 사서인 아폴로도로스의 자상한 후원 아래 작업을 할 수 있었던 것이네.

유클리드의 막대는 히파르코스에게 돌아갔지. 존경심을 품고 스승들의 작업을 이어받은 그는 혼천의(渾天儀)를 발명하여 행성들의 황도 좌표를 측정할 수 있었고, 삼각법 계산을 창안했으며 별들의 목록을 작성하고 춘분 추분의 세차를 발견해냈네. 그런 문제에 대해서는 나보다 히파티아가 자네에게 더 설명을 잘 해줄 게야. 사람들은 히파르코스 덕분에 위대한 알렉산드리아의 천문학파가 다시 부활한다고 믿었다네.

한편 순수한 연구보다는 왕이 제안한 거금의 보수에 끌려 페르가몬으로 간 학자들은 적수인 알렉산드리아 도서관에서 오래 전부터 발견해온 모든 것을 헐뜯는 것을 임무로 삼았지. 그리하여 로도스 출신의 포시도니오스라는 자는 에라토스테네스의 지구 둘레 계산을 깎아내리는 데 평생을 바치다시피 했고, 문법학자들은 알렉산드리아의 학자들이 많은 시간을 들여 원본과 가장 유사하게 복원한

---

43) 에게 해 동북부의 섬.

고대의 뛰어난 작품들을 아무 죄의식 없이 재창조하곤 했네.

하지만 죽어가는 사람들에게 잠시 찾아오는 희열처럼, 무세이온의 맑은 날도 오래 지속되지 못했네. 모든 유기체는 말라버린 열매나 보잘것없는 것이라도 머리까지 자연히 피가 통하는 법이지. 알렉산드리아에서는 프톨레마이오스 왕조와 무세이온의 운명이 서로 뗄 수 없을 정도로 밀접하게 연결되어 있었기 때문에 모든 것이 동시에 사그라지고 말았네. 국경에서 갖가지 소요가 일어난 것이지. 시골 변방에 살던 소수 이집트인들이 봉기를 하겠다고 위협하며, 알렉산드로스 대왕이 160년 전에 도시를 세운 이래 차고 살아야 했던 그리스의 족쇄를 마침내 풀려고 시도한 거야.

사실 그 반란은 왕의 동생이 선동해서 일어난 것인데, 그자의 머릿속에는 오직 한 가지 생각, 자신의 형인 필로메토르를 왕좌에서 끌어내리겠다는 것뿐이었다네. 그 부하들은 무세이온의 학자와 유대인들이 자신들의 가난으로 기름진 배를 채우고 있다고 떠들어대면서 천민들을 선동하여 학자와 유대인들에게 반기를 들게 했지. 기름 얘기가 나왔으니 말인데, 그 동생이란 작자는 살이 얼마나 뒤룩뒤룩 쪘는지 언제나 남을 놀리기 좋아하는 알렉산드리아 사람들은 그에게 '비곗덩어리'란 뜻으로 프톨레마이오스 피스콘이란 별명을 붙여주었다네.

그런 팽팽한 긴장 상태를 풀어보려고, 필로메토르는 누이이자 학자인 클레오파트라 2세와 혼인함과 동시에 동생인 '비곗덩어리'와 왕권을 함께 누리는 것을 승낙했다네. 그 왕가의 부부에게서 아들인 네오스 필로파토르[44]와 딸인 클레오파트라 3세가 탄생했는데,

---

44) 프톨레마이오스 4세, '아버지를 사랑하는 자'라는 의미.

딸의 미모는 날이 갈수록 출중해지기만 했어. 필로메토르의 통치는 15년간 지속되었고 그동안 동생인 '비곗덩어리'는 음지에서 기다리고 있었네. 어느 날 필로메토르는 팔레스타인 부근에서 발생한 또 한번의 반란을 진압하기 위해 군대를 이끌고 전쟁터로 향했지. 전투는 알렉산드리아인의 승리로 끝났지만 그 와중에 왕은 적진이 아닌 다른 곳에서 날아온 화살을 등에 맞고 죽고 말았다네……

그때부터 '비곗덩어리'는 제 세상을 만난 듯 온갖 파렴치한 짓과 가증스럽기 짝이 없는 범죄를 저질러댔어. 그는 제일 먼저, 재위한 지 겨우 일 주일밖에 되지 않은 어린 조카 네오스 필로파토르를 독살했지. 그리고 미망인인 형의 아내—즉 자신의 누이이자 형수—와 혼인을 했고 대담하게도 조상인 프톨레마이오스 3세의 '은인'이라는 칭호를 도용하며 왕위에 올랐다네. 누이와의 사이에서 아이를 하나 낳았지만, 몇 개월도 채 되지 않은 젖먹이를 격분해서 목 졸라 죽였네. 그러자 연이어 두 아들이 살해된 것에 상심한 왕비 클레오파트라 2세는 그에게 등을 돌렸고, 무세이온에 속했던 계파와 유대인들은 그녀를 지지하게 되었네. 게다가 새로운 후궁 이레네가 나타났고, 어느 날 밤 술취한 '비곗덩어리'가 조카딸인 아름다운 클레오파트라 3세를 강간하는 일이 벌어졌지. 욕심이 끝이 없는 '비곗덩어리'는 새여자에 혹하여 그녀와 혼인하기 위해 그녀의 어머니를 내쫓아버렸다네. 프톨레마이오스 피스콘은 왕비이자 누이인 클레오파트라 2세와 통치하기도 했고 왕비이자 조카딸인 클레오파트라 3세와도 통치를 했는데, 클레오파트라 3세는 바로 2세의 딸이었던 것일세! 암루, 내 말을 이해하겠는가?

어쨌든 왕궁의 새로운 분위기가 민심을 안정시키기에 적합하지 않았으리라는 것은 자네도 쉬이 짐작할 수 있겠지. 그때부터 오랜

132

내전이 시작되었고, 그것은 20년 이상 계속되었네. 범죄자이자 사악하기 짝이 없는 왕은 그런 것에 아랑곳하지 않았지. 그는 53년이나 지배한 후 69세의 나이로 잠자다가 최후를 맞았어. 지상의 악한 통치자들을 벌하는 신의 정의라는 것이 있는 것일까? 때론 의심스럽기도 하네만. 적어도 그 괴물의 후손은 저주를 받았지. 맹수 우리 안에서는 그 주모자들인 '비곗덩어리'와 클레오파트라가 죽은 뒤에도 한참 동안이나 서로 계속 물고 뜯고 했다네. 형제들간에 서로 죽이고, 아들, 누이, 어미를 목 졸라 살해하고, 심지어는 단 한 명 남은 프톨레마이오스의 적자마저도 죽이고 말았지. 그래서 피스콘이 범죄를 저지르고 65년 뒤에 왕위에 오르게 된 자는 '사생아'라는 별칭을 얻게 되었다네.

암루, 자네에게 그 내전의 쓰라린 우여곡절을 이야기하려니 너무도 부끄럽네. 이런 일을 들추어내면 자네나 자네의 칼리프가 도서관은 마땅히 카르타고처럼 불살라버려야 한다는 생각을 더욱 굳힐지도 모르지. 하지만 그 슬픈 사건들은 지금부터 수세기 전에 이교도들 사이에서 벌어진 일이라는 사실을 잊지 말게. 다만 그런 혼란의 와중에서 제일 먼저 희생된 사람들이 학자와 유대인들이었다는 사실만은 염두에 두어주게. 유대인들은 천민들에 의해 학살당했고, 학자들은 왕에게 조금이라도 미적지근한 태도를 보이면 바로 추방당하거나 혹은 자신들의 재주가 꽃필 수 있는 보다 평화로운 곳으로 안정을 찾아 떠나거나 했지. 이를테면 페르가몬 같은 곳으로 말일세. 이제는 너무 늙어버린 학자 아리스토파네스도 페르가몬에서 여생을 보내기로 했네. 그러자 학문과 문학 분야에서 명성을 날린 수많은 사람들이 그의 뒤를 따랐다네. 그런 모든 범죄, 폭동, 음모의 와중에도 기적이라 할 만한 일이 있었네. 아무도 도서관에 있는 두루마리에는 털끝 하나 손을 대지 않았다는 것이지. 암루, 그 걸 어떻게 생각하나?

　페르가몬은 이집트가 그렇게 무너질 때 이득을 취할 수도 있었겠 지. 로마라는 암늑대의 뱃속에서 안전하게 보호를 받으며 가장 강 한 그리스 세력이 되어 있었으니 말일세. 하지만 역사란 참 묘하기 도 한 것이, 그 오래된 요새가 도서관 전쟁 이후 단번에 사라져버리 고 말았네. 페르가몬의 왕 아탈로스 3세가 죽으면서 왕위를 로마에 넘겨줘버렸거든. 배신에서 태어난 그 왕조의 마지막 배신이었지. 페르가몬은 아시아에 위치한 로마의 속주가 되어버렸네. 야만적인 정복자들은 흔히 유산처럼 자신들에게 돌아온 예술과 학문과 문명 의 보배들을 약탈하고 내쫓고 파괴하지만, 로마는 그러지 않고 헬 레니즘 사상과 학문이 담긴 수십만 개의 두루마리를 소중히 넘겨받 았다네. 그래서인지 몇몇 사람들은 그리스가 자신을 정복한 자에게 승리를 거두었다고도 하지. 장담할 수는 없지만, 나는 만일 책이 없 었다면 반세기 동안 로마가 그토록 전무후무한 대제국으로 군림할 수 없었을 것이라고 생각하네.

암루, 로마인 행세를 하다

　—내가 제대로 이해했다면, 당신은 이야기하는 내내 로마인들과 우리 베두인족 간에 유사성이 있다는 걸 넌지시 내비치더군. 로마를 빗대어 우리를 '야만인' 취급하는 것은 별로 외교적이지 못한데.

　암루가 빈정거리며 말했다.

　—그렇게 취급한 것은 제 종조부가 아니라 그 당시의 그리스인들이었답니다. 오직 그들만이 만들어낸 문명, 그 뒤로 그 어떤 문명도 감히 필적할 수 없었던 그런 문명에 흠씬 젖어 있던 그들은 그리스가 아닌 나머지 모두를 미개한 부족이 아무렇게나 뒤죽박죽 섞여 있는 것으로 보았지요. 그들 가운데 이방인들의 풍속에 대해 가장 관대하고 주의를 기울였던 헤로도토스도 세상을 갈레트[45]처럼 보아서 북쪽 야만인, 남쪽 야만인 그리고 동쪽과 서쪽의 야만인으로

---

45) 둥글고 납작한 과자.

나누었어요. 그리고 중앙에는 설탕에 절인 예쁜 과일 같은 그리스가 있다고 생각했지요.

히파티아가 끼어들었다.

—바르바르[46]라는 말은 의성어에서 유래한 것일세. 그리스인들이 볼 때 이방인들이 '보아르! 보아르!' 거의 이런 식으로 알아들을 수 없는 소리만 내는 것을 갖고 놀린 것이지.

필로포노스가 말했다. 그러자 라제스가 웃으며 말했다.

—선생님, 스스로 목을 조르지 않도록 조심하세요. 뛰어난 문헌학자이신 선생님께 어원이 효과적인 도구라는 건 저도 잘 알고 있습니다. 저와 같은 종교를 믿는 역사가인 마르쿠스 드 루그두눔의 말을 인용해도 될까요? 그 사람은 이렇게 썼지요. "어원이란 너무도 많이 유통된 낡은 동전과도 같다. 그래서 어원의 의미는 다 닳아버렸다"라고 말이지요. 오늘날 '바르바르'라는 단어는 그 알아들을 수 없는 소리라는 뜻 외에 더 많은 의미로 쓰입니다. 암루, 당신도 알겠지만 책이 무기라면 언어는 군대입니다. 로마인들은 그 점을 잘 이해했기에 제국 전체에서 자신들의 언어를 쓰게 했고 그리스어는 오직 엘리트들만이 쓰게 내버려두었던 것입니다.

암루는 짜증을 냈다. 그는 라제스가 끼어들 때마다 짜증을 내곤했다.

—자네는 로마인들이 어떻게 했는지 내가 모른다고 생각하는 겐가? 모든 걸 다 안다고 자부하는 자네나 알아두게. 내 민족, 우리 아랍인만이 유일하게 로마인들에게 정복당하지 않았다는 사실을 말이야. 하지만 사실 필로포노스의 말이 틀린 건 아니지. 공화정을 편

_____

46) barbare, 불어로 '야만인'이라는 뜻.

쳤던 로마인과 오늘날 우리 아랍인들 사이에는 많은 유사점이 있네. 로마인들에게 미덕과 빈곤이 있었다면 우리에겐 신앙과 사막이 있네. 그들이 쟁기를 가지고 있다면 우리에겐 낙타가 있어. 그들에게 규율이 있었던 것처럼 우리에겐 코란이 있고. 그들의 적이 무엇인가? 존속살해, 근친상간, 사치지. 그럼 우리의 적은? 신성모독, 우상숭배, 방탕함이라네. 그들의 시대가 왔던 것처럼 이제 우리의 시대가 왔네. 새로운 카르타고인 비잔틴은 파괴될 거야.

— 알렉산드리아가 비잔틴이 아니며, 도서관이 성 소피아 성당이 아니라는 점을 알아주세요.

힘줄이 돋고 검게 그을린 장군의 거친 손 위에 흰 손가락 하나를 얹으며 히파티아가 말을 이었다.

— 당신이 그토록 로마인을 잘 아시니 하는 말인데요, 그들은 혹시 자신들을 약화시키지나 않을까 하는 의구심 없이 그리스 학문과 문학을 받아들였다는 걸 염두에 두세요. 철학자가 아니었음에도 불구하고 그들은 아테네 학파가 논하는 고도의 사변에서 자기네 농사꾼의 실용적인 정신에 부합되는 것들, 모럴, 정치, 법학을 펴올 줄 알았지요. 그리고 시인도 아니면서 그리스인들에게서 읽어낸 것을 문장, 격언, 우화, 본보기가 되는 잠언으로 변형시켰어요. 추상적인 기하학이라곤 전혀 이해하지 못했고, 앞으로 얼마나 수확하게 될까 하는 것을 판단하려 할 때만 하늘을 보던 사람들이지만, 그들은 유클리드, 에라토스테네스, 아르키메데스의 책에서 토지 관개 공사의 방법을 배웠고, 점점 넓어져가는 제국을 보다 잘 관리하기 위해 측량술을 배웠으며 해적을 쳐부수고 북쪽의 야만인들을 제압하기 위해 선박과 전쟁 무기 제조술을 배웠답니다. 그렇다고 해서 그들이 자신들의 혼을 빼앗긴 것은 아니죠. 적어도 수세기 동안은 말이

에요.

— 히파티아의 설명은 정말 딱딱하군. 아마 음식에서 올라오는 김과 오후가 시작되면서 더위가 몰려와서 그런 것 같군요. 시원한 회랑으로 자리를 옮깁시다.

라제스가 식탁에서 일어서면서 무뚝뚝하게 말했다.

— 라제스 말이 맞네. 졸리는군. 이제 좀 걷지.

오랜 세월이 지나 반들반들해진, 금으로 상감된 묵직한 지팡이에 몸을 의지하며 필로포노스가 동의했다.

— 책 때문에 내 베두인 동족의 미덕이 변하는 일은 절대 없을 거라고 날 설득하려는 거라면, 암, 당연히 그 말에 동의하네. 그들은 글을 읽지 못하네. 그들에겐 오직 낙타, 부족, 사막 그리고 예언자의 말씀만 중요하지. 하지만 마호메트가 직접 내린 명령으로, 내 나라에서는 그들에게 성서를 해독하는 법을 가르치기 위해 학교가 열렸네. 칼리프 오마르의 걱정 중 하나는 혹시 책 읽는 재미에 백성들이 아랍 시인들이 쓴 달콤하고 타락한 열매를 맛보지나 않을까 하는 것이라네. 비록 우리가 야만인이긴 하지만, 우리에게도 역시 '보아르! 보아르!' 하는 소리만 내지는 않는 시인들도 몇몇 있으니 말일세.

히파티아가 자신의 손에서 손가락을 떼는 것을 아쉬워하며 암루가 대답했다.

— 당신 주인의 걱정은 어리석기도 하지만 인정머리 없는 것이군요.

라제스가 지적하며 덧붙여 말했다.

— 모세 이후 우리 백성은 가장 초라한 목동까지도 글을 읽고 쓸 줄 안답니다. 하지만 추방, 학살, 박해를 겪고도 아직 살아가고 있지요. 책 덕분에, 모든 책들 덕분에 우리는 모래 위에 떨어지는 물

한 방울처럼 거대한 역사의 침묵 속으로 사라지지 않았던 겁니다. 만일 오마르가 도서관을 불태우고 싶다면, 태우라지요. 그러면 후세는 아랍인을 마지막 반달족 무리로만 얘기하게 될 테니. 반달족은 채 한 세기도 지나기 전에 아프리카 해안에서 소멸되어버렸지요. 이제 그들을 기억하게 해주는 것은 잿더미밖에 없어요. 만일 당신들이 책을 없애버리면, 당신네 백성들의 머릿속에서는 여러 세기 동안 두 사람의 이름만 기억될 겁니다. 오마르와 암루라는. 당신네가 저지른 씻을 수 없는 죄과의 흔적을 이마에 새긴 채 말이지요.

두 사내가 주고받는 말에 점점 가시가 돋치는 것을 눈치 챈 필로포노스가 말을 가로막았다.

―사실 말일세, 역사란 가차없는 것이네. 위대한 장군 카이사르도 과거에 도서관을 불태웠다고 해서 오랫동안 비난을 받았지. 사실 그 비난은 부당한 것이었지만.

―선생님, 암루 장군이 스스로 로마 장군에 비유하니까 말인데요, 카이사르와 클레오파트라가 만난 이야기는 히파티아가 하면 적격이겠네요.

라제스가 불쑥 말을 던졌다.

―내일 내가 직접 얘기해주는 편이 낫겠네. 전쟁과 정치 이야기는 젊은 처자가 입에 담기에는 적합하지 않으니 말이야.

필로포노스가 잔기침을 하며 대답했다.

아름다운 재녀는 속으로 빌었다. '다정다감한 라제스, 제발 질투하지 마. 나처럼 힘없는 여자로서는 매력과 유혹 이외에 암루와 힘을 합칠 수 있는 다른 방도가 없어. 당신은 그의 두뇌에 대고 말해요. 나는 그의 심장에 대고 말할 테니. 당신 모르게 이 길로 당장 그

에게 가서 밤중에 등대 꼭대기에서 만나자고 할 거야. 사막에서 온
사람은 우주 그리고 여자의 영혼이라는 이중의 깊이에 흔들리지 않
을 수 없을 테니까.'

베레니케의 머리칼
(한밤의 막간)

제우스 신상이 놓인 기둥 아래, 해발 200쿠데 되는 곳에, 후미진 곳에서 생겨난 듯 서서히 어둠이 깔리기 시작했다. 멀리 플루트 소리가 굽이치고 있었다. 알렉산드리아를 정복한 자의 칠흑 같은 시선이 자신 앞에 우뚝 선 젊은 그리스 여인에게 쏠렸다. 암루는 뜨거운 목소리로 입을 열었다.

—아름다운 아가씨, 난 영문도 모르는 그대와의 만남에 아무 망설임 없이 나왔소. 이제 이 탑 위에 올라 당신의 해박한 가르침을 듣고자 하오.

—장군님, 고마워요. 너그럽게 제 청을 들어주셔서 고맙습니다.

히파티아는 거의 몸 전체를 가리다시피 한 커다란 베일의 가장자리를 손으로 꼭 잡고 말했다.

—그 대신 내 부탁도 하나 들어주겠소?

암루는 싱긋 미소를 지으며 말했다.

—저는 당신의 비천한 종인걸요.

히파티아는 우아하게 절을 하며 대답했다.

—당신의 아름다움을 가리고 있는 그 베일을 벗었으면 하오. 그
렇게 가리고 있다니 너무 잔인하지 않소? 영양과 이야기라도 나누
는 듯한 그 눈, 라마단의 초승달처럼 흰 눈썹, 그리고 그 빰……

그러자 처녀가 꾸짖는 듯한 어조로 말을 끊었다.

—장군님, 착각하지 마세요. 제가 필로포노스 할아버지와 라제
스 모르게 당신을 야밤에 초대했다고 해서 당신의 그 사탕발림을
듣고자 하는 것은 아니니까요. 여자의 얼굴처럼 덧없는 아름다움보
다 더 나은 아름다움이 있거든요. 제가 당신께 보여드리고자 하는
게 바로 그런 아름다움이죠.

그렇게 말하면서도 젊은 여인은 짓궂게도 자신의 몸을 감싸고 있
던 베일이 슬슬 흘러내려 가느다란 허리와 균형 잡힌 늘씬한 몸매
가 드러나게 내버려두었다. 알렉산드리아의 미녀는 긴 속옷을 입고
있었고, 머리는 땋아서 리본으로 묶었으며, 오른팔로 허리 뒤를 짚
어 몸매와 가슴이 돋보이게 하면서도 수줍어하는 자태를 전혀 잃지
않았다. 그런데 그녀가 갑자기 팔을 내리고 검지로 수평선을 가리
키며 반쯤은 장난스럽고 반쯤은 화난 듯한 어조로, 베두인 장군이
또다시 찬사를 늘어놓을 틈도 주지 않고 말을 이었다.

—보세요, 암루. 낙조의 바다가 그리는 저 굴곡을. 당신에게 지
구가 둥글다고 말하고 또 우리 학자들이 둥근 지구를 측정한 것에
대해 말했을 때, 당신은 제가 하는 말의 진위보다 제 목소리의 음악
성에 더 민감한 것처럼 보였어요. 당신이 생각하는 것과는 반대로,
그런 건 별로 제 마음을 움직이지 못한답니다. 그러니 제발 당신 눈
으로 직접 바다의 저 굴곡을 보세요.

142

―좋소. 내 당신 말을 들으며 보리다.

젊은 여인의 짐짓 화난 척하는 어조를 재미있어하며 암루가 대답했다.

―사막인인 당신들에겐 지평선이 모래언덕으로 물결치겠죠. 그래서 지구의 진정한 모습이 보이지 않을 거예요. 하지만 수평선 뒤로 배가 사라지는 것을 보는 뱃사람들에겐 지구가 편평하다는 고대인의 믿음 따위는 실제로 검사해보면 아니라는 것이 금세 드러나죠. 게다가 지구가 둥글다는 걸 확인하기 위해 항해를 할 필요도 없어요. 그저 곶의 꼭대기에 올라가보기만 하면 되지요.

히파티아는 진지한 어조로 말했다.

사실 알렉산드리아의 재녀는 이집트를 점령한 장군에게 그 유명한 등대 꼭대기에서 만나자고 약속을 했다. 암루도 세계 7대 불가사의 중 하나라고 하는 그 놀라운 건축물에 대한 이야기를 들은 적이 있었다. 탑은 낮에는 아주 멀리서도 보일 정도로 하늘을 향해 우뚝 솟아 있었다. 밤이면 뱃사람들은 물결 속에서도 정상에서 환히 비추는 불빛을 금세 알아볼 수 있었고, 따라서 항로에서 벗어나 위험한 암초들이 둘러싸고 있는 파라이토니움 방향으로 가지 않고 곧장 '황소의 뿔'로 진행할 수 있었다. 천년 전에 등대를 건축한 소스트라투스는 자신의 이름을 돌에 새긴 뒤 석회를 발라 그 이름을 감추고는 그 위에 당시 통치하던 왕의 이름을 써놓았다. 그렇게 하면 얼마 지나지 않아 부스러기와 함께 그 이름은 떨어져나가고 자신의 이름이 드러나리라는 것을 그는 잘 알고 있었다. 자신이 살아 있는 짧은 기간 동안을 위해서 그런 것이 아니라, 탑이 서 있고 자신의 작품이 세월을 견디는 한, 여러 세기 동안 자신의 이름이 살아남게 하기 위해서였던 것이다. '영적인 작품이 영원히 살아남아 알라 신의 이름만을 부르짖을 수 있게 하는 오늘날의 이슬람 건축가들과 약간 비슷하군' 하고 암루는 생각했다.

등대 꼭대기에서 보면 광활한 전경이 펼쳐진다. 바다 쪽으로 티 한 점 없이 깨끗한 터키옥 푸른빛의 하늘이 수평선 부근에서 어두워지기 시작하고 있었지만, 뱃사람들을 인도할 등대의 불빛은 아직 켜지지 않고 있었다. 히파티아가 은밀히 만나자는 약속을 전해온 뒤 장군은 항구로 들어올 중요한 배가 없다는 것을 사전에 확인하고 등 댓불을 밝히는 것을 두 시간 더 미루라는 명령을 내렸던 것이다.

— 예언자께서는 지구의 형태에 대해 말하는 것이 불필요하다고 생각하셨지.

석양의 아름다움 앞에서 몽롱한 꿈에 잠긴 암루는 마치 혼잣말을 하듯 중얼거렸다.

— 예수나 모세도 마찬가지였죠. 저도 알아요. 그러한 태만은 여간 안타까운 일이 아니지요. 우리의 눈이, 그게 아니면 우리의 이성이 그 위대함을 깨달을 수 있도록 창조주께서 직접 우주에 형태를 부여하셨으니까요. 알렉산드리아의 학자들은 무지한 자들의 눈에는 보이지 않는 그 위대함, 그 아름다움을 들추어내기 시작했었지요. 하지만 당신네 신자들은 우리들을 이교도라 부르더군요. 우리의 모든 지식은 사라져가고 있어요. 그러니 암루, 당신에게 부탁하건대, 어떤 종교든 간에 신학자들이 당신보다 앞서 시작했던 일, 즉 자연과학이 철저히 파괴되지 않게 해주세요. 생각해보세요, 이 도시가 세워지기 두 세기 전에 이미 아낙사고라스라는 철학자는 지구의 형태에 대해 부인할 수 없는 증거를 제시했다는 것을요. 월식 때 달에 비치는 지구의 그림자를 보면, 설령 우리가 사는 이 세상이 편평하다는 건 몰라도 동그랗다는 것은 논리적으로 설명이 되잖아요.

144

그런데 '문명'의 천년이 지난 지금 우리에게 가르치려는 건 뭐죠? 기독교 교회의 교부들은 지구가 편평하다고 공표했죠. 예루살렘의 성 바실리우스와 성 키릴로스[47]는 지구가 제단 모양으로 생겼고 그 위에 성막(聖幕) 형태의 세상이 있다고 주장했어요. 더 심각한 것은 암브로시우스[48]와 히포네 출신의 아우구스티누스로, 그들은 자연에 관한 모든 지식을 거부했습니다. 심각한 일이죠. 그래도 양식 있었던 그 사상가들에게 하늘의 미덕이 찬란한 악덕이 되어버렸으니까요. 예수 그리스도를 알고 복음서를 읽고 난 뒤 그들은 우리에게 더이상 호기심이나 탐구 따위는 필요없다는 결정을 내려버렸답니다. 기독교인은 모든 현상의 기원, 그것이 하늘의 일이건 지상의 일이건, 눈으로 볼 수 있는 것이건 아니건 간에, 모든 기원은 창조주의 선의일 뿐이라고 믿기만 하면 되는 것이니까요.

— 감히 그 사실을 의심하나?

암루는 약간 놀라고 긴 사설에 초조해하며 물었다. 그는 화제를 바꾸었으면 하는 바람으로 말을 이었다.

— 우리 코란에서도 일곱 개의 하늘과 그 하늘 안에 있는 모든 것은 알라를 칭송한다고 하지 않던가? 알라를 칭송하지 않는 것은 아무것도 없지. 하지만 그대 이방인들은 알라를 칭송하는 그 노래를 알아듣지 못하고 있어.

그러자 자존심이 상한 히파티아가 톡 쏘아붙였다.

— 사실 저는 종조부처럼 기독교도도 아니고 라제스처럼 유대인도 아니에요. 당신네 종교로 개종한 것은 더더욱 아니고요. 학문과 예술을 통한 세상에 대한 지식, 플라톤 철학의 몇몇 불멸의 법칙을

---

47) 27?~869, 로마 가톨릭의 성인.
48) 340~397, 초대 가톨릭 교회의 교부이자 성인.

가미한 그 지식이 제가 유일하게 신봉하는 종교랍니다. 필로포노스 할아버지는 때때로 제가 이교도의 제례와 오르페우스 교의 비의(秘儀)에 전념한다고 꾸짖으시는데, 아마 저를 약올리려고 그러시는 거겠죠. 저는 이교도가 아니에요. 천문학과 기하학의 뮤즈인 우라니아와, 그녀의 자매인 음악가 에우테르페만을 섬기는 제 종교에선 공간이란 신의 기하학의 기본음들로 가득 차 있는 것이라고 하니까요. 각각의 행성은 예루살렘에 있는 예수의 무덤이나 메디나에 있는 마호메트의 무덤을 지키는 램프처럼 자기 자리를 지키고 있지요.

암루는 그토록 아름다운 마녀의 결코 피할 수 없는 주장에 말문이 막혀 아무 대답도 하지 못했다. 대기는 무척이나 따스했지만 그들은 가볍게 몸을 떨며 잠시 동안 아무 말 없이 나란히 서 있었다. 붉은 해가 바닷속으로 잠기고 처음 모습을 드러내는 별들이 반짝이기 시작했다.

— 이집트 백성들은 매일 저녁 태양신 라가 눈을 감으면 암흑이 대지를 어둡게 한다고 믿죠.

히파티아가 중얼거렸다.

— 하지만 하늘은 무한한 보석 상자를 살포시 열지.

눈앞에 펼쳐진 장관에 압도당한 베두인인이 대꾸했다.

그의 목소리는 바뀌어 거의 엄숙할 정도였다. 그는 다시 느릿느릿 말을 이었다.

— 별들을 보면 밤의 포도덩굴에 매달린 황금빛 포도송이가 생각나오.

— 친애하는 암루여, 당신이 사막의 고독 속에서 즐겨 쓰는 시구가 그러하다면 창조된 세상의 아름다움을 칭송하는 것이로군요.

그녀는 말을 멈추고 미소를 지었다. 그러다 돌연 짧은 꿈에서 깨기라도 한 양 그에게로 돌아서며 말했다.

— 우리 천문학자 중 가장 영광스러운 니케아의 히파르코스는 이렇게 말했죠. 별들이 켜질 때 다른 별들은 색이 변하고 또다른 별들은 꺼져간다고. 아하! 우리는 여전히 별들의 본질적인 성격을 모르고 있어요. 별을 세고, 크기 순으로 분류하고, 별자리의 형태에 따라 다시 정리할 뿐. 하지만 움직이지 않는 것 같은 겉모습 뒤로 하늘은 변하고 있고, 부풀어오르는 생명이 그들에게 입김을 불어넣고 있죠. 그런 까닭에 시인들은 별에 관한 전설을 이야기하는 책들을 썼지요.

암루는 슬쩍 다가섰다.

— 그대가 그런 전설을 하나 얘기해줬으면 좋겠군.

히파티아는 어슴푸레한 가운데 몽롱하게 잠긴 그의 눈빛을 얼핏 보았다. 그녀는 속삭였다.

— 보이시나요? 저쪽에 지금 막 의자 모양을 이루며 나타난 다섯 개의 별빛이?

그녀는 맨팔을 들어 북쪽 하늘에 작은 원을 그렸다.

— 저 별들은 우리 베두인족에게는 친숙한 별들이라는 걸 미리 일러두지. 우리는 저것이 손 모양이며 앞에 있는 별들을 손가락으로 가리키고 있는 것으로 본다오.

히파티아는 고개를 끄덕였다.

— 별들에 얽힌 전설은 도서관에 있는 어느 책 속에 쓰여 있어요.

그녀는 마치 정확한 단어들을 기억해내기라도 하려는 듯 갑자기 약간 과장되면서도 단조로운 어조로 말을 이었다.

— 저기 에티오피아의 왕비였던 카시오페이아가 있군요. 저 위

남편인 케페우스 옆에 자리잡고 있죠. 저 별은 밤새도록, 달빛이 휘영청 비칠 때도 환히 반짝여요. 마치 자물쇠의 구멍 속에 열쇠의 삐죽삐죽한 홈을 밀어넣어 이중으로 채워진 자물쇠의 빗장을 열듯, 그렇게 별들이 배열되어 있지요. 그녀는 떨리는 얼굴로, 어미인 자신의 죄를 속죄하기 위해 딸인 안드로메다를 희생한 것을 애달파하는 듯 손을 뻗고 있답니다.

— 대체 그 어미란 이가 무슨 끔찍한 잘못을 저질렀기에?

약간 농담조로 암루가 물었다. 그러자 기억의 실마리를 놓칠까 두려운 듯 서둘러 히파티아가 대답했다.

— 카시오페이아는 말이죠, 허영심 많은 카시오페이아는 피부색이 검은데도 불구하고 자신이 네레이스[49]들보다 더 아름답다고 자랑했죠. 그래서 님프들은 아버지인 포세이돈에게 가서 자신들이 당한 모욕을 보복해달라고 했답니다. 바다의 신 포세이돈은 괴물을 보내 시리아 해안을 깡그리 쓸어버리게 했지요. 케페우스는 재앙을 막기 위해 자신의 딸을 바위에 묶어 괴물에게 제물로 바쳤다지요.

암루는 설마하는 표정으로 입을 비죽거렸다. 히파티아는 덜 과장된 어조로 말을 이었다.

— 봐요, 저 안드로메다 성좌를 보세요. 밤의 완전한 어둠이 내리기 전에 반짝이는 머리 하며, 하얀색으로 빛나는 넓은 어깨 하며, 전체 모습을 다 볼 수 있죠. 그녀의 허리 옆에 옷을 돋보이게 하는 주홍색의 작은 허리띠가 빛나고 있고요…… 마치 바위가 그녀의 몸을 지탱하는 듯 팔을 뻗고 있잖아요.

— 내 눈에 보이는 거라곤 그대가 아름답고 박식할 뿐만 아니라

---

49) 그리스 신화에서 바다의 신 네레우스와 물의 신 오케아노스의 딸 도리스 사이에 태어난 50명 또는 100명에 달하는 딸들.

문장에도 뛰어난 재주를 지녔다는 건데.

암루가 짓궂게 대꾸했다.

—사실 저는 위대한 시인 아라토스의 시구를 암송했을 뿐인데요.

—또 알렉산드리아 출신의 그리스인인가?

—에우독소스의 제자로서, 유클리드를 따라 무세이온에 왔던 초기 멤버들 중 하나예요. 하지만 그는 딱딱한 기하학적 추론보다는 서정적인 시에 더 끌렸죠. 장군님, 당신과 좀 비슷해요. 그래서 아라토스는 시를 통해 별자리를 노래했는데, 그걸로 그리스 전역에서 명성을 얻었죠.

암루는 슬그머니 젊은 여인에게 다가서며 말했다.

—아름다운 아가씨, 그대의 그윽한 목소리는 아무리 들어도 싫증이 나질 않는구려. 육각별처럼 섬세한 윤곽의 입, 미풍에 물결치는 그대의 머릿결……

—장군님, 이야기를 딴 데로 돌리지 마세요. 부탁이에요.

히파티아가 단호하게 말을 중단시켰다. 그러더니 약간은 누그러진 어조로 덧붙였다.

—만일 머리카락을 쓰다듬고 싶으시다면, 차라리 저 조그만 별무리를 당신의 눈으로 감싸안으세요. 저기 하늘의 아르크투루스[50]와 사자 별 사이요. 저걸 베레니케의 머리칼이라고 부른답니다.

장군은 매정하게 거절당하자 기분이 상해 기침을 했다.

—프톨레마이오스 1세의 아내인 베레니케 얘기는 벌써 하지 않았소?

---

50) 목자 자리의 가장 밝은 별.

그는 퉁명스레 대답했지만 자신의 기억력이 좋다는 것을 증명하고 싶었다.

— 맞아요. 하지만 저 베레니케는 그보다 나중에 살았던 사람으로, '은인' 프톨레마이오스 3세의 아내였어요. 그녀 이야기를 들어보세요. 이 이야기는 오마르를 위한 것은 아니고, 오직 당신이 재미있으라고 하는 거예요. 왜냐하면 시인들에 관한 얘기니까요.

— 그렇다면 귀를 기울이고 들어야지.

암루는 체념한 듯 우스꽝스러운 표정을 지으며 대답했다.

젊은 재녀는 박식하게 이야기 보따리를 풀었다.

— '은인' 왕은 왕위에 오르자마자 시리아를 다스리던 셀레우코스 왕과 전쟁을 해야 했습니다. 상심에 빠진 베레니케는 만일 사랑하는 낭군이 승리를 거두고 돌아오면 자신의 탐스러운 머리칼을 바치겠노라고 비너스 신에게 맹세했지요. 왕이 돌아오던 날, 그녀는 사람들이 칭찬하던 자신의 머리카락을 사원에 가져다놓았어요. 그러나 바로 그날 밤, 왕비가 그리스 여신에게 제물을 바치는 것에 벌컥 화가 난 사라피스의 사제 하나가 그 머리카락을 훔치고 말았습니다. 베레니케는 얼마나 절망했으며 또 '은인' 왕은 얼마나 화가 났겠습니까! 오직 한 사람, 어느 천문학자가 부부의 분노를 가라앉힐 수 있었죠. 학식이 높아 존경을 받는 사모스 출신의 코논 — 시라쿠사 출신의 아르키메데스와 서한을 주고받았으며 일곱 권의 천문학 서적을 쓴 바로 그 사람이 아니겠어요? — 은 그들에게 저 별무리를 가리켜 보이며, 저 별무리가 방금 하늘에 나타났고, 따라서 비너스가 별이 총총한 하늘 천장으로 가져간 바로 그 머리카락이라고 주장했던 거예요.

— 왕비, 특히 젊은 왕비란 자신이 보통사람들과는 다른 종족이

라 믿으니, 그 정신 상태로야 분명 그런 이방인의 우화를 믿을 수 있었겠지!

암루가 빈정댔다.

—군주들이란 이교도건 아니건 간에 항상 자신들의 영광을 기리는 글에 굶주려 있지요. 학자와 시인들은 바로 그 약점을 제대로 파악하고 있고요. 아마도 그런 이유에서였겠지만 코논이 무세이온의 천구에 머리칼을 그려넣은 뒤, 위대한 칼리마코스는 만년에 애가를 써서 베레니케 왕비를 영원히 기렸답니다. 이렇게 말이죠.

'내 이제 막 잘려, 자매들이 나를 위해 눈물 흘릴 때, 갑자기 빠른 날갯짓으로 미풍의 부드러운 숨결이 하늘의 구름 너머로 나를 싣고 가, 키프리스 신성한 밤의 거룩한 품에 내려놓누나. 내 그곳에서 베레니케의 아름다운 머리칼 모습으로 나타나도록, 하늘에 붙박여 수많은 별들 가운데 사람을 위해 빛을 발하도록, 키프리스가 나를 고대 별들의 합창대에 새로운 별로 앉히는도다.'

여전히 멀리서 플루트 소리가 들려오는 가운데 히파티아가 마지막 구절을 노래하기 시작했다. 또다시 그녀에게 넋이 나간 암루가 외쳤다.

—그대의 하늘은 참으로 아름다운 전설을 이야기하는군! 사랑스러운 히파티아, 마치 하늘의 무대에서 각각의 인물이 자신의 편과 적들 가운데 지상에서 맡았던 역할을 계속해서 행하는 것 같구려.

—맞아요. 아폴론은 자신의 화살을 하늘에 걸어놓았고, 디오니소스는 아내인 아리아드네의 왕관을 놓아두었으며, 제우스는 아르테미스에 의해 곰으로 변한 옛 애인 이오를 하늘에 묵게 했지요.

젊은 여인은 그 말에 동의했다.

암루는 이제 거의 캄캄해진 수평선 너머를 멍하니 바라보았다. 그의 뜨거운 지성이 갑자기 그의 눈을 환히 밝혔다. 그가 입을 열었다.

— 우리 베두인족은 대개 별이 총총한 하늘을 지붕으로 삼았지. 사막 한가운데보다 땅에서 하늘이 더 가까운 곳은 없소. 사막이 우리를 하늘로 초대하는 거지. 모래언덕의 고독과 침묵 속에서 사색하는 정신은 차츰차츰 무한으로까지 확대된다오. 예전에 내 조부 곁에서 나는 여러 번 거의 신비스럽다 할 그런 내적 경험을 했었소. 우주 전체가 고요한 가운데 하늘의 노래를 보고 듣고 찬미하곤 했지.

그는 마치 잃어버린 음악을 듣는 듯 잠시 입을 다물었다. 그러더니 딱딱한 어조로 말을 이었다.

— 예언자의 말씀에 몸을 맡긴 이래로, 나는 알라의 경이로움을 순수하게 바라보는 것만으로 만족해야 한다고 확신하고 있소. 바라본다는 것은 받아들이는 것이고, 받아들인다는 것은 또한 받아들여진다는 것이지. 그러니, 별들간의 그 수많은 거리를 측정한다는 것이 무슨 소용이겠나? 아리스타르코스와 에라토스테네스가 한 복잡한 계산이 무슨 소용이며, 그대가 말한 히파르코스와 그 천문학자들이 세밀하게 관찰한 것이 무슨 소용이란 말인가? 그저 그대 마음속 진실과 경건함을 재도록 하라. 그러면 하늘의 거리를 알 수 있을 터이니! 게다가 설령 내가 칼리프 오마르에게 천문학을 말한다 해도, 그는 분명 하늘을 그렇게 학자로서 연구하는 것이 이슬람 신앙을 전파하는 데 무슨 쓸모가 있겠느냐고 물을 것이오.

— 당신이 그렇게 생각하신다면, 암루여, 당신에게 간단한 질문 하나만 하지요. 당신과 당신의 모슬렘 형제들이 기도할 땐 성스러운 당신네 도시를 향해 기도를 올려야 하지 않나요?

— 맞는 말이오. 코란에 쓰여 있기를 "그대들이 어디에 있건 그분을 향해 얼굴을 돌리라"고 하니. 처음에는 모슬렘들도 유대인들처럼 예루살렘 쪽을 향해 기도를 드렸소. 하지만 예언자께서 메디나에 오신 지 이 년 뒤에 우리에게 요구하시길, 선지자 아브라함 시대부터 있는 메카의 성스러운 사원인 카아바[51]로 얼굴을 돌리라고 하셨소.

— 이곳 알렉산드리아에 있는 수많은 당신의 형제들이 바닥에 기도용 양탄자를 깔 때 그것을 멀리 떨어진 메카 방향으로 두는 것에 관해 서로 의견이 맞지 않는 것을 여러 번 보았는데요.

— 진정 신앙에 가득 차 있으면서도 단순하고 세련되지 못한 자들인 내 병사들의 무지를 비웃는 게 당신에게는 쉬운 일이겠지. 하지만 내 조국의 모든 이슬람 사원들은 벽에 자리를 내어 정확히 메카를 향하게 해두었다는 것을 알아두시오. 기도를 드릴 시간이 되면 모든 신자들이 미흐랍[52]이라는 그 자리를 향해 꿇어 엎드려 모두들 동일한 키블라[53]를 향하오.

히파티아는 전혀 당황한 기색을 보이지 않고 말을 계속했다.

— 이제 생각해보세요. 당신의 이슬람교는 세계 전체로 그 교세를 확장하려 하지 않나요? 그렇다면 암루 당신은 이 넓은 세상 그 어느 곳에서든 정확히 키블라를 찾아낸다는 것이 얼마나 어려운지 생각해보셨나요? 그 문제는 신앙의 세계를 떠나 기하학과 지리학

---

51) 거리 중앙에 솟은 성스러운 모스크와 카아바 신전은 지극히 성스러운 곳으로 이슬람 신앙 최고의 성역이다.
52) 사방 벽면 중 한 벽면을 아치형으로 움푹 파서 만든 곳으로, 예배를 보는 방향, 즉 메카 방향을 나타내기 위한 것.
53) '예배의 방향'이라는 뜻.

의 영역, 곧 천문학의 영역으로 들어선다는 것을 아셔야죠.

— 그래, 당신은 또다시 그 유클리드의 천재성을 칭송하는 것으로 돌아왔구려!

— 당신은 잘못 생각하고 있어요. 왜냐하면 유클리드도 해답을 줄 순 있겠지만 이번에는 유클리드의 평면기하학이 아니라 히파르코스의 곡면기하학이니까요.

— 복잡해지는 것 같군!

암루는 바라지도 않는 말싸움으로 흐르는 것을 피하기 위해 농담처럼 말했다. 사실 이 순간 그의 머릿속에서는 기하학 이론이라거나 진정한 신앙의 옹호라는 건 전혀 찾아볼 수 없었다. 단지 젊은 여인이 그의 지성보다는 감각을 자극하고 있었던 것이다. 히파티아도 그 사실을 눈치 채고 있었지만 아랑곳하지 않고 냉담하게 이야기를 계속했다.

— 평면에 그려진 삼각형의 넓이와 관련된 관계가 있듯, 구체 위에 그려진 삼각형의 넓이와 관련된 보다 복잡한 관계들도 있죠. 히파르코스는 그 모든 것을 계산해냈답니다. 그는 수의 도표를 만들었는데 그 덕분에 원형 곡선의 길이도 잴 수 있게 되었죠.[k]

— 멋지군. 하지만 딱딱한 수학과 별의 관측 사이에 무슨 연관이 있지?

— 그 연관을 일컬어 천문관측의라고 하지요. 히파르코스가 발명한 도구인데, 하늘에 있는 별들의 위치를 알려주죠. 어느 주어진 시각의 별의 위치는 관측 장소의 지리적 좌표에 의존합니다. 반대로 장소를 알면 시각도 알 수 있지요. 아시겠어요? 암루, 시각 말이에요. 당신과 당신의 모슬렘 형제들이 앞으로 멀리 떨어져 있는 나라들을 정복했을 때 꿇어 엎드려 예배를 드리려면 정확한 시각을 알

아야 할 텐데, 그때는 어떻게 하실 건가요? 천문관측의만이 당신들을 구해줄 수 있답니다!

— 그대는 감히 이슬람의 확장이 천문관측의를 통해 이루어진다고 주장하는 것인가?

히파티아는 신념 반 재미 반으로 힘주어 말했다.

— 뻔한 일이죠! 장차 당신 나라의 학자들이 그 도구를 더욱 완벽하게 만들어 히파르코스나 그 제자들이 한 번도 생각해보지 못했던 수많은 용도들을 찾아낼 수도 있겠지요. 게다가 저 자신도 천문 관측 부문에서는 전문가랍니다. 직접 제 손으로 몇 개 만들기도 했거든요.

그녀는 약간 뽐내는 듯 말하고는 다시 말을 이었다.

— 제 종조부인 필로포노스는 그것에 대해 무척 상세한 설명을 하셨지요. 용맹하신 장군님, 당신 손바닥 안에 쏙 들어갈 만큼 자그마한 그 도구를 내일 당신께 갖다 드리죠. 그건 우주 전체의 축소판이에요! 하늘과 땅에 관한 모든 지식이 곡선, 계산 도표, 숫자, 도형이 새겨진 그 작은 금속판에 집약되어 있답니다. 그게 바로 창조주의 영광을 노래하는 도구가 아니고 무엇이겠어요? 그런데 그 모든 것은 당신이 그토록 비웃는 히파르코스가 만든 것이랍니다. 그가 살아 있을 때 소나기가 내릴 것이라고 예견하고 두터운 외투를 입고 챙 넓은 모자를 쓴 채 원형 경기장에 나타나자, 수많은 사람들이 그를 비웃었던 것처럼 말이죠.

암루는 긴장을 풀며 갑작스레 껄껄 웃기 시작했다.

— 그렇다면 그 괴상망측한 작자 얘기도 칼리프에게 해야 한단 말인가?

— 물론이죠. 히파르코스라면 당신은 알렉산드리아를 가장 빛낸

사람을 인용하는 셈이 되니까요. 게다가 그의 가장 큰 업적을 아직 당신에게 이야기하지 않았거든요.

히파티아가 어조를 누그러뜨리며 대답했다.

— 또 있다는 말인가?

— 히파르코스는 세차(歲差)를 알아냈답니다……

— 그 끔찍한 건 또 뭐지?

젊은 재녀는 빈정거림을 못 들은 척하며 선생 같은 어투로 말을 이었다.

— 오랫동안 사람들은 지구의 중심을 가로지르고, 지구의 균형을 유지해주고, 하늘이 돌게 해주는 세상의 축이 조금도 움직이지 않고 언제나 고정되어 있다고 믿어왔지요. 그런데 히파르코스는 유클리드 시대에 알렉산드리아에서 일했던 천문학자인 아리스틸로스와 티모카리스가 잰 처녀좌에서 가장 밝은 별인 스피카의 위치와 자신이 직접 잰 것 사이에 차이가 있다는 것을 발견했답니다.

— 그게 중대한 일이오? 박사?

젊은 여인은 우둔한 자의 말에 진력이 났다는 듯 하늘을 바라보고 한숨을 내쉬었다. 그리고 또박또박 말을 끊어가며 설명을 계속했다.

— 그건 한 해의 길이가 고정되어 있지 않다는 뜻이지요.

— 아, 그럼 당신은 한 해 전체의 길이를 어떻게 재지? 모래시계를 엎어놓고 또 엎어놓고 그렇게 하나?

히파티아는 참을성으로 무장하는 척했다.

— 일 년 중 낮의 길이가 밤의 길이와 같은 때, 그것도 이 세상 모든 지역에서 같은 그런 때가 있다는 건 들어보셨나요?

— 이런, 아라비아 땅에 완전한 무식쟁이들만 있는 것은 아니라

오. 당신이 말하는 그 때, 그게 두 번이라는 것을 잘 알고 있지. 한 번은 초봄, 또 한 번은 초가을이지.

학생은 보다 진지한 태도로 대답했다.

알렉산드리아의 재녀는 약간 놀라며 말을 계속했다.

─그래요. 매년 춘분 때 태양은 황도상의 일정 위치에 도달하며, 천문학자들은 그 위치를 측정할 수 있지요. 따라서 이 년에 걸친 두 춘분 사이의 시간을 계산하면 일 년의 정확한 기간을 알아낼 수 있어요.

─따분하긴 하지만 명확한 이야기 같군……

히파티아는 인내심을 버리지 않고 계속했다.

─만일 세상의 축이 고정되어 있다면 그 기간은 언제나 같아야 겠지요. 그런데 히파르코스는 해가 지날수록 춘분 때의 태양의 위치가 바뀐다는 것을 관측했어요. 그 차이는 시간이 갈수록 누적되었지요. 지금 우리 도서관의 고문서실에 소중히 보관되어 있는 바빌로니아의 서판에 따르면, 스무 세기 전에 춘분은 황소 자리에서 일어나고 있었어요. 그런데 오늘날 춘분 때 태양은 산양 자리에 있지요. 만일 사람들의 광기에도 불구하고 세상이 멸망하지 않는다면, 이천 년 후에 봄은 물고기 자리에서 올 거예요.[1] 암루, 당신이 이해하지 못할 이 추론에서 당신이 건져야 할 것이 딱 하나 있다면, 그것은 고대인이 관찰한 결과가 적혀 있는 도서관의 두루마리가 없었다면 그 위대한 발견들은 절대 불가능했을 거라는 거예요!

─내가 제대로 이해했다면, 그대가 '세차'라는 현학적인 용어로 부르는 것은 실은 계절의 변덕스러운 성질에 지나지 않는 것이지……

히파티아는 잠시 말문이 막혔다가 마침내 기분이 풀리자, 이렇게 결론을 지었다.

―장군님, 당신은 종종 겉으로 보이는 것만큼 바보는 아니군요.

―그 점에서는 우리 의견이 일치하는군. 사실 우리 둘 다 여러 가지 점에서 사물을 같은 방식으로 보고 있지……

그는 약간 뻐기는 듯 대답했다.

그리고 서로 짠 것도 아닌데 두 사람은 느닷없이 웃음을 터뜨렸다. 암루는 격식을 잊은 지 오래였다. 천문학 강의 따위가 다 뭐람, 그는 자신이 경박해지는 것을 느꼈다. 아, 매혹적인 마녀가 지구를 측량하거나 하늘을 읽어내는 것 말고 다른 것을 가르쳤으면! 지금 이 순간 그의 세계는 오비디우스[54]의 세계였고, 사랑만이 노래할 만한 값어치가 있는 유일한 주제였다. 이상하게도 감정이 전염되는지, 알렉산드리아의 젊은 여인도 나름대로 심한 동요를 겪고 있었다. 순식간에 두 사람 사이의 분위기가 마치 마법처럼 딴판으로 변해버렸다.

―당신, 저를 너무 뚫어지게 보고 있다고 생각하지 않나요?

그녀는 나지막이 말했다.

암루는 아무 대꾸도 하지 않고 천천히 그녀의 손을 잡았다. 그녀는 뿌리치지 않았다.

―오, 모든 혼란의 효소인 여자여! 이토록 아름다운 손으로 천문 관측의나 컴퍼스를 만지다니! 이토록 매혹적인 눈으로 별들의 흐름이나 관찰하다니! 안 되지. 비너스의 손은 사랑의 류트를 뜯으라고 만들어졌으며, 그대의 아름다운 눈은 그 자체가 이 세상 나의 별이 되어야 하는 것을.

그는 속삭였다.

---

54) BC 43~AD 17. 고대 로마의 시인. 초기 시 작품들에서는 주로 사랑을 노래하였다.

젊은 여인의 가슴이 두방망이질하며, 속옷의 얇은 천 속 젖가슴이 살며시 솟아올랐다.

바로 그 순간, 등대 꼭대기의 출입문이 갑작스레 삐거덕 열렸다. 그리고 두 명의 장교가 활활 타오르는 커다란 횃불을 들고 기둥 아래로 모습을 드러냈다. 그들은 변명을 뒤섞으며 주인님의 명령대로 어쩔 수 없이 등대에 불을 밝히러 왔노라고 도시의 주인에게 설명했다. 그들은 필요 이상으로 너무 오래 기다린 터였다. 이미 오래전에 깔린 어둠 때문에 뱃사람들의 목숨이 위태로워질 수도 있었던 것이다.

히파티아는 불청객이 나타난 틈을 타서 마음을 가다듬었다. 그녀는 암루에게서 몸을 떼고 베일을 뒤집어써서 몸 전체를 감싼 뒤, 아무 말 없이 가볍게 절을 하고 종종걸음으로 물러갔다.

알렉산드리아의 정복자는 분하면서도 속으로는 기분 좋은 흥분에 젖어, 한참 동안 등대에 불을 붙이는 과정을 지켜보았다. 여덟 개의 돌기둥으로 지탱되는 둥근 천장 아래로 수지가 많이 든 나무에서 이내 강한 불길이 일었다. 그 불을 둘러싸고 있는 거울들은 그 빛을 바다로 반사하기 시작했다.

잠시 후, 두 명의 장교와 함께 등대를 내려오며 암루는 다음날 필로포노스 영감이 로마 황제와 이집트 여왕에 관해 해줄 훨씬 재미없는 얘기를 들어야 한다는 사실을 기억해냈다.

병사와 여신
(필로포노스의 세번째 강론)

아름다운 공주에게 비천한 목동이 그렇듯, 혹은 가장 세련된 여자에게 가장 교양 없고 난폭한 군인이 그러하듯, 알렉산드리아는 오랫동안 로마인들에게 두렵고도 까다로운 감정을 불러일으켰지.

율리우스 카이사르는 비천한 목동과는 거리가 멀었네. 그는 심지어 자신이 가장 오래된 로마 가문의 후손이라고 자부했어. 게다가 교양이라고는 찾아보려야 찾아볼 수 없는 무사도 아니어서, 그가 말하는 그의 무훈담은 아테네 식의 순수한 라틴어로 이루어졌네. 청년 시절 그는 아티카에서 학업을 마쳤거든. 암루, 자네에게 그가 난폭한 군인이었는지 아니었는지 말해주기에는 내가 전술에 대해 아는 바가 그리 없어서, 그가 자네만큼 훌륭한 장군이었다고 단언할 수는 없네. 하지만 그에게 굴복한 적들이 모두 그의 관대함을 칭송했다는 건 알지.

카이사르는 두 형제 사이에 생겨난 새로운 왕위 다툼을 중재하기 위해 알렉산드리아로 왔는데, 그 두 형제의 이름은 당연히 프톨레마이오스였지. 물론 형은 누이와 결혼을 했는데, 자네도 이미 알다시피 클레오파트라 7세였다네. 그들은 아직 어린애에 불과했지. 우스꽝스럽게도 포도주와 쾌락의 신인 디오니소스라는 칭호를 사용한 프톨레마이오스 13세가 겨우 열 살이었으니.

　이집트의 실질적인 주인은 어린 왕의 후견인들이었네. 호시탐탐 권좌를 노리는 아킬라스라는 장군과 포틴이라는 이름의 환관이 그들이었어. 적어도 이 환관은 자신의 왕조를 세울 염려는 없었지. 그가 후세에 길이 남을 수 있는 유일한 방법은 책만큼 불멸의 존재가 되는 것이었네. 그래서 그는 엄청난 거금을 들여 도서관의 고위직을 샀어. 당시 왕국에는 음모, 부패, 반란, 폭동이 끊이지 않았다네. 포틴과 아킬라스의 간계로 쫓겨난 클레오파트라는 잠시 시리아로 피신을 가기까지 했었네.

　한편 로마 공화정은 계속 정복지를 늘려가고 있었네. 이제는 도움을 청하는 나라들을 차지하기 위해 국지적인 분쟁의 중재자로 나설 필요도 없었지. 그저 쉽게 합병을 하고, 때로는 직접 통치하는 대신 허수아비 왕을 세우거나 꼭두각시 정권이 다스리게 했어. 이곳저곳에서 점령자에 대한 반란이 일어나기도 했지만 참혹하게 진압되곤 했지. 그리하여 커다란 깔때기 속으로 흘러들어가듯 전리품, 몸값, 노예들이 로마로 몰리게 되었다네. 알렉산드리아와 이집트를 제외하고 모든 곳이 로마의 지배 아래 들어가고 말았지. 로마 군단이 우리나라로 쳐들어오지 않은 것은 피라미드, 등대, 도서관을 소유한 국가의 과거 영광을 어렴풋하게나마 존중했던 탓일까? 아니면 차라리 원로원에서 전략을 논하며 아직 열매가 채 여물지 않았다거나 저절로 떨어질 때를 기다리자고 판단을 내렸던 것은 아

닐까? 하지만 원로원은 허울뿐이었다네. 칼과 쟁기를 내세운 공화
정의 미덕은 잊혀진 지 오래였지. 자신들의 특권을 끌어안은 채 몸
을 사린 귀족 계급은 크라수스, 카이사르, 폼페이우스라는 세 명의
주요한 장군이 백성과 군대에서 그 위세를 확장하는 것을 불안한
눈으로 바라보고 있었어. 그리고 그들을 멀리 떼어놓기 위해 각자
에게 정복한 영토의 삼분의 일씩을 맡겼지.

　하지만 우리의 세 장군께서는 서로 합의를 하여 원로원에 대항하
기로 동맹을 맺었다네. 로마의 주인이 되겠다는 꿈에, 그들은 관직
과 권력을 나누어 가졌지. 백성들의 지지도 받지 못하고 로마 군단
을 다스릴 힘도 없는 원로원은 그들 앞에서 아무것도 아니었다네.
그러다 반란을 일으킨 파르티아[55]에 맞서 싸우던 와중에 크라수스
가 전사했네. 그는 끝없는 탐욕에 사로잡혀 자신이 맡은 변방들을
폐허로 만들곤 했지. 그는 지은 죗값대로 죽었네. 파르티아인들이
그의 목구멍에 황금을 녹여 부어넣었으니 말일세. 그 후 살아남은
카이사르와 폼페이우스 두 사람의 대립은 피할 수 없는 일이었네.
폼페이우스는 오만하고 과격했으며, 카이사르는 인내심이 많고 수
완에 능했지. 카이사르는 혼자 힘으로 정복한 야만적인 골 지방을
소유하고 있었고, 폼페이우스는 나머지 지역, 즉 그리스, 아시아,
아프리카를 다스리고 있었네. 물론 알렉산드리아는 예외였어. 그
둘 중간에 로마가 있었지. 카이사르는 군대를 이끌고 감히 로마에
먼저 입성했네. 원로원은 굴복했고, 폼페이우스는 그리스로 도망
쳤다네. 거기서 반란을 일으킨 그리스인들에게 패해 다시 달아나야
했지. 그가 도망칠 곳이라고는 알렉산드리아밖에 없었어. 카이사

---

55) 고대 이란의 왕국.

르가 그곳까지 쫓아오지는 않으리라 생각하고 알렉산드리아로 피했지. 그런데 그게 결정적인 실수였네. 그렇게 함으로써 제국의 땅을 떠난 것이고, 따라서 로마를 배신한 것이 되었으니, 폼페이우스는 마지막 추종자들까지 잃고 만 것이네. 그때 카이사르의 함대는 프톨레마이오스 왕조가 다스리는 고대 도시국가를 향해 진군했지. 그러자 혼비백산한 어린 왕, 아니 그 후견자들이 폼페이우스를 처단해버렸다네.

처단한 지 이틀 뒤에 카이사르가 항구에 닿았네. 사람들은 그에게 라이벌의 수급(首級)을 바쳤지. 그는 눈물을 흘리며 그것을 성벽 아래 고이 묻어주게 했다네. 그리고 예상과는 정반대로 로마의 카피톨[56]이 자신의 손에 넘어왔는데도 로마로 돌아가지 않고 남았네. 그는 우선 프톨레마이오스 왕과 그 동생 간의 분쟁을 중재하겠노라고 했지. 하지만 그의 말을 믿는 사람은 아무도 없었네. 자신의 제국에 빠져 있는 유일한 한 조각, 가장 아름답고도 풍요로운 조각인 이집트를 가지고 로마로 돌아가고 싶어한다는 게 뻔히 보였으니 말일세. 만일 그렇게 된다면 원로원의 그 누구도 더이상 그를 반대할 수 없을 터였지.

장군은 주둔지로 만든 난공불락의 요새인 왕궁 지구에서 마치 폼페이우스가 살해당했던 것처럼 자신도 죽을지 모른다는 의심을 품었네. 그리고 그 음모의 주동자는 이집트 군대의 전권을 쥐고 있고, 어린 왕의 운명을 좌지우지하는 아킬라스라고 생각했지. 주연이 베풀어지던 와중에 카이사르의 전속 이발사가 전전긍긍하며 복도를 어슬렁거리다가 우연히 포틴이 하인에게 내리는 명령을 듣게 되었

---

56) 로마의 일곱 개의 언덕 중 가장 높은 카피톨리움 언덕을 가리키는 말로, '권좌의 중심'이라는 의미.

네. 로마 장군에게 독이 든 잔을 가져다 주라는 내용이었지. 이발사는 재빨리 달려가 그 사실을 주인에게 알렸고, 장군은 왕궁의 측면을 포위시켰네. 포틴은 죽임을 당했지만, 아킬라스와 프톨레마이오스는 도망쳐서 카이사르 군대에 대해 전면적인 반란을 일으키게 되었지.

폼페이우스의 패잔병까지 규합하여 군대의 규모가 엄청났음에도 불구하고, 아킬라스는 바다 쪽에서 치고 들어가려 했네. 그의 선단은 정박지로 침투하여 물 위로 우뚝 선 성벽 아래 닻을 내렸어. 그러자 카이사르는 즉각 적선에 송진을 발라 불을 붙인 횃불들을 집어던지게 했지. 정박지와 항구는 순식간에 불바다가 되고 말았다네……

4원소는 또한 책의 네 가지 적이기도 하지. 책장 속에 정성껏 잘 넣어두지 않으면 책을 부식시키는 공기, 자주 햇볕을 쪼이지 않으면 글자를 지워버리는 물기, 너무 오랫동안 잊고 내버려두면 쌓이는 먼지. 하지만 불이야말로 책의 가장 큰 적이라네. 왜냐하면 불길로부터 책을 보호할 수 있는 방법은 없으니까. 불은 사람이 일으키는 것이네. 전쟁으로 인해, 지식에 대한 증오, 진리에 대한 증오로 인해 가장 빈번하게 발생하는 것이지만, 단순한 부주의로 발생할 수도 있지. 어떻게 그리고 왜 화재가 났는지도 알 수 없는 불길로 인해 파괴된 도서관의 수는 이루 헤아릴 수가 없을 정도라네. 어쨌든 방화자야 비난을 받았지. 하지만 그가 그런 화를 불러일으킨 데 대해 책임이 있건 없건 그게 무슨 소용인가! 설령 결백하다 할지라도 누명을 완전히 벗을 수는 없는데 말일세. 모두들 한 입으로 그 불명예스러운 일을 떠들어댔지. 책을 불태운다는 것은 조상들을 불태우는 것이며, 자신의 아버지와 어머니를 불태우고, 자신의 영혼을, 그리고 그 영혼과 함께 온 인류를 불태우는 것이라고 말일세.

카이사르에게는 로마와 마찬가지로 제국의 나머지 지역에 수많은 적들이 있었네. 독재자이건 왕이건 자기 혼자서 권력을 차지하겠다는 그의 야심은 명명백백한 것이었어. 군대는 그에게 몸과 마음을 바쳐 충성했고, 라틴계 도시국가의 소수 국민들은 그를 좋아했지. 바다 건너 로마의 지도자들은 그가 알렉산드리아를 약탈하고 도서관을 불태웠다고 비난했다네.

그가 일으켰다고 여겨지는 불길이 항구까지 번졌으니 말일세. 그곳에는 밀을 저장한 창고뿐만 아니라 약 4만 점의 두루마리, 지중해 연안 곳곳, 특히 로마로 수출되어 팔릴 필사본들이 저장된 창고들이 있었네. 그 필사본들만 타버린 것이지만 그것만으로도 카이사르는 책을 불태운 자라는 오명을 피할 수 없었고, 그 꼬리표는 사후에도 한참 동안이나 그를 따라다녔네.

카이사르는 승리했네. 아킬라스는 자살했고 프톨레마이오스는 나일 강에 빠져 죽었으니까. 열세 살이었던 왕은 수영하는 법을 배우지 않았었지. 하지만 알렉산드리아는 비록 전투에서는 졌으나 사랑에는 승리했네. 승전 후 얼마가 지난 어느 날, 노예 하나가 카이사르에게 와서 양탄자를 바쳤다네. 그는 양탄자를 펼쳤지. 그 속에서 무척 아름다운 아가씨가 튀어나왔네. 그게 바로 익사한 왕의 누이이자 아내이며 시리아의 망명생활에서 돌아온 클레오파트라였어. "오, 카이사르여, 제발 도서관만은 남겨주세요." 다시 복위시켜 달라는 부탁을 하기 전에 그녀가 제일 먼저 한 말은 이것이었네. 장년기에 접어든—암루 자네와 거의 비슷한 나이였을 걸세—카이사르는 마음이 흔들렸어. 그녀는 카이사르보다 서른 살이나 아래였지. 그런데 남자로서의 욕망을 넘어 정복자로서의 야심이 솟아오른 것일세. 그 야심이란 아무 문제 없이 그녀와 혼인하여 이집트의 왕이 되고, 이어서 군대를 끌고 로마로 돌아와 자신의 적수들을 간단히 제압하는 것이었지.

백성들은 그의 편이었어. 귀족과 원로들 그리고 무사들이 생각하는 것이라고는 그저 자신들이 정복한 것으로 부를 챙기는 일뿐이었거든. 병사이자 농부로서의 옛 미덕은 공화정에서는 잊혀진 지 오래였지. 만일 하려고만 들었다면 카이사르는 로마의 평민과 군대 전체뿐만 아니라 자신이 정복하고 또 지혜롭고 관대하게 다스렸던 모든 나라들을 손에 넣었을 걸세.

그의 가장 좋은 동조자는 아마도 클레오파트라였을 걸세. 젊은 나이에도 불구하고 그녀는 이집트 여왕으로서 자신의 의무를 제대로 알고 있었으니까. 그리고 그녀는 조국을 이루는 두 민족 모두한테서 존경을 받았네. 알렉산드리아의 그리스인들한테는 미와 학식으로, 변방과 시골에 사는 사람들한테는 소박함으로 존경을 받았지. 사실 '구원자' 프톨레마이오스 이후 모든 군주들 중 이집트어를 아는 사람은 그녀뿐이었네. 그러한 존경이 숭배로까지 이어졌지. 그리스인들은 그녀를 아프로디테의 환생이라 여겨 숭배했고, 이집트인들은 이시스 여신으로 보았네.

카이사르와 클레오파트라의 관계는 로마에서 스캔들을 일으켰어. 사람들은 장군이 이집트의 왕이 되려 한다고 비난했지. 여왕이 프톨레마이오스 14세라는 칭호의 열한 살배기 어린 동생과 결혼했음에도 불구하고 여왕과 카이사르는 그러한 소문을 부인할 수 없었다네. 카이사르는 로마로 돌아가 변명을 해야 했어. 그렇지만 결과는 매우 좋지 않았지. 그가 왕관을 쓰는 모습을 보게 될까 두려워한 음모자들의 칼에 쓰러지고 말았으니 말일세. 카이사르가 죽은 것은 자신의 조국에 대한 충성심과 클레오파트라가 제안한 프톨레마이오스 왕조의 권좌 중 하나를 제때에 선택할 수 없었기 때문이네.

카이사르를 살해한 자들은 시민들이 다시 평등, 박애, 자유의 기치 아래 하나가 되었던 시절로 돌아가기를 바랐어. 헛된 희망이었지! 게다가 예전의 로마가 과연 그들이 상상하던 그런 로마였겠는가? 현재가 갈등의 연속일 때 과거는 항상 너무도 아름답게 느껴지는 법이지. 암루, 자네도 자네의 예언자가 그대 나라를 다스리던 그 시절을 갈망하고 있지 않은가? 하지만 자네도 직접 겪어보았다시피 그 시절이란 겨우 스무 해 전일세. 자네가 아쉬워하는 것은 오히려 자네의 청춘 시절이 아닌가?

로마에서는 동일한 원인이 동일한 결과를 낳았네. 카이사르의 후계자로 재빨리 부상한 사람은 그의 가장 충실한 부하였던 마르쿠스 안토니우스였네. 그는 자신의 상관이 지휘한 모든 전쟁에 참여했고, 상관이 알렉산드리아에 있을 때 로마의 진정한 주인이었네. 하지만 세련되고 교양 있는 귀족이자 뛰어난 정치가이며 영리한 전략가인 카이사르와 거칠기 짝이 없고 만찬, 포도주, 여색을 밝히며 싸움을 좋아하는 낙천가 안토니우스는 얼마나 대조적인지 몰랐다네.

마르쿠스 안토니우스의 인기는 대단했지. 그래서 양식 있는 원로원 의원들은 그의 역겨운 냄새를 맡지 않으려고 코를 막았어. 그들은 재빨리 자신들 중 한 명, 능숙하고 신중한 레피두스를 그의 맞수로 내세웠다네. 세번째 인물도 곧 모습을 드러냈지. 거의 어린아이 같으면서도 냉정하고 소극적이며 무언의 힘이 넘치는 사람으로, 카이사르의 조카인 옥타비아누스였어. 사람들은 한동안 이자를 거들떠보지 않아도 되는 사람으로 여겼네. 카이사르를 살해한 음모자들은 이내 처형되었어. 이제 이상주의자들의 시대는 가고 공화국은 이상주의자들과 함께 죽어버린 것일세. 또다시 세 사람이 제국을 지배하게 되었고, 다시금 대립은 불가피해졌지.

최초의 희생자는 그들 가운데서 나오지 않았네. 최초의 희생자는 바로 책이었다네. 아니 책을 만드는 사람, 아마도 가장 유명한 로마 철학자인 키케로였다고 할 수 있겠지. 변호사인 그는 오랫동안 소크라테스의 사상을 연구했네. 바다를 빙 둘러 여행도 하고 알렉산드리아에서 여러 해를 보내기도 했지. 마음만 먹었다면 그리스의 위대한 철학 유파를 로마 현실에 훌륭히 적용시키는 것으로 만족할 수 있었을 텐데. 사실 그랬으니까. 하지만 그걸로는 성이 안 찼던 게지.

키케로는 자신의 행동과 글을 일치시키려 했네. 그래서 웅변가가 되었지. 그 뛰어난 화술이란! 재판정 높은 곳에서 그는 강자에 대해 약자를 옹호했고, 부정에 대해 공평무사를, 독재에 대해 공화정을, 군대의 힘에 대해 백성의 힘을, 잔혹함에 대해 관용을 옹호했다네. 그의 언변에 우리의 세 장군께서는 불안해졌지. 그들이 서로 싸울 수 없게 만드니 말일세. 안토니우스, 옥타비아누스, 레피두스는 한 가지 사안에 대해 의견일치를 보았네. 즉 그를 제거해버리자는 것이었지. 키케로는 살아왔던 방식 그대로 꼿꼿이 선 채 자신을 치는 칼날을 받았네. 그와 함께 로마의 자유도 죽어버렸지.

그러자 삼두정치 집정관들간에 경쟁이 시작되었다네. 옥타비아누스는 로마로 진격해 집정관이 되었어. 신중한 레피두스는 에스파냐와 아프리카를 선택했고, 마르쿠스 안토니우스는 동방을 다스렸네. 당시 로마인들은 이탈리아의 동쪽 지역을 모두 동방이라 칭했지. 하지만 그들은 지구가 둥글고 따라서 자신이 언제나 누군가의 동쪽에 있다는 사실을 알고 있었네. 어쩌면 마르쿠스 안토니우스는 그걸 모르고 있었는지도 모르지. 어쨌든 그는 부와 우리 하늘 아래 사는 달콤함에 도취되어 있었어. 게다가 클레오파트라를 만났거든.

카이사르의 사망 이후 이집트의 여왕은 홀로 다스리고 있었네. 마침내 하나가 된 백성들은 그녀를 신성시했지. 그녀는 자신의 동생이자 남편인 프톨레마이오스 14세를 독살하고 카이사르에게서 낳은 아들을 왕위에 올려 프톨레마이오스 15세를 만들었어. 하지만 험담하기 좋아하는 사람들은 그 아버지가 누구인지 의심하며 '카이사리온'이라는 조롱조의 이름으로 부르곤 했네. 사실 이런 소문이 떠돌고 있었거든. 즉 카이사르가 간질을 앓았으므로 생식 능력이 없었던데다 그는 미소년들을 더 좋아했다고 말이네.

연인이 죽자 어린 카이사리온의 손을 잡고 통치권을 행사한 클레오파트라에게는 단 한 가지 야심밖에 없었다네. 과거의 찬란한 영광을 되살려 알렉산드리아를 새로운 로마로 만드는 것 말일세. 땅딸막하고 소심한 촌뜨기 마르쿠스 안토니우스가 자신 앞에 꿇어 엎드리는 것을 본 그녀는 그런 사람에게서 뽑아낼 수 있는 것이 무엇인지 알아차렸지. 클레오파트라와 카이사르의 결합은 두 야심의 결합이었다네. 장군은 로마를 원했고, 여왕은 알렉산드리아를 원했던 것이지. 그런데 마르쿠스 안토니우스가 원하는 건 클레오파트라뿐이었거든. 그는 그녀를 가졌고, 아니 적어도 그렇다고 믿었지. 왜냐하면 그는 그녀의 노예에 지나지 않았으니 말일세. 그는 그녀가 원하는 일이면 뭐든지 다 들어주고, 그 보답으로 어쩌다 한 번씩 마치 개가 주인이 던져주는 뼈다귀를 받아먹는 식으로 사랑을 나누곤 했거든. 어느 날 그는 페르가몬 도서관에 남은 것들을 그녀에게 바쳤어. 30만 점에 달하는 두루마리로서, 몇 해 전 창고에 불이 났을 때 불탄 것들을 거의 만회할 만한 수량이었지. 그렇게 기증받은 것으로 무세이온은 어느 정도 과거의 위엄을 되찾을 수 있게 되었다네.

이 사건은 로마에서 카이사리온의 출생보다도 더 웃음거리가 되었지. 평생 시 한 구절 읽어보지 않았을 게 분명한 안토니우스가 과학과 철학의 가장 위대한 작품들을 연인에게 바치다니! 오직 옥타비아누스만이 비웃지 않았네. 하긴 그는 한 번도 웃지 않았지. 그는 누이인 옥타비아를 마르쿠스 안토니우스에게 시집보냈었다네. 그런데 안토니우스가 그녀를 그렇게 망신시킨 것은 곧 로마를 모욕하고 조국을 배신하는 행위였어. 그리고 그것이야말로 전쟁을 일으킬 빌미, 적대관계로 접어들 수 있는 가장 좋은 핑곗거리가 되었지. 이제 옥타비아누스는 백성과 원로원을 등에 업게 되었네. 백성들은 자기들 편 중 하나가 동방의 요물에게 넘어가 난잡한 행동과 방탕에 빠져 나약해진 모습을 본 것이지. 원로원은 원로원대로 예측 불가능한 용병보다는 자신들의 이미지를 따르는 귀족을 선호했어. 정념에 빠진 마르쿠스 안토니우스는 동방 전제군주의 호화롭고 게으른 생활을 누리느라 상황이 역전된 것을 눈치 채지 못하고 있었네. 클레오파트라가 있는데 로마 따위가 뭐 그리 중요했겠나! 그래도 여왕의 비위를 맞추기 위해 그는 역대 최강의 선단을 무장시켰네.

하지만 대부분이 로마인인 그의 병사들은 이방 여인의 아름다운 눈을 위해 자신들의 동포와 싸울 생각이 별로 없었지. 어쩌면 상대편에 자신의 형제, 친구, 아들이 있을지도 모르는 일 아닌가. '어머니들을 울리는 전쟁'인 내전만큼 나쁜 전쟁은 없다고 아이스킬로스는 말했지.

한편, 클레오파트라가 보기에 옥타비아누스와 마르쿠스 안토니우스 사이의 싸움은 겉모습에 지나지 않았네. 진짜 전쟁은 로마와 알렉산드리아 간에, 동방과 서방 간에 일어나리라 본 것이지. 그녀는 라틴 도시국가의 주인과 협상을 시도했는데, 대답은 끔찍했다네. 마르쿠스 안토니우스를 넘기라는 것이었거든. 그렇게 하면 옥타비아누스와 원로원이 생각을 해보겠다는 것이었네. 그녀는 거부했지. 그건 자기 연인의 군대가 항복하는 것과 마찬가지라는 것을 알았으니 말일세. 그렇게 되면 이집트는 로마 앞에 완전 무방비 상태로 놓이게 되거든.

옥타비아누스는 끝장을 보리라 결심했네. 그는 적수의 영토인 그리스를 침공했어. 마르쿠스 안토니우스에게는 더이상 선택의 여지가 없었고, 할 수 없이 싸워야만 했지. 그는 약해져버린 자신의 군단과 클레오파트라의 선단을 이끌고 바다를 건너 그가 선택한 전투 무대인 악티움, 그 암벽투성이 봉우리에서 적과 맞서게 되었다네. 이내 그는 함정에 빠지고 말았지. 아직 패배하지도 않았는데 여왕이 탄 배가 포위망을 뚫고 도망치는 것을 보게 되었네. 이집트 여인의 자리는 그곳, 로마인들 틈바구니가 아니라 자신의 왕국, 자기 아들 곁이었던 걸세. 한 번도 위험 앞에 물러서지 않았던 용감무쌍한 전사였던 마르쿠스 안토니우스도 사랑의 절망감으로 미칠 지경에 이르러 결국 도망치고 말았네. 자신의 군대와 선단을 저버리고, 자신을 따르던 무리를 늑대에게 던져둔 채 마치 수캐가 암캐 뒤꽁무니를 쫓아가듯 그녀 뒤를 따른 것이지.

그의 선단은 싸워보지도 않고 항복한 뒤 그를 추격하는 데 동참했네. 곧 로마군이 알렉산드리아의 성벽 아래를 에워싸게 되었지. 마르쿠스 안토니우스는 모든 걸 저버리고 사랑했던 여인을 다시 보지 못한 채, 그리고 자신이 사랑한 사람이 여자가 아니라 여왕이었다는 것도 깨닫지 못한 채 자살하고 말았다네.

옥타비아누스는 포위당한 요새 안으로 사절 한 명을 보내어 클레오파트라에게 관용을 베풀겠노라 여러 가지 약속을 했네. 그녀는 그 약속들 중 단 하나만 믿었네. 아들인 카이사리온의 목숨을 살려주고 프톨레마이오스 15세라는 칭호로 라지드 왕조의 대를 잇게 하며 로마가 보호해주겠다는 것이었네. 로마 사절이 떠난 후 그녀는 바구니를 열어 신성한 아몬 라 신의 독사를 꺼내 자신의 가슴을 물게 했지. 이 행위로 그녀는 여신이, 불멸의 존재가 되었다네.

암루, 도움을 청하다

— 그 마르쿠스 안토니우스란 자는 천박할 뿐만 아니라 배신자로군. 나라면 히파티아, 그대의 아름다움에 내 생명까지 바칠 것이오. 하지만 설령 당신이 알렉산드리아의 여왕이라 할지라도 내 신앙과 조국을 저버리지는 않겠소. 내가 그렇게 한다면 나에 대한 당신의 존경심마저도 잃을 테니까.

손에 쥐고 있는 작은 천문관측의를 엄지로 연신 문지르며 암루가 말했다.

— 장군님, 저는 당신에게 그런 건 전혀 요구하지 않아요. 다만 알렉산드리아의 가장 훌륭한 산물인 도서관만큼은 남겨달라고 부탁할 뿐이죠.

— 필로포노스 옹께서 아직 이야기를 다 끝내지 않았소.

젊은 여인의 냉담한 어조에 기분이 상한 장군이 대꾸하고는 필로포노스에게 물었다.

— 그래, 옥타비아누스는 어린 카이사리온을 살려주었소?

— 아니네. 그는 약속을 지키지 않고 죽이라고 했네. 하지만 그 아이를 죽인 건 오히려 역사지. 역사는 이제 프톨레마이오스 왕조와는 더이상 상관없는 얘기가 되었네. 이집트는 로마의 속주가 되었으니 말일세. 공화국은 제국이 되었고, 옥타비아누스는 아우구스투스[57]가 되었으며, 도서관과 무세이온은 로마의 소유가 되었다네. 그 이후 황제 자신이 '책들의 제사장'이라 하여 사서가 되었지. 도서관만이 오늘날까지 지속되어온 거라네. 그리고 로마는 다섯 세기 동안 세계를 지배했지.

필로포노스가 대답했다.

— 당신들의 세계이지 우리 세계는 아니오. 내가 아는 바로는 근동 지역에 여러 제국이 있는데, 그곳에서 우리에게 비단과 향료가 온다오. 그 제국들은 로마 제국보다 훨씬 더 강하고 오래 유지되고 있소.

암루가 상기시켰다.

— 만일 당신이 당신 신의 이름으로 그곳도 정복하고 싶다면 서둘러야 할 겁니다. 나와 같은 종교를 가진 수많은 사람들이 벌써 그곳에 가 있고 또 작업중이니 말입니다. 기독교도들도 많지요. 그리고 인도와 중국에는 비단과 향료만 있는 것이 아니라 책도 있답니다. 알렉산드리아에서도 몇 권 입수한 적이 있지요. 하지만 무엇보다도 당신이 미래에 정복할 곳에 대해 더 알고자 한다면, 그런 걸 얘기해주는 지리책들로 가득 찬 책장이 어딘가에 있을 겁니다. 그게 아마도 당신에게 도움이 될 테지요. 아시아 전체가 당신네 코란에

---

57) '존엄자'라는 의미의 칭호.

이미 쓰여 있지 않다면 말입니다.

라제스가 빈정거렸다.

—그만 하게나. 정말 지겹도록 빈정대는군! 차라리 날 도와서 칼리프의 마음을 돌리게 해주는 게 어떻겠나? 만일 내가 칼리프에게 마르쿠스 안토니우스의 비열한 최후를 얘기한다면, 아라비아 밖에는 온통 악마의 작품과 타락뿐이라는 생각을 더욱 굳힐 테니 말일세. 그는 베두인 백성들과 내가 그런 것에 물들지나 않을까 걱정이 되어 아마 나에게 당신네 도시국가를 싹 쓸어버리라는 명령을 내릴걸.

—그럼 아우구스투스의 운명을 넌지시 알려주지 그러나. 권력을 지닌 사람치고 그런 유혹에 저항할 사람이 누가 있겠는가?

필로포노스가 말했다.

—아! 당신은 그를 모르오. 이방인에 대한 증오, 지식에 대한 두려움은 그에겐 거의 신앙이나 다름없소. 그가 갖고자 하는 가장 소중한 보배는 자의로든 타의로든 개종시켜야 할 영혼들이라오. 그는 마치 점원이 콩을 세듯 영혼들의 수를 헤아린다오. 그는 자신이 금강석처럼 순수하다고 생각하고 있소. 하지만 목적을 달성하기 위해서라면 어떠한 속임수라도 마다하지 않을 것이오. 진정한 신앙이 승리하기 위해서라면 악마와도 계약을 맺을 수 있는 사람이니까.

—예전에 겪어봐서 그런 부류의 사람을 알지. 그럼 우리 일은 무척이나 잘못 되어간다는 생각이 드는데. 오로지 죽음만이 오마르의 생각을 꺾을 수 있겠군.

필로포노스가 대답했다.

—그럼 죽게 도와주죠. 공화정을 무너뜨리려는 카이사르를 브루투스가 죽인 건 잘한 일이에요. 당신들 중에는 그런 용감한 병사가

없나요? 세상을 받아들일 줄 알고, 모든 것을 알고자 하며, 너그럽고 관대하면서도 광신적인 독재자를 해치울 수 있는 그런 병사 말이에요.

격앙된 어조로 히파티아가 말을 던졌다. 그러자 암루가 당황해하며 대답했다.

—내 백성과 종교는 아직 너무 어리고 연약하다오. 그런 일을 저질렀다가는 우리는 다시 이교와 야만성으로 추락하고 말 것이오. 아니, 아직은 설득을 해봐야지. 이제 책의 도시, 기독교도와 유대인의 도시가 된 알렉산드리아 얘기를 들려주시오. 이곳에 와보니 교회와 유대 교회당이 무척 많던데…… 그게 바로 속세의 글로도 알렉산드리아가 새로운 바빌로니아로 타락하지 않은 증거가 아니겠소? 이보시오, 친구들. 나는 악마의 변호인 노릇을 하고 있으며, 악마는 지금 메디나에 있소. 나는 여기 있는 수많은 책들이 예언자께서 하신 말씀을 거스르지 않는다는 것을, 심지어 그 말씀을 더욱 굳건히 해준다는 사실을 알고 있소. 하지만 이 책들 중에는 신성모독, 불경 혹은 거짓으로 감히 신의 말씀을 거역하고 있는 책도 있지 않겠소?

—아마도 있겠지만, 그렇다고 그걸 꼭 없애버려야겠나? 적의 계략과 힘을 알 때 오히려 적을 더 잘 이길 수 있는 법이지. 아무튼 내가 자네에게 할 수 있는 말은 플라톤의 말에 불경함이 없으며, 아리스토텔레스의 글에 신성모독이 없다는 걸세. 신의 말씀도 모르는데 어찌 그리 할 수 있었겠는가? 그들이 죄를 저지른 것은 오로지 무지했기 때문이며, 또 그 당시는 하느님의 계시가 있기도 전일세. 늙은 기독교 철학자인 나는 지금까지 그들을 연구하면서 유일신에 대한 내 신앙을 더욱 확실히 하는 데 도움이 되는 생각을 종종 발견하곤

했네. 마치 로마인이 아르키메데스에게서 수로를 튼튼히 쌓는 가장 좋은 방법을 발견했듯이 말일세. 게다가 그런 연구를 내가 제일 먼저 시작했노라고는 절대 말할 수도 없어. 예수가 이 세상에 오기 얼마 전, 필론이라고 하는 알렉산드리아의 유대인 학자가 구약성서의 내용과 모순되는 점이 없도록 히브리 사상 속에 고대 철학을 편입시키는 데 성공했으니 말일세. 그 이야기는 내일 라제스가 자네에게 더 자세히 들려줄 걸세.

필로포노스가 대답했다.

'대체 저 노인장이 왜 발끈한 거지?' 의사 라제스는 생각했다. '내가 형이상학 얘기하고는 담쌓았다는 것을 잘 알면서. 에이, 궁정의 치밀한 음모로 이야기를 꾸며야겠군. 그렇게 하면 저 난폭한 군인의 마음에 들 테고, 무슨 생각도 하게 되겠지.'

유대인과 황제
(라제스의 세번째 풍자문)

그 이후 로마는 지중해를 지배했으며 지중해 연안에서 멀리 떨어진 곳까지 영토를 확장했습니다. 세상의 모든 재물은 제국의 수도로 집중되었고, 로마는 마치 거대한 해면처럼 그것을 빨아들였어요. 재물뿐 아니라 신들까지 말이죠. 게걸스럽게도 사람들은 올림포스의 판테온 신전을 이집트, 바빌로니아, 페니키아, 인도, 아라코시아[58]에서 온 신들로 가득 채웠답니다. 바알이 비너스와 간음을 하고, 미트라[59]는 주피터와 주사위 놀이를 했으며, 바커스는 조로아스터와 건배를 했지요.

자신의 종교 때문에 걱정하는 사람은 전혀 없었답니다. 한 명도, 거의 한 명도 없었죠. 결코 타협하지 않는 신이 딱 하나 있었는데, 그게 바로 통치자인 황제였답니다. 그리고 유일한 여신으로는 도

---

58) 현재 아프가니스탄의 칸다하르 지역.
59) 북유럽 신화에 나오는 광명의 신.

시, 과거의 위인들로 둘러싸인 도시가 있었지요. "원한다면 길거리의 돌멩이, 옷장에 넣어둔 조상의 유골, 정원의 올리브 나무에 대고 기도하라. 엘레우시스[60]나 디오니소스의 신비를 은밀히 속삭여라. 그러나 황제와 도시를 위해 제물을 바치는 것을 잊지는 말라!" 하고 신관들은 떠들어댔죠.

암루, 당신도 알 거요. 당신들도 역시 성서의 민족이지만, 성서를 따르는 백성인 유대인, 기독교인, 모슬렘들을 사람들은 좋지 않은 눈으로 보고 제대로 이해하지 않고 두려워하지요. 사실 그들은 유일신 이외의 다른 신을 받아들이지 않으니까 말입니다.

팔레스타인은 로마의 속주로서 모든 속주들 중 가장 소란스러운 곳이 되었습니다. 예루살렘의 사제들로 이루어진 법정인 산헤드린은 좀스럽게도 모세의 율법이 문자 그대로 지켜지게 감시하고 있었지요. 로마로부터 실총되었을 때나 가는 자리인 그곳 총독으로 임명된 자들은 가능한 한 신중한 태도를 보이려 했습니다. 특히 모세의 율법을 매우 엄격히 지키고자 하는 랍비들과 대개는 배운 자들로서 그리스 문학과 문명의 매혹에 무관심할 수 없었던 도시 젊은 이들 사이의 끊임없는 분쟁에는 절대로 끼어들고 싶어하지 않았습니다. 그런 총독들 중 가장 잘 알려진 사람이 본디오 빌라도였죠. 하지만 로마를 대표하는 총독들이 그자처럼 그렇게 항상 신중했던 것은 아니었습니다. 몇몇 사람들은 다시 황제의 총애를 받으려 열심이었죠. 예컨대 그런 자들 중 하나는 사원 광장에 옥타비아누스 아우구스투스의 동상을 세워놓고 유대인들로 하여금 예배를 드리라고 강요하기도 했습니다. 모든 백성들이 반대하고 나서서 전국적

---

60) 고대 그리스 도시로, 데메테르 여신의 중요한 숭배지.

으로 봉기하게 하는 데 그보다 더 좋은 방법은 없었죠. 물론 무시무시한 탄압이 뒤따랐고, 제국 전체로 확대되어 망명한 유대인 사회가 있는 곳이라면 어디든 탄압의 대상이 되었습니다.

그런 유대인 집단은 바다 주변으로 파르티아, 메디아,[61] 엘람, 메소포타미아, 카파도키아,[62] 폰트,[63] 프리지아, 팜필리아, 크레타 그리고 당신이 태어난 아라비아에 이르기까지 무척 많이 있었지요. 알렉산드로스의 옛 병사들의 후예들이겠지만 심지어 인도에도 있었답니다. 또 가까운 페니키아인, 그리스인 집단과 함께 이베리아, 루시타니아, 시칠리아, 갈리아 지방의 상관(商館)에도 자리를 잡았었지요. 그러한 집단들 중 가장 나중에 생겼고 가장 비참했던 것은 로마에 있는 집단이었고, 가장 잘 사는 것은 알렉산드리아에 있는 집단이었습니다.

필론은 이집트의 유명한 유대인 가문 태생이었습니다. 몇몇 사람들은 거슬러 올라가면 그의 조상들이 팔레스타인에서부터 알렉산드로스를 따라와 이 도시를 세웠다고 합니다. 또 어떤 이들은 프톨레마이오스 1세가 토라를 번역시키기 위해 불렀던 70인의 학자들 중 한 명의 피가 그에게 흐른다고 말하기도 했지요. 필론은 그의 적들인 독실한 랍비들을 우스개로 '망토를 걸친 수염쟁이들'이라고 불렀는데, 그 랍비들은 필론의 조상이 모세를 따라 도망가기를 거부하고 계속 파라오를 섬겼던 히브리 배교자였다고 주장하곤 했습니다. 그런데 적의라는 것은 종종 어리석음과 결합되면 더욱더 못돼지지요.

---

61) 페르시아의 고대 왕국.

62) 터키 아나톨리아 중동부를 일컫는 고대 지명.

63) 소아시아 왕국.

오래되었건 아니건, 어쨌든 필론의 가문은 무척 부유했습니다. 대지주인 그의 형은 예루살렘에 세우는 새 사원에 문을 만들도록 금은을 내놓기도 했죠. 그 당시 알렉산드리아에 있던 모든 유대인이 그랬듯이, 그들도 도시국가에 사는 그리스인들과 똑같은 권리를 가지고 있었고, 이집트인들만 내는 교회 참사회 세금도 물지 않았습니다. 선주이건 상인이건 장인이건 농부이건 간에, 그들은 노동이란 귀족들이 하는 일이 아니라고 생각하는 그리스인들에게 멸시를 당했어요. 또 이집트인들은 그들이 잘 사는 것을 보고 시기했답니다.

하지만 무세이온이 생긴 후 삼 세기 동안 유대인들은 항상 무세이온에서 자리를 차지하고 있었어요. 모든 거류민이 어렸을 때부터 읽고 쓰는 법을 배우고, 최소한 아르메니아어와 히브리어를 아는 민족, 또 상당수가 그리스어, 라틴어, 이집트어를 잊지 않고 있는 그런 민족을 빼놓고 무슨 일을 할 수 있었겠습니까? 그들은 오랫동안 도서관에서 필경사, 통역사, 출판업자, 비서직을 담당했고, 그리스인들은 그보다 더 고상하다고 간주되는 주석자, 작가, 그리고 물론 사서직을 담당했지요. 하지만 유대인들이 기여한 바는 대단했습니다. 바빌로니아의 점성학을 이곳에 들여온 사람들도 바로 유대인들이었으니까요.

필론이 살던 시대에 도서관은 더이상 왕이 아니라 로마 정부의 소유가 된 반면, 그 '대제사장'은 황제가 직접 임명했습니다. 대개 그리스인이 맡았던 그 자리는 알렉산드리아 총독 직속의 한낱 관리직에 불과했고 학문적 연구보다 회계에 더 신경을 쓰는 자리였지요. 게다가 철학자와 학자들도 연구할 때 외에는 별로 알렉산드리아를 찾지 않았습니다. 그들은 연구를 마치고 로마에 자리를 잡아 제국의 부유한 가문에서 교사나 고문관 노릇을 하고자 했지요. 만약 노예 신분이라면 열성적으로 일한 대가로 해방되어 로마 시민이 되는 게 희망이었답니다.

그렇게 수학과 천문학이 꽃피던 뛰어난 알렉산드리아 유파의 시대는 지나가버린 것입니다. 죽은 지 150년이 지난 니케아의 히파르코스는 학계에서 지브롤터 해협에 있는 두 산 중 하나로 여겨졌고, 이제는 어느 누구도 그를 뛰어넘어보려는 생각을 하지 않았습니다. 그 뒤로 사람들이 숫자나 별들에서 찾으려 한 것은 고작 알아들을 수 없는 신의 모호한 메시지뿐이었습니다. 지리학이나 다른 자연과학도 로마인들은 그저 정복한 영토를 더 잘 알고 더 확실히 차지하여 착취하기 위한 편리한 수단으로만 사용했을 뿐이지요.

필론의 관심은 다른 곳에 있었습니다. 그는 형이 운영하여 번창하고 있는 상점을 경멸하곤 했기 때문에, 사람들은 그가 종교에 귀의하리라고 오랫동안 생각했습니다. 하지만 젊은 시절에 그는 랍비의 학교보다는 도서관에 더 자주 드나들었지요. 그는 그의 형편에 비추어볼 때 검소하게 생활했고, 그의 아내는 남편의 미덕이라는 단 하나의 보석만으로 치장하고 싶다고 말하곤 했답니다. 그는 곧 가장 인기 있는 그리스 철학 전문가가 되었습니다. 알렉산드리아 문헌학 유파의 가장 완벽한 제자로서, 그는 그리스 선임자들이 호메로스나 헤시오도스를 다루었던 방식으로 모세 5경을 다루려 했습니다. 즉 일화의 이면에 숨겨진 심오한 의미를 찾아내는 것이었지요. 그는 성서의 이야기와 거기에 나오는 인물들을 보다 차원 높은 진리의 알레고리로 여겼습니다. 당신도 불타는 소돔을 돌아다봄으로써 소금 기둥으로 변한 롯의 아내 이야기를 알고 있겠지만, 그 이야기도 그런 식으로 다루었답니다. 필론은 그것을 끊임없이 과거의 추억 속에 빠져 자족하는 것은 나쁘다, 왜냐하면 사람이 굳어버리기 때문이다, 라고 말해주는 도덕적 우화라고 생각했지요.

필론의 작품은 방대했습니다. 카인의 후예, 아브라함, 요셉, 십계명, 모든 것이 그의 주해의 체를 거쳤으니까요. 그의 방법은 도시에 사는 그리스인들의 구미에만 맞았습니다. 그들은 유대교를 자신들이 좋아하는 신비 종교 중 하나로 보았으니까요. 심지어 몇몇 사람들은 할례를 받지 않아도 되고 돼지고기를 먹지 말라는 금기를 지키지 않아도 된다는 보장을 받고 유대교도가 되기도 했답니다. 할례라는 것과 안식일을 지킬 의무를 제외하면 그리스인들과 별 차이가 없는 알렉산드리아의 유대인들은 자신들의 신앙을 보다 잘 이해함으로써 도시에 평화가 깃들게 해주는 필론의 글에 무척 만족했습니다. 게다가 필론은 결코 손댈 수 없는 신의 율법과 시간과 처한 장소에 따라 변할 수 있는 관례를 구분해야 한다는 것을 여러 번 되풀이하여 강조하기도 했습니다. 오직 '망토를 걸친 수염쟁이'들인 팔레스타인의 율법학자들만이 고래고래 비명을 질러대며 배교 행위라고 떠들어댔지요.

당신의 칼리프가 코란에 매달리는 것처럼 랍비들은 성서 그대로의 문자에 집착했어요. 사실 그들에게 성서의 정신이라는 건 거의 없었죠. 그들은 필론이 더이상 유대인이 아니며 조국을 바꾸었노라고 단언했습니다. 이스라엘 땅을 저버리고 알렉산드리아를, 진정한 신을 버리고 로마 황제의 동상을 종교의 대상으로 삼았다는 것이었지요.

매년 그랬듯이 그해*에도 알렉산드리아의 유대인들은 파로스 섬

---

* 서기 40년.

에서 70인역 성서의 기념일을 경축했습니다. 옥타비아누스 아우구스투스의 첫번째 승계자인 로마 황제 티베리우스[64]가 죽었기 때문에 그들의 환희는 절정에 달했습니다. 그의 통치 말년은 특히 유대인들에게는 암울했었지요. 황제가 강제로 자신의 초상화를 숭배하게 만들려 했으니까요. 새로 등극한 황제 칼리굴라는 매우 어렸습니다. 로마 사람들은 그에게 모든 희망을 걸고 그를 백성의 '별' '젖먹이'라고 불렀지요. 카피톨 신전 주변으로는 온통 잔치가 벌어지고 음악회가 열리곤 했어요. 사람들은 그를 제2의 로물루스[65]라고 불렀어요. 신하들도 모두 칼리굴라의 등극과 함께 새로운 여명이 비추리라고 보았지요.

70인역 성서 기념 축제는 성대히 벌어질 예정이었습니다. 헤로데 안티파스의 후임자로서 팔레스타인 지방의 왕이 된 아그리파가 그 축제에 참석하기 위해 예루살렘에서 출발했으니까요. 그는 칼리굴라로부터 유대-사마리아의 왕이라는 칭호를 막 받은 뒤였습니다.

"아, 친애하는 필론 선생, 당신은 이 책들에 묻혀 사니 무척 행복하겠군." 유난히 길어진 종교의식이 끝난 뒤 무세이온으로 안내를 받은 왕이 철학자에게 말했습니다. "행여나 내가 키레네의 필로스테파누스의 짧은 글이라도 감히 뒤적여보았다는 사실을 예루살렘에서 알게 된다면, 대사제 가야바는 당장 내가 아합 왕[66]과 똑같은

---

64) 로마 제국의 제2대 황제. BC 20년경부터 제국의 동방, 북방의 변경에서 싸워 아우구스투스 황제의 정복사업을 도왔다. 26년에 로마를 떠나 카프리 섬에 은둔하면서 공포정치를 자행하다가 그곳에서 죽었다.
65) 로마 건국의 전설적인 영웅.
66) 이스라엘의 제7대 왕. 이방 종교에 지배되었고 우상숭배의 노예가 되어 이방신을 섬기는 전성기를 이룬, 영적으로 매우 타락한 왕이었다. 사람을 잘못 만나 불행해진 자의 대표적인 예이다.

운명에 처할 거라고 할 걸세. 시 한 편 읽은 것 때문에 내 시신에서 흐르는 피를 개들이 핥아댈 것이고, 창녀들이 내 피로 목욕을 할 거라고 말일세. 보기만 해도 즐거운 광경이겠지! 지금도 가야바는 예수라는 자의 제자들로 이루어진 온순한 환상가들 무리의 활동을 중지시켜야 한다고 끊임없이 날 괴롭히고 있다네. 그런 사람들 이야기를 들어본 적이 있는가? 못 들었나? 아무래도 상관없지! 하지만 천민들을 부추겨서 반란을 일으킬까 걱정이니 어쩔 수 없이 산헤드린의 비위를 맞추어야 하거든. 반란이 일어났다가는 로마에서 불쾌하게 여길 터이니 말일세. 그래서 때때로 그 불행한 사람들 중 하나를 투옥하거나 처형하기도 한다네."

"오, 왕이시여. 진리란 저주가 아니라 토론에서 나오는 것이라는 걸 그들이 깨달을 그런 날이 오겠습니까?" 필론이 묻자 아그리파가 대답했지요.

"글쎄, 그럴 수 있을까? 그러니 자네는 나의 알렉산드리아 여행을 잠시 맑은 공기를 쐬는 것이라고 이해하게. 체육관, 온천, 극장, 그리고 말을 많이 들었네만 예쁜 여자들이 많은 그런 좋은 장소로 날 데려가줄 수 있겠는가?"

"왕께서 그런 장소에 가시면 그리스인과 이집트인들이 무척 좋지 않게 볼 것입니다. 그런 일로 우리 사회에 폭동이 일어날 수 있는 위험도 무척 큽니다. 플라쿠스 총독은 우리를 좋아하지 않거든요. 차라리 도서관이나 뭐 그런 데를 가시는 것이 좋을 듯합니다만……"

"아, 필론, 자네도 그리스인들의 옷을 걸치니 '다른 사람들'과 마찬가지구먼. 관두게, 자네 없이 혼자 가겠네."

결국 아그리파는 필론의 사려 깊은 의견을 듣지 않았습니다. 그리고 그리스인들이 야유를 하는데도 불구하고 보란 듯이 시내 곳곳을 쏘다녔지요. 일 주일 뒤 그와 그의 민족을 욕하는 풍자문이 나돌아 이집트인들 사이에서 크게 인기를 끌었답니다. 아그리파가 새 황제를 알현하기 위해 로마로 출발한 후 상황은 더욱 악화되었지요. 필론이 로마를 대표하는 플라쿠스 총독에게 가서 사태를 수습해달라고 부탁했지만, 그는 그러기는커녕 커다란 유대 교회당에 황제의 동상을 세우라고 명령을 내렸습니다. 그렇게 하면 어린 칼리굴라의 마음에 들 줄 알았던 것이지요. 알렉산드리아의 유대인들은 즉각 봉기했습니다. 그러자 로마군은 이집트인들의 도움을 받아 유례없이 악독하게 탄압을 하기 시작했지요. 마치 새끼들을 주렁주렁 달고 있는 가축들처럼, 도시에 거주하는 모든 유대인들, 그 수많은 남녀를 불러 모아 텃밭과도 같은 매우 비좁은 장소에 밀어 넣었답니다. 그리고 시내에서 떠돌아다니거나 도망치려 하는 유대인들을 돌로 쳐 죽이게 했지요. 그런 사람들을 토기 조각, 소나무나 참나무 가지로 죽을 때까지 때리곤 했답니다.

하지만 세상의 모든 지식이 침묵 속에 나란히 놓여 있는 성소는 감히 건드릴 생각을 하지 못했는지, 희한하게도 왕궁과 무세이온 지역은 예외였지요.

필론은 외교사절로 황제에게 가서 자기 민족의 억울한 사정을 호소하고자 했습니다. 그의 계획을 도우려고 무세이온 전체가 팔을 걷어붙이고 나섰지요. 기하학자, 천문학자, 철학자, 시인, 필경사, 통역사 등 그들이 믿는 종교가 무엇이든, 그동안 서로 으르렁거리던 것을 모두 잊고 합심하여 배를 빌리게 되었습니다. 그리스인들도 동료를 돕고자 사절단에 합류했습니다. 무세이온의 대사제도 직접 따라가겠노라며 나서는 바람에 필론이 말리느라 무척 애를 먹기도 했지요. 폭풍이 불 때 선장은 배에 남아 있어야 한다고 설득했던 거죠.

알렉산드리아의 유대인 외교사절단이 로마에 도착하자 나쁜 소식이 그들을 기다리고 있었습니다. 황제가 죽어가고 있다는 것이었죠. 불안에 빠진 백성들은 밤낮으로 황궁 근처를 맴돌았습니다. 마침내 칼리굴라가 회복되었다는 소식이 전해지자 로마는 온통 환호성으로 떠들썩했습니다.

필론은 알렉산드리아에서 오래 살았던 스토아 학파의 철학자인 친구 세네카의 집에 묵고 있었습니다. 이베리아 반도 출신의 그 철학자는 당시 집정관이었는데, 그 직위는 황제 측근의 상당한 요직이었습니다. 세네카는 가능한 한 빨리 황제와의 접견 자리를 마련해보겠노라고 약속했지요. 그러나 여러 날이 지나도 집정관은 매번 황궁에서 아무런 성과를 거두지 못하고 돌아왔습니다. 황제가 알렉산드리아의 외교사절을 만나지 않으려고 별별 핑계를 댄다는 것이었지요. 칼리굴라가 아직 완전히 회복된 상태가 아니다, 혹은 병이 재발했다, 혹은 라인 강 변경 지대의 게르만족이 동요하고 있다는 등의 핑계로 말이지요. 그러더니 마침내는 필론에게 최대한 빨리 이집트로 돌아가라고 충고를 하는 것이었습니다. 사절로 온 철학자는 그 충고를 거부했지요.

어느 날, 마침내 세네카는 손님들의 접견을 허락한다는 편지를 들고 왔습니다. 하지만 그에게서 왕의 후의를 얻어냈다는 뿌듯한 표정은 전혀 찾아볼 수가 없었지요.

"필론, 자네에게 마지막으로 부탁하는데, 제발 떠나게! 이곳에서는 이제 올바르다는 것이 안전하지가 않아. 자네가 해야 할 일은 연단에 서는 것과 공직생활을 포기하고 오로지 연구에만 몰두하는 걸세."

"대체 그게 무슨 헛소리인가? 내가 결코 즐거운 마음으로 책들을
버려두고 온 게 아니라는 걸 골백번도 더 얘기하지 않았나? 이건 수
많은 사람들의 목숨이 걸려 있는 얘기라고. 고통이나 죽음보다 미
덕을 앞세우는 자네가 지금 내게 그런 비겁한 행위를 하라고 요구
할 수 있는 겐가?" 필론이 대꾸했지요.

세네카는 시선을 떨구었습니다. 마치 자신이 돌이킬 수 없는 죄
를 저질렀다고 고백하는 심정이었겠지요.

"나라고 어쩌겠나. 병을 앓은 뒤로 황제가 싹 변해버린걸. 이제
는 제정신이 아냐. 내가 보는 앞에서 죄인을 조금씩 찔러서 죽이더
라고. 시간이 한참 걸렸네. 정말 한참 걸렸어. 그러더니 칼리굴라는
그 불쌍한 자가 스스로 죽어가는 모습을 보아야 한다고 설명하는
것이었네. 그를 고문하면서 혼자 술 한 동이를 마시더군. 그리고 나
서 나를 끌고 누이인 리빌라의 거처로 데려가는 거야. 혼기에 접어
들면 그녀를 내 아내로 주겠다고 약속했었거든. 그런데 내 눈앞에
서 이제 겨우 가슴이 봉긋하게 올라올까 말까 한 그 가냘픈 여인의
옷을 홀딱 벗기더니 대리석 바닥에 쓰러뜨리고는 마치 하이에나처
럼 히죽거리며 그녀를 범하더군. 그러면서 나를 향해 고래고래 소
리를 지르는 거야. '이보게, 세네카, 내가 프톨레마이오스 왕가 놈
들보다 잘하지? 그놈들보다 낫잖아, 그렇지?' 하고 말일세. 필론,
황제는 미쳤네."

"원산초[67]에 그 영혼을 담가보았나요?" 사절단에 속한 어느 의사
가 물었습니다.

---

67) 지중해 지방에서 나는 약초로, 정신병 치료에 사용되었다고 한다.

세네카와 필론은 동시에 어깨를 으쓱했습니다. 스토아 학파의 학자가 간청하는데도 불구하고 필론은 황제를 접견하러 가기로 결심했습니다. 데모스테네스와 키케로의 영향을 받고 자란 그는 뛰어난 웅변가로서, 미치광이 황제를 만나는 것을 두려워하지 않았답니다.

만남은 제국의 기화이초들이 자라고 있던 메세나의 정원에서 이루어졌습니다. 미지근한 나귀 젖이 가득한 거대한 수조에는 진주가 동동 떠다니고 벌거벗은 젊은 여인들이 헤엄을 치고 있었지요. 분수 한가운데 세워놓은 대리석 소라 기둥 주둥이에서는 꿀과 포도주가 샘솟고 있었고요. 칼리굴라는 붉은색과 푸른색 난초가 피어 있는 가운데 세워진 상아로 만든 옥좌에 앉아, 한겨울임에도 불구하고 실오라기 하나 걸치지 않고 음부만을 가린 채 길다란 가짜 수염을 달고, 상어 이빨로 만든 왕관을 쓰고, 삼지창을 흔들며 사절단을 맞았습니다.

카이사르[68]에게 다가가는 것은 보통사람에게 가까이 가는 것과는 다르지요. 뚱뚱한 시종이 한쪽 무릎을 꿇었습니다. 그리고 무장한 병사 하나가 옥좌 아래로 걸어나갔습니다. 그는 황제의 뒤에 차려 자세로 서서 쩔그렁 소리와 함께 칼을 뽑아 수직으로 세웠습니다. 누군가 지팡이로 대리석 바닥을 두드렸지요.

"황제께서 그대들이 가까이 오는 것을 허락하신다."

칼리굴라는 유대인들보고 경배하라고 하는 동상의 모습과는 딴판이었습니다. 창백한 안색, 너무도 가느다란 목과 다리, 움푹 들어간 관자놀이와 눈, 넓은 이마와 사나운 눈초리. 젊은 나이에도 불구하고 머리는 거의 벗어지다시피 했습니다. 대신 어깨와 등에는 마

---

68) 처음에는 율리우스 카이사르의 후손의 칭호였으나, 나중에는 로마 황제의 칭호가 되었다.

치 염소 수염처럼 털이 수북이 나 있었죠. 그래서인지, 그가 하는 여러 가지 기괴한 행동 가운데에는 염소라는 말을 입 밖에 내지 못하게 하고 어기면 사형에 처한다는 것도 있었습니다. 그런데 그날 아침은 심한 광기의 발작을 일으킨 뒤라 차분해 보였습니다. 세네카가 사절단 접견 일자를 그날로 잡은 것은 그런 이유에서였지요.

"그래, 너희 유대인들은 돼지고기를 안 먹는다는 것 같은데, 그게 더럽다고 생각하는 거야? 어이, 너, 늙은이! 속을 넣은 암퇘지 젖통의 그 기막힌 맛을 모른다 이거야?" 황제는 변두리 사람들이나 쓰는 음란한 어조로 물었습니다.

주변에 서 있던 신하들이 비굴한 웃음을 터뜨렸습니다. 필론은 어안이 벙벙했습니다. 돼지고기를 먹지 말라는 금기는 이민족들 중에서도 천민들이나 입에 달고 다니는 농담이었지, 그리스 문학에 심취한 세련된 자라고들 하는 사람이 대번에 그 문제를, 그것도 그처럼 천박한 어조로 들고 나올 줄은 몰랐던 것이지요. 다행히도 그는 미리 준비한 답변이 있었습니다.

"오, 카이사르시여! 각각의 민족에겐 나름대로 관습이 있습니다. 로마인들은 파르티아의 어린 노예들을 집어삼킨 곰치를 먹는데, 그것도 관습이 아니던가요?"

칼리굴라는 히죽거리는 주위 사람들을 둘러보며 말을 뱉었습니다.

"저자들은 뭐가 맛있는지 몰라. 그렇지만, 그래 말해보라, 유대인 늙은이. 너희들이 우리의 신을 증오하고, 또 세상 모든 사람들이 인정하는 명백한 사실, 즉 내가 곧 신이므로 나를 신으로 섬겨야 한다는 사실을 받아들이지 않는다는데, 그게 사실이냐?"

"오, 카이사르시여, 알렉산드로스 대왕께서도 당신처럼 신이라고 말씀하셨습니다. 그분은 그분 주위에 용맹한 병사들, 박식한 유대인 학자들을 둘 줄 아셨기 때문에, 그들의 도움을 받아 인도를 정복하셨습니다. 하지만 그분은 자신을 신으로 숭배하지 않아도 된다고 하셨지요. 그럼에도 불구하고 주변 사람들은 그분을 더욱더 섬겼습니다. 황제에 대한 우리 알렉산드리아 유대인들의 충성심은 황제를 향한 것이지 돌로 만든 석상들을 향한 것이 아닙니다. 우리는 왕께서 믿고 계신 신들이 실제로 존재하는 것이 아니라 차라리 신성함의 희미한 윤곽일 뿐이라고 생각합니다. 그런데 소크라테스가 말한 바와 같이, 어떻게 존재하지 않는 것을 증오할 수 있다는 말씀이십니까?"

인용은 잘못되었지만, 소크라테스의 이름이 나오자 칼리굴라의 안색이 부드러워졌습니다. 그리고 칼리굴라는 크게 고개를 끄덕였지요. 그러더니 쏘는 듯 반짝이는 그의 눈앞으로 한 줄기 구름이 스쳐 지나갔습니다.

"그렇지만 너희들은 너희들이 믿는 신의 이름조차 모르지 않더냐? 어떻게 이름을 부를 수도 없는 신을 믿을 수 있단 말인가?"

"플라톤과 아리스토텔레스가 종종 미지의 신을 언급했던 것을 기억하지 못하십니까?"

"대체 넌 왜 매번 내 질문에 다른 질문으로 대답을 하느냐?"

"안 될 이유가 없지 않습니까?"

그러자 칼리굴라의 마음은 마치 식초 속의 꿀처럼 녹아드는 듯했습니다. 그제야 그는 세네카에게 알렉산드리아로 떠나라고 하고, 그곳 총독 플라쿠스의 처형을 명령하고, 제국 내의 모든 유대 교회당에 자신의 동상을 세우라 했던 명령을 철회하노라고 공표하는 여유를 가졌으며, 아무 이유 없이 노예들 중 한 명을 덮쳐 배에다 발길질을 해댔습니다. 필론은 그 기괴한 장면의 끝을 보지 못했지요. 세네카가 그를 이끌고 그 지옥 같은 곳에서 멀리 데리고 나와버렸으 니까요.

　알렉산드리아에는 다시 평화가 찾아왔습니다. 사절이 다녀오고 일 년 뒤에, 사람들은 미치광이 칼리굴라가 친위대의 부하들에게 살해되었다는 사실을 알고 안도의 한숨을 내쉬게 되었지요. 칼리굴라의 숙부인 클라우디우스[69]가 그의 뒤를 이어 권좌에 올랐습니다. 유대의 왕인 아그리파는 지지를 표명하여 즉시 그를 인정했습니다. 유대인들에게 호의적인 새 황제는 필론과 알렉산드리아의 그리스 대사를 불러 두 민족간의 분쟁을 완전히 해결하고자 하였지요.

　황제와의 면담은 화기애애한 분위기에서 시작되었습니다. 클라우디우스 황제가 양쪽 모두에 로마 시민권을 주려고 하려는 찰나에, 왕궁에 또 한 명의 유대인 사절이 나타났지요. 그자는 예루살렘에서 곧장 온 사람으로, 대사제인 가야바가 데려온 것이었습니다. 가야바는 황제에게 인사를 하는 둥 마는 둥 하고는 집게손가락으로 필론을 가리키며 격한 어조로 말했습니다.

　"하느님과 그 백성을 배반한 자가 무슨 권리로 감히 대표자로 자처하느냐? 뜻을 거역한 아들인 네게 불행이 있을 것이다! 너는 주님의 계획이 아닌 계획을 실행하고 있으며, 주님의 뜻에 어긋나는 계약을 맺고자 하여 죄에 죄를 거듭 쌓고 있구나. 주님의 뜻을 묻지도 않고 로마로 와서 파라오의 요새 속에서 안전을 구하려 하다니……"

　선지자 이사야의 말을 흉내 낸 가야바의 말에, 필론은 입가에 조소를 띠었습니다. 그가 뭐라 대답하려 할 때 클라우디우스 황제가

---

69) BC 10~AD 54, 로마 황제. 재위 기간 AD 41~54, 인기가 별로 없었고, 해방된 노예 권력의 신장과 왕비들의 정치적 발언 증대에 시달리다 죽었다.

자리에서 일어나 얼굴을 벌겋게 붉힌 채 잘 알아들을 수 없는 소리로 외쳤습니다. 사실 황제는 무척 박학하긴 하지만 말더듬이였고 약간 취한 상태였지요.

"이, 난, 난, 난장판이 다 뭐냐. 그, 그리고 늙은 영, 영감탱이를 누가 내게 보냈는가?"

"유대-사마리아의 왕이 보내서 왔습니다!"

시끄러운 일이 생기지 않게 하기 위해 아그리파는 또 한번 산헤드린의 명령에 굴복하고 만 것이지요. 짜증이 난 클라우디우스는 유대인들에게 예배의 자유와 자신들 관습에 따라 살 권리를 인정했지만 로마 시민권은 주지 않았습니다. 패배한 필론은 알렉산드리아로 돌아왔지요. 세네카에게 작별을 고하면서 그는 말했습니다.

"이 지팡이를 받게. 지리학자 스트라보가 내게 준 것일세. 그는 이 지팡이에 몸을 의지하여 전 세계를 돌아다녔지. 자네 역시 정의와 자유의 세계에 도달하려면 먼길을 가야 할 게야. 잘 있게, 친구. 그리고 진리란 죽음보다 더 강하다는 사실을 잊지 말게."

필론은 세 번의 죽음을 맞았습니다. 첫번째는 나이 들어 침상에서 자연스럽게 맞이한 죽음이지요. 두번째는 팔레스타인의 랍비들이 70인역 성서와 필론의 저서부터 시작해서 성서에 대한 모든 그리스어 주해서를 없앴을 때였고요. 세번째 죽음은 기독교도들이 가져다준 것인데, 그들은 알렉산드리아 철학자의 사상을 독차지하려 하면서 심지어 만년에 사도 바울이 그를 개종시켰을 것이라고 주장하고 나섰지요. 가엾은 필론! 이제는 더이상 뼈가 아린 고통도 사라진 지 오래죠.

아무튼 바울은 아무 거리낌 없이 할례, 안식일, 금기시하는 음식들의 의무 조항들을 면제해주면서 그리스인과 로마인들을 자신들의 교파로 개종시키는 데 죽은 필론을 이용했답니다. 한참 뒤엔가, 굳이 잠을 방해하지 않기 위해 이름은 밝히지 않겠지만, 어느 기독교 사상가가 마찬가지로 플라톤과 아리스토텔레스를 자신의 신앙과 통합하기 위해 필론을 이용했다고도 하지요. 그 일로 비잔틴의 총대주교와 약간 마찰이 있기도 했지만. 그렇지요, 필로포노스 스승님?

암루, 운명에 대해 생각하다

— 망토를 걸친 수염쟁이들이라!

암루가 빙긋이 웃으며 덧붙였다.

— 그 표현 참 멋지군. 나도 그런 표현을 여럿 아는데, 이슬람 땅에도 그런 수사에 어울릴 만한 사람들이 있지. 희한하게도 그런 수염쟁이들은 당시 예언자를 가장 극렬히 반대했던 사람들이었소.

— 암루, 그건 보편적인 법칙 같군요. 지나친 열성은 위선의 가장 큰 징후인 걸요. 오직 겉모습만이 변할 뿐이죠. 기독교에서는 수염과 망토가 수염 없는 매끈하고 향기 나는 얼굴 아래, 스톨라[70]와 황금빛 상제의(上祭衣) 아래 숨어 있답니다.

히파티아가 거들었다. 그러자 라제스가 끼어들었다.

— 필론의 이야기에서 당신이 건진 게 그게 전부라면 헛되이 입

---

70) 성직자가 의식 때 입는 법의의 일부. 양어깨에서 길게 늘어뜨리거나 머리나 목에 감기도 한다.

만 아팠던 게 아닌지 걱정스럽군요. 나는 당신네 칼리프가 거의 우상숭배처럼 토라를 섬기는 랍비들과 여러 면에서 비슷하다고 생각했지요. 필론은 고대 그리스인들의 속성인 논리와 이성에 합당한 단어를 사용해서 성서를 설명함으로써 성서에 보편적 가치를 부여할 수 있었습니다. 장군, 지금 당신은 알렉산드리아에 있는 것이지 메디나에 있는 것이 아닙니다. 거칠기 짝이 없는 베두인족에게 당신의 예언자가 하신 말씀이 이곳 사람들, 마치 우리 발 아래 항구가 외국 선박들에게 열려 있듯 세상 모든 사상의 흐름에 개방된 이곳 사람들의 마음에 들 거라고 정말 믿는 거요?

— 자네가 우리의 성스러운 책을 제대로 모르고 있다는 것을 알겠군. 코란에는 필론 같은 사람이 필요 없소. 예언자께서 제시한 모든 비유, 사례가 되는 모든 이야기는 저마다 고유한 주석을 담고 있소. 그것은 꾸며내지 않고 원래부터 존재해온 하느님의 말씀으로서, 천사장 가브리엘이 마호메트에게 전한 것이라오.

— 참으로 촌스러운 주해로군. 자네의 코란은 비잔틴 율법학자가 따지고 들면 이 초도 견디지 못할 걸세.

필로포노스는 눈을 뜨지도 않고 중얼댔다.

— 그 무슨 신성모독이오! 그 말씀은 비잔틴 율법학자에게 하신 것이 아니라 보잘것없는 사람들, 가난한 사람들, 착취당하는 사람들에게 하신 것이오. 그 사람들이 어리석기 때문에 라제스, 당신이 조금 전에 말한 롯의 아내 이야기가 주는 교훈을 이해 못 할 거라 생각하는 것인가?

— 보잘것없는 사람들, 가난한 사람들, 착취당하는 사람들이라……

라제스는 중얼거렸다. 그리고는 이어서 말했다.

─그런 사람들이라면 잘 알지요. 그리고 그들도 나를 좋아한다고 생각합니다. 그러나 아랍인 플라쿠스와 같은 자가 나와 유대인들을 가리켜 그들이 행한 악에 대해 책임이 있다고 한다면, 그 불행한 자들은 마치 멋모르는 가축떼처럼 변할 것입니다. 내가 그들에게 해준 보살핌 따위야 다 잊고 나를 짓밟겠죠.

─안심하게. 이슬람은 성서를 따르는 자들에게 덕을 입었다는 것을 잘 알고 있네. 또한 유대인이나 기독교도들이 빠져든 잘못, 끝까지 고집하는 잘못에 대해서도 알고 있다네. 고치지 않고 고집을 하든 안 하든 그건 당신들 자유일세. 하지만 이슬람은 그 잘못과 이교도들이 빠져 있는 무지를 구별할 수 있지. 따라서 이슬람은 그 무지한 이교도들을 향해 전도를 하는 것이지 당신들을 대상으로 하는 것이 아니라네.

암루가 대답했다. 그러자 라제스가 씁쓸한 어조로 대꾸했다.

─그렇게 생각하고 있다는 것을 알게 되어 기쁘군요. 하지만 당신의 칼리프는 그런 마음 자세가 되어 있지 않은 것 같은데요. 내가 이해한 바로는 그를 지탱하는 논리는 타협의 여지가 전혀 없는 것입니다. 그의 생각을 이루는 유일한 바탕은 이슬람 순교자들을 위해 70인의 성처녀가 기다리는 영원한 천국과 그 나머지 사람들을 위한 지옥뿐이죠. 그 나머지 사람들이란 이교도뿐만 아니라 유대인과 기독교인들일 테고요. 암루, 알겠습니까? 그가 '믿지 않는 자들'이라 부르는 사람들과 치르는 성전은 맹목적인 죽음을 가져오지요.

그러자 암루는 고개를 흔들며 말했다.

─참으로 가혹하게 평을 하는군. 사실 난 오마르가 이슬람의 정신을 타락시키고 있다고 생각하네. 그렇기 때문에 내가 칼리프에게 가서 변론을 펼 때 필론의 이야기가 무슨 쓸모가 있을지 이해하지

못하겠네.

— 그럼 당신이 당신의 운명과 명성 중에서 어느 하나를 택해야 할 순간이 닥치면 칼리프에게 이렇게 말씀하시지요. '그 유대인이 성서의 진실성을 이교도들에게 설득시킬 수 있었던 것은 이교도들의 믿음과 미신을 연구했기 때문입니다. 우리도 그것들을 연구합시다. 신이 계시고 신이 우리에게 주신 권능이 있으니, 그 믿음은 우리를 결코 현혹하지 못할 것입니다'라고 말입니다.

라제스가 딱 잘라 말했다. 암루는 화를 냈다.

— 내가 무슨 말을 해야 할지 자네에게 묻지 않았네. 그리고 자네는 내 운명에 대해 무심히 말을 하는군. 내 앞날은 오직 신만이 관장하시네. 모든 것은 이미 쓰여 있어. 저 위, 신의 위대한 책 속에 말일세. 그리고 이교도의 미신은…… 거듭 말하는 바이지만, 가장 나쁜 미신은 별에서 사람들의 미래를 읽어내려고 하는 걸세. 그리고 당신들이 말한 천문학자들이 하려고 했던 게 바로 그것이지.

— 위대한 프톨레마이오스는, 지금 말하는 사람은 왕이 아니라 지리학자인데, 전혀 미신적이지 않았습니다. 정반대로 그는 사람들이 점성술이라 부르는 예측 기법을 가장 완벽한 이성과 관용의 정신으로 알렸지요. 또한 허무맹랑한 예언을 한 적도 없기 때문에, 별자리가 인간의 운명에 미치는 영향에 관해 그가 내린 가르침을 들으면 아마 당신의 칼리프는 놀랄 겁니다.

라제스가 의외로 차분하게 대꾸했다.

— 만일 자네가 그 프톨레마이오스의 작품이 심오하고 식견이 있다고 판단한다면 내게 좀더 자세히 설명을 해주게.

'내가 함정에 빠지고 말았군.' 라제스는 생각했다. '나도 점성술이 진짜인지는 확신할 수가 없는데 말이야! 하지만 중요한 건 암루, 그대의 운명이 별들에 쓰여 있는 대로 파괴가 아니라 새로운 세기를 여는 것이라고 믿게 하는 거야…… 약간 사기를 치고, 내 말을 약간의 지리학과 철학과 의학으로 포장을 하는 한이 있더라도 말이야!'

점성술사와 스토아 철학자

(라제스의 네번째 풍자문)

　동시대 사람들이 '완벽한 프톨레마이오스'라고 부른 자에 대해 우리는 아는 바가 거의 전무합니다. 모든 이들에게 말을 해야 하는 운명이었던 그 사람에게는 역설이 아닐 수 없지요. 왜냐하면 클라우디우스 프톨레마이오스는 영원히 남길 것을 세우는 그런 부류의 사람이었고, 끊임없이 재창조할 필요성을 느끼는 창조적 힘을 지녔으니까요.

　그가 쓴 글 어디를 보아도 자신의 삶, 자신과 동시대인에 대한 언급은 조금도 없습니다. 마치 물리적 현실 속이나 작품 내에서 자신에게 중요한 것은 오직 세계의 정확한 비율과 결합성뿐이라는 걸 증명하려고 한 것처럼 말이죠. 그의 생년월일이 언제인지, 가족이 누구인지, 누굴 사랑했으며 누구와 친했는지, 그의 사회적 지위, 직업 등 모든 것이 긴 수수께끼의 연속이었을 겁니다. 만일 역사가이자 아리스토텔레스, 에픽테토스의 지칠 줄 모르는 주해자인 심플리키우스가 미완성으로 남겨놓은 「프톨레마이오스의 생애」라는 짤막한 작품의 유일한 원고가 우리 도서관에 보존되어 있지 않았다면 말입니다.

클라우디우스 프톨레마이오스는 기독교도들의 예언자인 예수 탄생 후 약 100년이 지나 프톨레마이스 헤르미우*에서 태어난 것 같습니다. 그는 안토니누스 파우치[71] 황제 통치기의 사람인데, 그 당시는 로마 제국이 평화와 번영을 누리고 있었고, 문화 교류와 무역에 무척 유리한 때였습니다.

유명한 가문의 외동아들로 태어난 프톨레마이오스는 기하학적 사유에 무척이나 뛰어난 재능을 보여, 그의 부친은 어린 그를 알렉산드리아로 보내 무세이온에서 공부하게 했습니다. 그 당시 무세이온은 쇠락하였고 그곳에서 가르치는 내용도 빈약했더랍니다. 선생들 중에서 메넬라우스만이 예외였지요. 뛰어난 기하학자였던 그는 재빨리 자기 학생의 재능을 알아보았고, 차분하고 생각이 깊은 그 어린 제자가 때가 되면 히파르코스의 지적인 유산을 물려받게 되리라는 것을 알아차렸습니다.

프톨레마이오스는 십여 년을 무세이온에서 머물렀습니다. 스물다섯 살의 나이에 벌써 여러 편의 논문을 써서 주목을 받았지요. 그는 왕궁 지구에서 편안하게 먹고살면서 열성적인 제자들에게 강의를 하곤 했습니다. 하지만 사실 프톨레마이오스는 싫증이 났지요. 그래서 종종 도시 거리로 나가 빈둥거리곤 했답니다. 당시 아드리아누스[72] 황제가 알렉산드리아와 홍해를 잇는 대로를 뚫어놓았기

---

* 지금의 상이집트 망시에 지방.

71) 86~161, 로마 황제. 재위 기간 138~161.

72) 76~138, 로마 황제. 재위 기간 117~138.

때문에 아프리카 그리고 동방과의 교역이 활발했지요. 과일, 고급 피륙, 보석, 향료를 취급하는 부유한 상점들이 알렉산드리아의 긴 거리에 죽 늘어서 있었고요. 그곳엔 온갖 부류의 사람들이 무질서하게 뒤죽박죽 섞여 우글거리고 있었습니다. 프톨레마이오스는 가끔 가던 걸음을 멈추고 그저 재미로 수많은 기독교 교파들 중 하나의 설교자가 하는 말에 귀를 기울이곤 했습니다. 그런 사람들은 행인들을 대상으로 연설을 하고 집회를 열었으므로, 공권력을 투입하여 해산시키려 해도 소용이 없었지요. 그런 그가 제일 좋아하는 것은 향료 상인들의 상점을 어슬렁거리며 둘러보는 것이었습니다. 알렉산드리아로 온 뒤 외곽 멀리 떨어진 카노프 지역 너머로 가본 적이 없었기 때문에 그는 이국적인 향이 풍겨나오는 형형색색의 유리병들이 길게 늘어선 진열창을 따라 어슬렁거리며 동방의 먼 지방들을 상상하는 것을 즐겼습니다. 인도와 아라비아 산 계피, 히말라야에서 온 라벤더, 코친차이나[73] 산 후추, 피시디아 산 안식향과 고무, 카테큐, 감송향, 마르바톤. 프톨레마이오스는 꿈꾸는 듯 눈을 반쯤 감은 채 그 향기들을 차례로 맡아보곤 했습니다.

어느 날 그는 막 상점에 들어온 두 사람이 나누는 대화 때문에 꿈에서 깨어나게 되었습니다. 화려하게 수놓은 고급 외투, 거침없는 행동거지와 말투로 보아 그들은 잘나가는 무역 상인들이 분명했습니다. 그런데 이번 경우는 달라 상인들 중 하나가 떨떠름한 목소리로 동행에게 불평을 늘어놓는 것이었습니다.

"사업이 영 엉망이야. 내가 큰돈을 들여 네팔에서 출발시킨 대상이 지도에 표시된 얕은 곳을 찾지 못해 강을 따라 오느라 육 개월이

---

73) 베트남 남부 메콩 강 삼각주를 중심으로 한 지역.

나 허비했다네. 낙타를 모는 사람들이 행로를 바꿔야 했는데, 그러다가 강도떼의 습격을 받았어. 몽땅 털렸지. 무세이온의 지도 제작국에 가서 항의를 했더니 면전에서 비웃더라고. 자칭 지리학자라는 놈들이 무능하기만 한 게 아니라 뻐기기까지 하더군!"

그러자 다른 상인이 말했습니다.

"내 처지는 더 기막혔어. 물건을 몽땅 바다에서 잃었는데, 그것 역시 그 빌어먹을 지리학자들의 잘못 때문이 아니고 뭐겠는가……"

"어디 좀 들어보세. 자네 얘기를 다 듣고 이 가게에서 나가세."

"나는 장비를 잘 갖춘 배 두 척의 소형 선단을 어느 정직한 선장에게 맡겼지. 그리고 인도와 페르시아에서 귀중한 화물을 실어오라고 했어. 일이 잘 풀려가고 있었는데 사십 일째 되던 날 폭풍이 일어 바다가 요동을 치는 바람에 배들이 항로를 벗어나고 만 거야. 결국 풍랑은 멎었는데, 배가 해안에서 멀리 떠밀려가 망망대해에 놓이게 된 거야. 선장은 망루지기 선원을 불러 돛대 꼭대기에 올라가 수평선을 살펴보라고 했지. 선원이 올라가 한참 동안이나 사방을 둘러보고 내려와서는 햇빛에 번쩍이는 검은 산 하나를 보았노라고 말했다는 거야. '그 산은 어떤 지도에도 나와 있지 않지만 선원이라면 누구나 알고 두려워한답니다. 산 전체가 자석이라고 하는 광석으로 이루어져 있기 때문이죠. 그 산을 이루는 물질은 배를 산 아래로 끌어들이는 힘이 있다고 합지요' 하고 선장이 내게 말했네. 그리고 말 그대로 된 거지. 순식간에 배를 지탱하고 있던 모든 조각들이 마법에 걸리기라도 한 것처럼 산산조각으로 흩어지고 말았다네. 못과 쇳조각들이 산의 암벽을 향해 마치 화살처럼 날아가더니 철썩 달라붙고 말았다는 거야. 배는 해체되고 화물은 물속에 가라앉고 선원들은 대부분 물에 빠져 죽었다네. 선장은 가까스로 보트를 타고 목숨을 구할 수 있었는데, 겨우 어제야 초라한 몰골로 돌아와 그 비통한 소식을 전해주더군."

"정말이지 그 선장 얘기는 놀랍기 짝이 없군. 그런데 페르시아 만 입구에 그런 무시무시한 쇠로 된 산이 있는데 왜 선원들에게 다른 항로를 택하게 하지 않는 건가?"

"아하, 그런가? 어이, 지리학자 친구, 그럼 그들이 인도에서 알렉산드리아로 오려면 어떻게 해야 한단 말인가?"

"아니, 에라토스테네스 노인이 지중해는 서쪽으로 인도양과 연결되어 있다고 주장하지 않았나?"

상대방은 그 말을 듣고 코웃음을 쳤습니다.

"말이야 그렇지. 지브롤터 해협의 두 개의 산에서부터 아프리카를 빙 돌아가는 엄청난 항해를 하면 되지. 하지만 너무 위험하고 오래 걸리는데다 비용도 많이 들어. 물론 에라토스테네스가 만든 지도들은 비할 바 없이 훌륭한 것들이지만 소실되었을뿐더러 더 나쁜 건 그 후계자들이 왜곡을 했다는 걸세. 히파르코스가 만든 지도들은 스트라보와 튀로스의 마리노스에 의해 개선되긴 했지만 이상하게 제대로 정리도 안 되고 정확성도 떨어지지. 내 말은 지리학이 올바로 이루어지지 않으면 교역이 제대로 될 리가 없다는 거야."

"덧붙여 말하자면, 올바른 수학 없이는 올바로 된 지리학도 없지요." 프톨레마이오스가 자신만만한 목소리로 끼어들었습니다.

그들이 나누는 대화에 무척 흥미를 느낀 청년은 어느새 조금씩 그 상인들 곁으로 다가와 있었던 것이지요.

"어르신들, 이처럼 불쑥 대화에 끼어들어 죄송합니다. 젊은 혈기인데다 무세이온에서 공부하는 지리학자인지라 이런 말씀을 드리는 것입니다." 그는 살짝 고개를 숙이며 다시 말을 이었습니다.

상인들은 혹시 그가 광신자나 사기꾼이 아닌가 싶어 냉담하게 턱만 주억거렸지요.

"저는 클라우디우스 프톨레마이오스라고 합니다. 이름은 그렇지만 제가 다스리는 곳은 겨우 네 평 정도의 강의실뿐이지요. 당신들의 의견에 전적으로 동의합니다. 무역 항로의 안전도를 높이려면 반드시 지리학이 혁신되어야 한다는 말씀 말입니다."

"말이야 골백번도 옳지. 하지만 내가 확인한 바로는 자네가 있는 그 무세이온의 지리학자들은 자네가 말한 그 '혁신'에는 별로 열심인 것 같지 않더군." 상인들 중 하나가 되받아쳤습니다.

"에라토스테네스 이후 지도학이 별로 발전하지 않았다는 말씀은 사실입니다. 제 스승인 메넬라우스는 제게 이렇게 가르치셨습니다. 지구상의 위치를 정확히 확인하려면 유클리드가 평면 삼각형을 다룬 것과 마찬가지 방식으로 구면 삼각형을 연구해야 할 것이라고 말입니다. 여러분도 모르지 않겠지만 지구는 구의 형태로 되어 있으니까요."

"그래서?" 자신도 모르게 흥미를 느끼기 시작한 상인이 우물거리며 물었습니다.

"그런데 구면 삼각형의 계산법은 무척 복잡하답니다. 제가 스승님을 무척 존경하긴 하지만, 그분이 쓰신『구체에 대한 논고』에는 오류가 많다는 것을 인정해야 할 것입니다."

"그렇게 자신 있게 말하다니, 자네는 그 책을 충분히 연구했단 말인가?"

"연구했을 뿐만 아니라 몇 군데 고쳤지요." 프톨레마이오스는 자랑스럽게 대답하고는 말을 이었습니다.

"제가 쓴 최근 저서인「평면 구형도」에서 저는 새로운 투사 체계를 제시했는데, 그걸 사용하면 평면 지도상에서 구체의 지점들을 어느 누구보다도 잘 표시할 수 있습니다. 저는 특별한 좌표들을 사용하는데, 그건……"

"잠깐 멈추게, 젊은이. 자네 말을 전혀 알아듣지 못하겠네. 우리에게 뭘 팔려고 하는 건가?"

두번째 상인의 말에, 프톨레마이오스는 화가 났지요.

"오해하지 마십시오. 제가 생각하는 건 오직 진리와 사유의 정확성뿐입니다. 또한 학문의 진보를 지연시키는 수많은 미신과도 싸우려 하고 있습니다. 그래서 말인데, 어르신 선장이 말했다는 그 마법의 섬이라는 건……"

프톨레마이오스는 계속 말을 해야 하나 망설이기라도 하는 듯 교묘히 중간에 멈추었습니다.

"그건?" 안달이 난 상대방이 말을 재촉했습니다.

"그건 자신 있게 말씀드리는데, 말짱 거짓말입니다. 제가 그런 자석들을 압니다. 그 위력과 속성에 대해서도 연구를 했었지요. 제 말을 믿으세요. 어떤 섬이나 산이 온통 그 자석으로 이루어졌다 해도, 선박을 해체시킬 만한 힘은 전혀 없습니다. 어르신, 속상하게 할 생각은 전혀 없지만 그 선장이 거짓말을 하지 않았나 싶군요. 이를테면 화물을 중간에 가로채고는 선원들 사이에 잘 알려진 그 전설을 얘기한 것이 아닌가 하는 생각이 드는데, 사실 그 전설은 바보같은 미신에 기반을 두고 있거든요."

상인의 얼굴에는 경악, 분노, 의심의 표정이 번갈아 스쳤고, 마침내 깨달았다는 표정이 떠올랐습니다.

"만일 그렇다면 지체 없이 알아봐야겠군. 톡톡히 대가를 치르게 해주겠어. 그리고 프톨레마이오스라는 젊은이, 자네가 만일 나를 위해 일을 해주면 후하게 사례를 하겠네."

"말씀드렸다시피 저는 무세이온의 기숙생입니다. 따라서 학문에 봉사할 뿐 교역에 봉사하지는 않습니다."

"둘을 같이 못 할 이유도 없지 않은가? 약간 건방져 보이기는 하지만 자넨 무척 박식하군. 열정도 있고, 분명 야심도 있겠지. 자네, 지도 제작술을 개선할 수 있겠나?"

"그렇다고 생각합니다. 하지만 제 나이나 능력으로는 아직까지 제가 고안한 원추형 투사법으로 지도를 제작할 수가 없답니다."

"우리가 있지 않은가! 나는 그저 자네 방법이 더 뛰어나다는 것만 확인하면 되네. 그 방법의 명칭이 내겐 너무 어렵지만. 다시 말하건대, 새로운 지도 제작에 드는 비용을 전부 댈 준비가 되어 있네. 물론 그 지도가 예전 지도들보다 더 나아야 하겠지만. 클라우디우스 프톨레마이오스, 자네가 이미 알려져 있는 세계에 대한 평면 구형도를 올해 안으로 오직 내게만 제공해줄 수 있다면 자네에게 금 한 되를 주겠네."

"나는 한 되를 더 주지." 친구의 부추김에 넘어간 나머지 다른 상인이 값을 올렸습니다.

그렇게 해서 일 년 동안 꾸준히 연구한 끝에 프톨레마이오스는 지도 제작술을 혁신하게 되었습니다. 과거의 지도들을 체계적으로 수정함으로써 완전히 기하학적인 평면 구형도를 계산해냈고, 거기에 유클리드의 이론적 원리들을 적용했지요. 그는 과거 에라토스테네스가 했던 것처럼 외쿠메네[74]를 4개의 기후권으로 나누었을 뿐

---

74) 지구상의 인류가 거주하는 지역.

아니라 극지방에 이르기까지 일정한 간격으로 적도와 평행하게 촘촘히 선을 그어 나누었습니다. 그리고 수직으로도 선을 그었답니다. 그렇게 해서 그는 동쪽으로는 지브롤터 해협의 두 산으로부터 서쪽으로 멀리 히말라야 산맥에 이르기까지, 그리고 북쪽으로는 북극 지방에서 남쪽으로는 나일 강의 발원지에 이르기까지 알려져 있는 세상의 모든 지역들을 뒤덮는 경선과 위선의 얼개를 얻어냈지요. 그리고 각각의 선에 번호를 매김으로써 그 어떤 지역이라도 두 개의 숫자, 즉 위도와 경도로 나타낼 수 있게 했습니다. 모든 도시, 모든 강, 모든 산과 모든 국가의 위치를 이처럼 전례 없이 정확히 평면 구형도에 표시할 수 있게 되었던 것이지요. 프톨레마이오스는 멋지게 색깔을 입힌 스물일곱 장의 지도를 제작하게 하여 그것들을 이어서 커다란 판형의 세계지도를 만들었습니다. 그게 바로 『지리학』이었죠. 암루, 이렇게 표현해도 된다면 그것은 전무후무한 작업이었답니다.

물론 그에게 지도 제작을 의뢰했던 사람들은 경탄을 금치 못했고, 자신들이 한 약속을 지켰죠. 그 후 지리학자 프톨레마이오스로 불리게 된 그는 모든 물질적인 걱정에서 벗어나게 되었습니다. 그는 무세이온에서 사직하고 카노프에 정착했죠. 왕궁 지구에서 보았던 것보다 더 깨끗한 하늘을 보며 그는 오직 자신이 진정 열망했던 것, 즉 별들을 연구하는 학문에 몰두할 수 있었습니다. 명예를 버리고, 현명하게도 정치적, 종교적 소요에서 멀리 벗어나 있으면서도, 그는 자주 도서관을 들락거리며 쉬지 않고 영광스러운 선배들의 작업을 읽고 다시 읽고 주석을 다는 일을 계속했습니다. 그 선배들 중 제일 상석에 있는 사람이 니케아 출신의 히파르코스였지요. 히파르코스가 끝내지 못한 모든 일을 프톨레마이오스가 마무리했습니다. 물론 히파르코스보다 훨씬 뛰어나게 해냈지요. 천문학자로서 그는 하늘의 지도를 작성하여 1,028개 별들의 위치를 정하고 그것들을 48개의 별자리로 재분류하였으며 그 별자리도 좌표들로 표시했던 것입니다. 기술자로서 그는 당대에 가장 훌륭한 천문관측의를 만들어냈습니다. 또한 음악가로서 음에 대한 수학적 이론을 세웠지요. 철학자로서 영혼의 근본적 기능에 관한 심오한 논문을 쓰기도 했고요.

하지만 무엇보다도 프톨레마이오스는 천체의 위치를 예측하기 위한 새로운 기하학적 모델을 개발한 사람이었습니다. 에우독소스와 베르게[75]의 아폴로니오스가 수세기 전에 상상했던 것처럼 구체들을 서로 연결하는 무척 복잡한 톱니바퀴식 기계와는 전혀 달리, 프톨레마이오스는 회전운동의 정교한 조합을 사용했습니다. 그에게 수학적 우아함은 언제나 주어진 자료의 정확성과 결부되는 것이었지요.

그의 명성은 날로 높아져만 갔습니다. 프톨레마이오스는 한 달에 한 번 대중 앞에서 공개적인 실험을 해 보이곤 했지요. 그는 기계로 만든 거대한 천상의를 설치했는데, 그것은 자신이 고안해낸 것으로, 세계의 새로운 체계를 축소판으로 재현한 것이었습니다. 유력자들, 학생들, 단순한 호기심에서 온 사람들이 참석한 가운데 열린 회의가 끝난 뒤, 세월에 허리가 굽은 점잖은 노인이 그에게 다가왔습니다. 프톨레마이오스는 간신히 그를 알아볼 수 있었습니다. 노인은 그의 스승인 메넬라우스였던 것입니다. 겸손한 스승은 깊은 감동에 가득 차서 아무 말 없이 가죽으로 정성스레 싼 긴 물건을 자랑스러운 제자에게 건네주었습니다. 프톨레마이오스가 포장을 묶

---

75) 지금의 터키 남부 안탈리아에 있었던 로마 시대의 도시.

은 리본을 풀어보니 그 안에는 그 유명한 유클리드의 막대가 들어 있었습니다. 지혜로운 세네카는 네로의 명에 따라 자결하기 전에 중단되지 않는 지식의 상징이 로마의 광기와 미치광이 황제들로부터 멀리 떨어진 원래의 장소, 알렉산드리아로 되돌아가기를 바랐던 것입니다. 그 막대는 25년 동안 도서관을 책임지고 있던 관리의 서랍 속에 보관되어오다가 고대인들의 작업을 소중히 이어나갈 수 있다고 판단된 유일한 사람 메넬라우스에게 주어졌던 것입니다. 그리고 반세기가 지난 후 이제 그 바통을 다른 이에게 넘겨줄 때가 왔던 것이지요. 프톨레마이오스 외의 그 누가 그것을 받을 자격이 있었겠습니까?

자리를 떠나면서 노기하학자는 옛 제자에게 세계의 구조에 대한 그의 생각 전체를 체계적으로 제시하는 논문을 쓸 것을 약속하라고 했습니다. 그리하여 프톨레마이오스는 50세쯤 되었을 때 자신의 대표작을 완성했고, 그것에 '천문학 집대성'이라는 겸허한 제목을 붙이게 되었지요. 사실 유클리드가 쓴 『기하학 원본』을 본따 열세 권으로 나뉘어 나온 프톨레마이오스의 천문학 논문은 이내 가장 권위 있는 글이 되어 '가장 위대한'이라는 뜻의 '마게스트'라고 불리게 되었답니다.[m]

마치 또 한 명의 프로메테우스가 지금까지 감춰져 있던 우주의 비밀을 신에게서 훔쳐온 것과 같았지요. 지리학자 프톨레마이오스는 자신이 우주 형상지라는 방대한 영역도 마찬가지로 유례없는 방식으로 섭렵하였다는 사실을 입증했습니다. 태양과 달에 관한 그의 수학 이론은 그로 하여금 가장 정확한 도표를 작성하고, 가장 확실하게 일식의 시기와 그 특성들을 미리 결정할 수 있게 해주었지요. 천구와 그 움직임에 관한 기술(記述), 새로이 만든 별들의 목록, 우주의 구조에 관한 가설, 특히 5개 행성 각각의 궤적에 관한 탁월한 설명은 그리스 천문학의 절정기를 나타내는 것이었습니다. 사모스 출신의 아리스타르코스가 세운 태양 중심설의 가설은 망각의 그늘 속으로 완전히 사라져버린 후였죠. 프톨레마이오스에 의해 확정된 우주의 이상적인 형상, 즉 지구를 중심으로 한 천구의 형상은 순수 기하학을 통해 일식, 월식, 불규칙한 계절의 길이, 별들이 뜨고 지는 것, 천체의 '회합[76]' 등 모든 문제를 다룰 수 있게 해주었고, 지금도 유효하답니다. 그가 세운 체계는 하나의 명백한 진리로 우리 앞에 자리잡게 된 것이지요.

암루, 상상해보시오. 가장 완벽한 작품을 완성하고도 그러한 성취가 궁극적인 진리로 가는 첫걸음일 뿐이라고 생각한 당대의 가장 위대한 학자를 말입니다. 미신의 가장 사소한 그림자도 허용치 않으면서 합리적인 지식과 직관적인 지식을 결합하려고 한 자, 당시까지 오직 사제, 마법사, 사기꾼들만 사용하던 가장 지고한 예언술인 점성술을 천문학과 완벽하게 통합하고자 한 사람을.

바빌로니아에서 만들어진 예언술은 칼데아 지방의 사제였던 베로즈의 글을 통해 이집트에 전파되었지요. 알렉산드리아에서는 히파르코스 시절에 직업적인 점성술사들과 대중적인 안내서들이 나타나면서 인기를 끌기 시작했답니다. 과거에 그토록 합리주의를 설파했던 그리스 문명은 크게 동요했습니다. 유클리드, 아르키메데스, 에라토스테네스와 같은 위대한 학자들은 사라졌고, 지적 풍토도 변화해버렸지요. 로마 제국에는 차츰 신비 종교, 동방의 신앙,

---

76) 지구, 태양, 혹성이 한 선상에 위치하는 경우를 뜻한다.

마법이 성행하게 되었습니다. 하늘과 땅과 인간의 비법, 즉 점성술, 연금술, 마법을 탄생시킨 비교주의(秘敎主義)가 그 선지자인 헤르메스-토트[77]와 더불어 발전했던 것이지요. 점점 더 개인의 구원에 골몰하게 되고, 지상 세계가 사악한 힘의 지배 아래 있다는 느낌에 사로잡혀 신비술로 이끌리는 사람들의 수가 날이 갈수록 증가하고 있었습니다.

내 생각으로는, 별에서 인간의 미래를 읽어내려 하는 자들의 주장을 암루 당신이 그토록 심하게 비난하는 것은 바로 그 진정한 점성술의 야릇한 탈선 때문이겠지요. 하지만 그건 너무 성급한 판단이 아닐까요? 왜냐하면 프톨레마이오스는 많은 로마인들이 지적하고 또 당신이 제대로 비판하고 있는 그 엄격하면서도 사람을 절망에 빠뜨리는 숙명론을 제거함으로써 점성술의 합리적 정신을 되살리려 했으니 말입니다. 그가 그 일을 해낼 수 있었던 것은 초기 그리스인들의 천재성을 이루는 특성 중 하나, 즉 가시적 우주에 대한 경배, 그 우주와의 일체감 그리고 세상의 질서와 마주쳤을 때 정신의 힘을 인정하는 그런 특성을 간직하고 있었기 때문입니다. 신비 학문이 밀려들어올 때, 프톨레마이오스는 그에 맞서 하나의 요새처럼 자신의 점성학 저술을 구축했던 것이지요.

그가 지은 『네 권의 책으로 이루어진 구성』[78]은 전례 없이 엄격하게 점성술의 규칙과 원칙들을 제시하고 있습니다. 그는 그 책에서 점성술과 관련된 모든 분야, 부, 사회적 지위, 여행, 육체적 경향, 친구, 질병, 자녀, 적, 사랑, 결혼의 지속, 비너스의 쾌락과 죽음의

---

77) 토트는 고대 이집트 신화에 나오는 지혜와 정의의 신으로, 그리스 신화에서는 제우스의 아들이자 전령의 신인 헤르메스와 동일시된다.
78) 『테트라비블로스』를 가리킨다.

장르까지 모두 다루고 있지요.

심플리키우스는 프톨레마이오스가 자신의 기술을 시험해볼 기회를 어떻게 빨리 얻을 수 있었는지를 기록하였습니다. 로마 총독이었던 마르쿠스 아니우스 베루스[79]는 로마 제국의 속주들을 감독할 엄청난 순회여행을 계획하였었지요. 많은 이들이 그를 안토니누스 피우스의 뒤를 이어 로마 제국의 황제가 되리라 생각하고 있었답니다. 그리하여 미래의 마르쿠스 아우렐리우스는 속주인 이집트 지방을 지나가다가 알렉산드리아에 잠시 머물게 된 것이지요. 프톨레마이오스의 명성이 이미 그의 귀에까지 전해진 터라, 그는 직접 프톨레마이오스를 만나 이야기를 나누고 싶다는 말을 했지요. 에픽테토스의 학교에서 공부해서 철저한 스토아주의자였던 마르쿠스 아우렐리우스는 알렉산드리아의 학자와 단순히 학문과 철학에 관해서만 논할 생각이 아니었습니다. 그에게는 보다 현실적인 고민이 있었던 것이지요. 성격이 불같은 35세의 아내 파우스티네가 최근에 잘생긴 검투사와 사랑에 빠져버렸던 겁니다. 천성적으로 의심이 많긴 하지만 점잖았던 마르쿠스는 휘하의 마법사, 점성술사들과 상의하는 일에 동의했고, 이들은 그에게 철저히 뿌리를 뽑으라고 충고했지요. 우선 하극상을 범한 검투사는 마땅히 죽임을 당해야 했고, 파우스티네는 향수를 뿌린 뜨거운 물에 오랫동안 좌욕을 한 뒤 법적인 남편과 정열적으로 사랑을 나누어야 했습니다. 이런 복잡한 치료 과정이 끝나자 총독은 검투사에 대한 파우스티네의 열정이 사라졌다고 믿을 수 있었고, 자신들의 재결합을 공고히 하기 위해 이집트 순회여행에 동행할 것을 아내에게 요구했던 것이죠. 하지만

---

79) 121~180. 로마 제국의 16대 황제, 재위 기간 161~180.

파우스티네는 임신의 첫 징후를 보이고 있었습니다. 마르쿠스 아우렐리우스는 당연히 불안에 싸여 아이 아버지가 누구일까를 생각했지요. 그런 의심이 들면 아이가 태어나자마자 죽여버릴 수도 있습니다. 하지만 당시 아내가 그에 대해 품고 있던 증오심은 차치하고라도, 아내의 부정(不貞)에도 불구하고 그녀를 무척 사랑하던 그 스토아주의자는 딱 부러지게 그런 잔인한 행동을 할 수가 없었습니다. 차라리 제국의 운명이 귀족의 수중에 확실히 들어갈 수 있도록 가장 유명한 점성술사에게 물어보는 것이 더 낫지 않겠습니까?

그 만남은 총독의 사치스러운 별장에서 이루어졌습니다. 총독은 방문객을 공경히 대우하려 했지요. 그래서 이곳저곳에 음식과 포도, 자두, 대추야자 등 과일을 푸짐하게 준비했습니다. 또한 도처에 새 포도주향, 방향성 물질들, 외지에서 들여온 과일즙 향이 진동했지요. 그런데 바람에 좌우로 날리는 붉은색 천을 몸에 감은 프톨레마이오스가 일정한 보폭으로 천천히 걸어 들어오자, 마르쿠스 아우렐리우스는 몸에 전율이 스치는 것을 느꼈습니다. 그는 이번 만남이 자신의 삶을 뒤흔들어놓으리라는 것을 예감했던 것이죠.

"고귀한 학자여, 천문학자로서 그대의 명성이 하늘을 찌르는구려. 듣자하니 그대는 최고의 예측 기술을 지니고 있다고 하더군." 그는 서두로 이렇게 말을 꺼냈습니다.

프톨레마이오스는 잠시 뜸을 들이다 이제 제2의 천성처럼 되어버린 강의하는 투의 엄숙한 어조로 대답했습니다.

"천문학은 태양과 달과 행성들이 그들의 운동을 통해 매순간 서로간에 그리고 지구의 움직임과 관련하여 취하는 상대적인 위치를 알 수 있게 해주지요. 그리고 점성술은 별자리들의 그러한 특성들을 분석하여 그 특성이 별자리들에 담겨 있는 내용에 어떠한 변화를 가져오는지 감지할 수 있게 해준답니다."

"잘되었소. 하지만 그 두 길 중 어느 것이 자연의 현실에 도달할 수 있는 확실한 길이오?"

"천문학은 확실한 과학으로서의 위상을 지니고 있습니다. 수학이라고 하는 확인된 도구 덕분에 천체의 움직임을 분석하여 밝혀낸 규칙성과 영속성이 신뢰성을 보장해주기 때문이지요. 점성술은 추정 학문으로서의 위상을 가지고 있습니다. 달 아래 있는 우리 세상에 별자리가 미치는 영향을 대상으로 삼기 때문이죠. 무수한 변수가 있는 자연의 현실은 그 현실을 조건 짓는 상반된 힘의 작용이랍니다."

마르쿠스 아우렐리우스는 장시간 묵묵히 침묵을 지키며 학자가 말하는 어려운 사유를 소화하려 했다. 그러다 갑자기 입을 열었다.

"로마에서 나는 마법사와 점성술사들을 소집했었소. 그들에게 내가 잉태된 시각과 출생한 시각을 알려주었더니 이런 말을 해주더군. 내가 아들을 얻을 것인데, 그 출생일을 늦추는 것이 좋겠다, 왜냐하면 바로 그날, 아우구스투스가 권력을 잡은 뒤 처음으로 권좌에 오를 미래의 황제가 태어날 것이기 때문이다, 라고 말이오."

프톨레마이오스는 확연히 당황하는 기색을 보이더니 망설이다 마침내 신중하게 입을 열었습니다.

"위대하신 군주여, 저로서는 그저 그 신탁이 이루어지기를 바랄 뿐입니다. 그 신탁은 분명 당신을 만인지상으로 만들 것입니다. 하지만……"

"하지만 무엇이란 말이오?" 총독은 약간 불안해하며 물었지요.

"하지만 저로서는 그 예언을 확인해드릴 수가 없습니다."

"이해를 못 하겠군. 그대를 점성술사들의 왕이라고들 하지 않던가?"

"군주시여, 그 말 또한 확인드릴 수가 없습니다. 하지만 매우 솔직히 말씀드리겠습니다. 당신의 점성술사들은 어떻게 아직 태어나지도 않은 사람의 천상도를 밝힐 수 있었을까요? 그들이 정확한 탄생 시각의 별자리와 황도대 위치를 모르는데 말입니다."

총독은 그 말에 안정을 잃는 듯했습니다. 그는 투덜거렸습니다.

"사실 그들은 내게 별들의 회합에 대해서는 전혀 말하지 않았소. 그들이 그렇게 확신하게 된 것은 짐승들의 내장을 보고 나서였소."

프톨레마이오스는 연민의 미소를 지었습니다.

"진정한 점성술은 천문학에서 기술한 천체의 움직임에서 출발하여 추측해야 하는 것입니다. 제 생각으로는, 점성술이란 세상의 가장 심오한 비밀들을 쥐고 있는 듯한 매우 아름다운 부인과도 같은 것인데…… 유감스럽게도 그 자리를 창녀가 차지하고 있다고 하겠습니다!"

"그대의 그 말은 내 점성술사들이 사기꾼이란 뜻이오?" 말문이 막힌 총독이 물었습니다.

"제 말은 돈에 눈이 먼 많은 사람들이 돈만 밝히는 천박한 술법을 점성술이라는 이름으로 행함으로써 세인들을 속인다는 말입니다. 그들은 수많은 예언을 하는 척하여 의견을 구하러 오는 사람들을 속이죠."

"그렇다면 그대는 별들에 관한 더 뛰어난 지식을 갖고 있으니 절대 틀릴 리 없단 말이오?"

"그렇게 자부하는 것은 아닙니다. 때로 가장 조예가 깊고 양심적인 점성술사도 예측해야 하는 주제의 성질 때문에, 또 전언의 중대성에 비해 정신이 약할 경우 비틀거릴 수도 있으니까요."

마르쿠스 아우렐리우스는 또다시 깊은 생각에 잠겼습니다. 그는 상대방의 곧고 굳은 사유의 힘에 차츰 매료되어, 이제는 누가 아버지인가라는 지저분한 문제보다는 철학을 논하고 싶은 심정이었습니다. 오랜 침묵이 흐른 후 그가 중얼거렸습니다.

"나는 말이오, 자신과 세계의 합일을 되찾음으로써 자연에 맞추어가는 것이 지혜라는 에픽테토스의 가르침을 굳게 믿고 있소."

약간 비위를 맞추며 프톨레마이오스가 대답했습니다.

"군주들의 입에서 그처럼 지혜로운 말을 듣는 것은 참으로 드문 일입니다. 사실 인간이란 자연이라고 하는 거대한 전체 속에서 빚어지지요. 그러므로 일련의 자연적인 원인들만이 운명을 예측할 수 있게 해준답니다. 어떤 사람이 모든 별들, 해와 달의 운동을 정확히 안다고 합시다. 그러니까 모든 별이 위치하는 장소와 시간을 다 안다고 말이죠. 또 수세기 동안 지속적으로 연구를 행한 덕분에 그 별들의 전반적인 성질을 구분하는 법을 배웠다고 칩시다. 그렇다면 탄생 시각에 하늘의 상태를 참조함으로써 모든 사람의 기질을 알 수 있지 않겠습니까? 예컨대 누구의 육체와 정신은 이러저러한 방식으로 이루어졌다고 단언할 수도 있겠지요. 또한 주어진 시각에 일어날 사건들을 예언할 수도 있을 것입니다. 왜냐하면 하늘의 어떤 상태는 행복을 가져다주는 기질과 일치할 것이고, 또 어떤 상태는 그와 반대로 불행으로 이끌 수도 있으니까요."

"철학자들이 반론을 제기하는 것을 들은 적이 있소. 그들은 만일 점성술사가 실수로 불행한 사건이 일어나리라 예언하면 사람을 쓸데없이 불안하고 불행하게 만들 것이며, 만일 좋은 일이 생기리라 예언했는데 틀린다면 마찬가지로 실망을 안겨주어 불행하게 만들 것이라고 했소."

"차라리 이렇게 생각해야 할 것입니다. 사건들이 지닌 예기치 못한 성격은 지나친 불안이나 극도의 흥분을 야기할 수 있는 반면, 미래에 대한 지식은 미래를 마치 현재처럼 받아들이도록 마음의 준비를 시킴으로써 영혼을 순화하고 진정시키며, 어떤 사건이든 침착하고 평온하게 맞을 수 있게 해준다고 말이지요."

마르쿠스 아우렐리우스는 다시 생각에 잠겼습니다. 그런 토론을 하다 보니 젊은 시절에 그토록 열심히 들었던 에픽테토스의 강연, 자신으로 하여금 스토아 철학에 경도되게 했던 그 강연들이 머릿속에 떠올랐던 것입니다. 마침내 그는 깊이 감복한 어조로 말했습니다.

"나는 개인의 자율성을 믿소. 개인은 자기 자신의 판단을 통해 자유로워지는 것이라고 생각하오. 나는 내면의 신을 믿고, 그 신은 우리들 모두의 마음속에 현존하며 외부의 역경과 마주쳤을 때 우리를 자유롭게 해준다고 생각하오. 그런데 여기에 모순이 있지 않겠소? 왜냐하면 점성술은 개인의 성격이 출생이나 수태 순간의 별자리의 위치에 의해 결정된다고 가정하니 말이오. 만일 한 사람 평생의 사건들이 모두 별들에 의해 결정되어 있다면 인간의 자유의지란 어디 있단 말이오?"

"진정한 점성술이란 별자리 점을 보는 것이 아닙니다. 그러니 인간에게 일어나는 모든 일을 하늘에서 내려준 원인에 따른 결과라고는 생각하지 맙시다. 마치 애초에 모든 인간의 만사가 미리 정해져 있고 어떤 다른 원인이 끼어들 여지도 없이 필연적으로 발생한다는 것처럼 말이지요. 사실 천체의 움직임은 신성하고 불변하는 운명으로서 영속적으로 이루어지는 것이지만, 지상의 일의 변화는 비록 제1원인을 하늘의 운에 돌린다 해도 자연적이고 가변적인 운명에 예속되어 있는 것입니다. 달 아래 우리의 세계에 고유한 가변적 법칙들은 하늘이 내린 영향력을 변화시키지요. 그래서 전쟁과 같은 커다란 재앙이 닥칠 경우 언제나 전체적인 여건이 개인의 운명보다 더 강한 것입니다."

"그렇다면 한 개인의 운명을 결정하기 전에 별들이 먼저 인간의 전체적 환경, 즉 기후, 국가, 지역, 도시에 영향력을 미친다는 것인 가?" 총독이 물었습니다.

"사실 점성술은 각 민족의 전체적인 성격을 결정짓습니다. 이로 부터 총독님께서는 점성술이 정치적으로 매우 유용하다는 결론을 얻으실 수 있을 것입니다. 별이 예시하는 것을 아는 현명한 군주라 면 자신이 다스리고자 하는 민족들을 억누르기보다는 미리 그들의 성향을 파악하는 것이 좋을 것입니다. 그렇게 하면 그들의 강점과 약점을 더 잘 알 수 있으니 더 훌륭히 다스릴 수 있기 때문이죠."

"사실 지금 로마는 갈리아 지방의 난폭한 부족들 때문에 골치를 썩고 있소. 당신의 기술로 그들에 대해 우리가 알지 못하는 어떤 새 로운 것을 가르쳐줄 수 있겠소?" 총독이 우물거리며 물었습니다.

"갈리아 사람들은 전반적으로 굴복을 싫어하고 자유를 사랑하 며, 무기와 힘든 일을 좋아하고, 무척 용감하며, 천성적으로 남에게 명령하는 것을 즐기며, 강직하고 관대하지요. 하지만 여자들에게 혹하지 않고 이성애의 쾌락을 멸시합니다. 대신 남자들간의 성관계 에 많이 기울어 있고 무척 열정적입니다. 그게 그들 눈에는 부끄러 운 일이 아니죠. 그리고 재치가 있으면서도 그렇다고 해서 여자처 럼 유약하거나 음탕하지도 않습니다. 그들은 남성적인 기개를 간직 하고 있으며, 사교적이고 충직하며, 자신과 가까운 사람들을 무척 아끼며, 너그러이 대하지요."

암루여, 밤늦게까지 계속된 이 어려운 이야기의 나머지 부분은 생략하지요. 프톨레마이오스의 권위에 매료된 마르쿠스 아우렐리우스는 자신을 따라 로마로 가서 자신의 정식 점성술사가 되어달라고 요청했습니다. 물론 프톨레마이오스는 자신이 너무 연로하다는 이유를 들어 거절했지요. 그리고 차라리 자신의 젊은 제자 중 하나인 클라우디우스 갈레노스를 데려가라고 추천했습니다. 페르가몬에서 건축가의 아들로 태어난 갈레노스는 학업을 계속하기 위해 알렉산드리아에 와 있었죠. 무세이온에서 듣는 강의에 실망한 그는 카노프에서 프톨레마이오스의 제자들 축에 끼어들었습니다. 하지만 능력 있는 기하학자인 갈레노스는 무엇보다도 의학에 대한 열정과 재능이 돋보였습니다. 프톨레마이오스는 그를 격려하여 프톨레마이오스 1세 시절, 예술과 학문의 전성기에 알렉산드리아에서 해부학 기법을 창시한 유명한 의사인 헤로필로스와 에라시스트라토스[80]의 발자취를 따르라고 했습니다. 점성술사 프톨레마이오스를 만나면서 갈레노스는 별들이 기상 조건에 영향을 미친다는 사실을 인정하는 것은 곧 그 영향이 생물체의 기능에까지 확장된다는 것을 의미함을 받아들이게 되었지요. 그래서 그는 하늘의 구역들과 인체의 부분들 사이에 상징적인 유사 체계를 세웠고, 그 결과 그는 질병을 치료할 때 황도의 별자리와 행성들의 위치에 주의를 기울이게 되었답니다.

아무튼 로마로 돌아온 마르쿠스 아니우스 베루스는 아우렐리우스라는 이름으로 황제의 자리에 올랐고, 프톨레마이오스의 조언에 따라 갈레노스를 곁으로 불러들였습니다. 알렉산드리아의 청년은

---

80) BC 310?~BC 250? 그리스의 의학자. 알렉산드리아에 해부학교를 설립했다.

그의 개인 주치의가 되었고, 불멸의 영예를 누렸지요. 그가 해부학과 의술에 관해 저술한 열다섯 권의 책은 오늘날까지도 제 의술의 길잡이가 되어주는 보배랍니다.

그런데 암루여, 어쩔 수 없이 이 이야기를 내 나름대로 끝맺어야겠습니다. 우리의 사랑하는 히파티아는 동의하지 않겠지만 당신은 아마 나를 좀더 잘 이해할 수 있을 것입니다. 이스라엘의 자손으로서 나는 약간은 냉소적 회의론자이며 역사의 장난과 곡예를 즐기는 시선으로 바라보지요. 그러니 말인데, 마르쿠스 아우렐리우스와 프톨레마이오스가 대담을 나눈 8개월 후 끔찍스러운 코모두스가 세상에 태어났다는 것을 알아두시지요. 파우스티네의 아들인 것은 확실하지만 어느 누구도 그의 아버지가 누구인지는 장담할 수 없을 겁니다. 하지만 마르쿠스 아우렐리우스는 20년의 재위 기간 내내 그를 애지중지하였고, 마치 마법사들이 예전에 내린 예언을 믿기라도 하는 듯 항상 곁에 두었지요. 마르쿠스 아우렐리우스가 전선에서 게르만족과 싸우다 죽자, 아닌 게 아니라 그는 아버지가 가지고 있던 자리를 놓고 망설이기도 했습니다. 하지만 그는 서둘러 로마로 돌아가 오래 전부터 은밀히 꿈꾸어오던 멋진 생활을 마침내 시작하게 되었지요. 호화롭고 관능적이며, 축제와 놀이로 가득 찬 삶, 전무후무한 방탕과 천박한 사치가 양념처럼 곁들여지고 포도주와 피에 흠뻑 젖은 그런 삶 말입니다. 점차 기진맥진해가는 원로원과 맞붙어 자신의 특권을 확보할 때부터 야수와도 같은 난폭함을 보여왔던 코모두스는 자신이 총애하는 신하들로 하여금 대신 정사를 다스리게 했지요. 그런 그의 총신들이 공평무사할 리 없었으니, 당연히 나라 돌아가는 곳곳에 부패와 독직이 팽배했습니다.

외부의 위협에 맞설 필요는 없었지만, 점점 더 이성을 상실한 코모두스는 겨우 18년의 통치 기간 중에 로마의 군사적, 경제적 번영을 망쳐버리고 말았지요. 국토 전역에 창궐한 페스트로 인해 인구가 줄고, 거의 모든 곳이 기근에 시달렸고, 지휘 체계를 잃고 봉급도 받지 못한 병사들은 무리를 지어 갈리아 지방을 약탈했습니다. 그러는 동안에 로마에 있던 게으른 황제는 원형 경기장에서 으스대곤 했답니다. 자신이 헤라클레스의 화신이라고 자처하면서 헤라클레스 변장을 하고는 거대한 나무 곤봉을 들고 맹수들과의 싸움을 즐겼으니까요. 심지어 광기가 발작했을 때는 영원한 도시국가 로마에 앞으로는 자신의 이름을 붙여야겠다고 할 정도였다 하더군요……

암루, 진영을 바꾸다

　─그대의 이야기에 넘어갔다고는 할 수 없겠어.

약간 곤혹스러운 표정을 지은 암루가 턱을 쓰다듬으며 말을 이었다.

　─그대의 프톨레마이오스가 신탁 같은 것을 말했을지 모르나 무척 답답했을 거야. 게다가 그 코모두스라는 황제의 고약한 운명에 대해 예측도 못 하지 않았나!

사실 라제스의 이야기가 끝날 때까지 히파티아는 내내 초조함으로 속이 부글부글 끓고 있었으며, 젊은 의사에게 공격적인 시선을 던지기도 했다. 라제스는 너무 냉소적인 나머지 결국 자신의 주장을 망치고 말았던 것이다. 히파티아는 그가 저지른 실수를 만회하기 위해 암루의 관심을 딴 데로 돌려야겠다고 판단했다.

　─장군님, 제 생각에 당신은 갈리아 사람들에 관한 얘기 대신 프톨레마이오스가 당신 나라 사람들에 관해 무슨 말을 했을지 알고

싫어할 것 같은데요.

—아, 당신도 그 말도 안 되는 점성술에 관해 날 설득시키려 끼어드는군……

—그게 말이 되는지 안 되는지는 당신 스스로 판단하세요.

히파티아는 발끈하며 말을 계속했다.

—프톨레마이오스라면 행복한 아라비아 사람들은 사수좌, 목성과 궁합이 맞는다고 할 텐데요. 그렇기 때문에 그 지방이 비옥하고 향료도 많이 나고, 사람들은 생활이나 타인과의 교류나 사업에서 항상 준비성이 있고 개방되어 있다고 말이죠.

—현실에 맞게 예언이 바뀌었군. 그래, 내 사주팔자까지 뽑아낼 작정인가?

아랍인 장군은 자신이 바보가 아니라는 걸 보여주려고 빈정댔다.

—놀리지 마세요, 암루. 하지만 별들이 무슨 말을 하는지 들으면 놀랄 걸요. 들어보세요.

히파티아는 눈을 감고 잠시 생각에 잠긴 듯하더니 마치 신탁처럼 말을 하기 시작했다.

—당신의 별자리는 물병자리이고 상승궁[81]도 같은 별자리입니다. 태양과 달이 물병자리에 있는데, 이는 남성 별자리가 상승궁에 있다는 것이지요. 태양, 목성, 화성, 금성이 달을 둘러싸고 있군요. 목성이 지평선 위로 떠오를 때 화성과 금성은 하늘의 중심[82]과 삼각형의 별자리를 만듭니다. 당신의 탄생 별자리는 따라서 우주 창조자에게 요구되는 모든 조건을 갖추고 있습니다. 사실 빛나는 두 별[83]이 남성 별자리에 있거나, 특히 낮이나 밤을 주도하는 별을 다

---

81) 사람이 태어날 때 동쪽 하늘에서 떠오르는 별자리.
82) 태양을 가리킨다.

섯 개의 행성이 호위하고 있는 별자리를 타고 태어나는 사람은 평생토록 중요하고도 강력한 인물, 세상의 주인이 되지요!

잠시 어안이 벙벙해 있던 암루가 억지웃음을 터뜨리며, 자신은 그처럼 적당히 때를 맞추어 내놓는 점괘는 조금도 중시하지 않겠다는 뜻을 내보였다.

— 매혹적인 히파티아, 그대가 학자인 프톨레마이오스처럼 말을 하다니 그대 역시 그 못지않게 답답하구려. 아니오, 나는 그런 별점 따위는 전혀 믿지 못하겠소.

두 젊은이가 차례로 실수하는 것을 보고 있던 필로포노스가 마침내 끼어들었다.

— 그럼 오마르에겐 말이네, 만일 자네가 오마르에게 클라우디우스 프톨레마이오스 얘기를 하게 된다면 오직 천문학 이론만 말하는 게 좋겠네. 커다란 지구가 안정적이고 예측이 가능한 우주의 중심에서 움직이지 않고 있다고 하면 그가 안심하겠지.

— 현명한 필로포노스여, 당신의 말이 옳소. 이제 현실로 돌아갈 때요. 요컨대 인간의 운명이란 종잇장 운명이란 말이오. 애당초 구겨진 채 태어나서 구겨진 채 죽는 거지. 내 말에 의사 양반도 반대하지 않을 것이오. 도서관의 운명은 오마르의 의지 그리고 내가 이 이야기를 어떻게 전하는가에 달려 있소. 다시 한번 말하는데, 나를 도와 당신네들의 책이 코란의 말씀과 어긋나지 않는다는 것을 증명해주시오.

— 존경하는 암루, 자네가 그렇게 이해해주니 고맙군. 자네는 자네의 칼리프에게 도서관을 공격하지 말라고 부탁할 자세가 되어 있

---

83) 태양과 달을 가리킨다.

으니, 그 오마르라는 사람에 대해 얘기해주게. 그를 좀더 잘 안다면 우리도 자네를 도와 그가 뜻을 접을 수 있도록 도울 수 있을 테니 말일세.

— 오마르는 비록 겉모습은 그렇게 생겼지만 단순히 망토를 걸친 수염쟁이 노인네가 아니오. 이류 부족에서 별로 중요한 위치를 점하고 있지도 않았던 사람으로, 처음에는 예언자의 설교에 반대하고 메카의 강력한 부족의 편을 들었소. 그러다가 분위기가 바뀌는 것을 감지하고 예언자의 가장 열렬한 신봉자 중 하나가 되었소. 하지만 자신에 관한 전설을 만들어내고 싶은 듯 영 딴판으로 애길 하오. 그는 젊은 시절, 가엾은 가족을 먹여살리느라 어쩔 수 없이 대추야자와 과일을 파는 가판대에서 물건을 훔치기도 했다고 주장하지! 우연히 몇몇 신자들이 모인 어느 집 대문을 두드리게 된 날까지 말이오. 그는 그 집에서 코란의 구절을 낭송하는 소리를 들었다고 하더군. 그리고 즉시 가장 독실한 모슬렘이 되었다고 하오.

— 우리가 처음 만났던 때가 기억나는군. 암루, 그때 자네는 군인의 갑옷이 아니라 장사꾼의 옷을 입고 있었지. 자네는 마호메트가 계시를 받은 날부터 줄곧 드높아지는 목소리의 기둥과도 같은 코란은 눈으로 읽기 위한 것이 아니라 크게 소리내어 읽기 위한 것이라고 했었지.

필로포노스가 말했다.

— 사정이 그렇다면 책을 불태우지 말아야 한다는 것을 오마르가 어떻게 납득할 수 있을지 잘 모르겠군. 말만 중시하고 문자는 전혀 중시하지 않으니 말이오.

라제스가 신랄한 어조로 쏘아붙였다. 그러자 암루가 한술 더 떴다.

— 마호메트가 죽었을 때 오마르는 아부 바크르가 후계자로 선출

되게 하기 위해 예언자가 자신의 후계자로 사위인 알리를 지명해놓은 유언장도 없애버렸다는 소문도 있다네. 그리고 아부가 죽자, 그가 자연스럽게 그 자리를 차지한 거지. 그 뒤로 오마르는 어둠 속에서 나와 자신의 모든 행위가 빛을 발하기를 바랐어. 그는 우리들을 내보내 다른 나라들을 정복하게 하고, 아라비아 땅에는 도시들을 세웠다네. 예언자가 메디나로 이주한 해인 헤지라를 모슬렘 달력의 시작일로 정한 것도 그였지.* 자신을 신자들의 최초의 지도자라 주장한 것도 그였어. 겉보기에는 겸손하고 점잖아 보이는 그이지만 그의 주위로 듣도 보도 못한 호사가 점점 늘어나는 것을 보고 깜짝 놀랐네. 이슬람의 첫 원정에서 세상의 모든 보화가 메디나로 물밀 듯 쏟아져 들어왔거든. 오늘날 귀족들은 모두 사치와 쾌락 속에 빠져 있네. 예언자의 친손녀인 수케이나가 연 살롱에 이슬람 신학의 전문가인 이슬람 사제들보다 시인과 가수들을 더 많이 만날 수 있다는 걸 상상해보게.

— 그러니까 당신네 이슬람교도 그리 엄격한 것은 아니군요!

히파티아가 빙긋 웃었다.

— 물론이오. 하지만 유감스럽게도, 오마르는 이슬람의 진정한 정신을 대표하지 않는다오. 냉정하고 계산적이며 근엄한 생활을 하면서 다른 사람들에게 자신이 보이는 만큼의 미덕을 강요하고 선한 알라 신과 위험, 죽음 앞에서는 두려움에 벌벌 떠는 그로서는 사람들이 지상의 쾌락을 누리는 것을 인정할 수가 없지. 그래서 그는 잔인하게 모든 반대파들을 제거하고 있소. 어느 누구도 그의 명령에

---

* 예언자가 메카를 떠난 것은 622년 7월 16일이다. 아랍어로 이주를 뜻하는 '히지라 hijira'는 이슬람력의 기원으로 간주된다.

왈가왈부할 수 없고, 심지어 그보다 분명 우위에 섰어야 할 예언자의 옛 동료들까지도 마찬가지요.

— 이제 충분히 알았네. 그자는 인생의 전반부에 너무도 많은 수모를 당한 나머지 그 보복을 하려는 것이네. 역사에 자신의 흔적을 남기고 심지어 자네의 예언자까지 능가하려고 하는 것이야. 아, 우리 책의 운명에 대해 이토록 걱정하지 않아도 된다면, 자네 종파가 그런 주인을 만났다는 것을 기뻐할 텐데!

필로포노스가 결론을 내렸다.

— 그건 또 무슨 이유에서요?

— 그의 아집과 편협함, 자기 뜻에 반하는 의견은 전혀 듣지 않으려는 고집 때문에 곧 자네 나라와 자네 종교를 믿는 사람들이 그에 반대하여 일어날 테니 말일세. 그렇게 되면 단 하나의 이슬람이 있는 것이 아니라, 둘, 열, 스물의 이슬람이 생기겠지. 그렇게 많다는 것은 전혀 없는 것과 마찬가지지. 두 세기 전에 기독교 교회에서도 하마터면 그런 일이 생길 뻔했다네. 하지만 알렉산드리아의 주교였던 키릴로스는 자네의 칼리프와는 반대로 전혀 비천한 가문 출신이 아니었어. 이 이야기는 내일 히파티아에게 듣게나. 저 아이도 약간 관련이 있으니.

'제발 나를 설득해봐, 아름다운 히파티아여.' 오마르는 생각했다. '나를 완전히 설득해. 그러면 내 스스로 그 개 같은 오마르의 내장에 창을 쑤셔박을 터이니!'

여인과 주교

(히파티아의 마지막 노래)

필론이 자신을 변론하기 위해 로마로 떠났던 이래 사 세기가 지났습니다. 예루살렘 신전은 파괴되었고, 유대 백성들은 또다시 흩어졌으며, 북쪽의 야만인들이 서양의 맨 끝, 콘스탄티노플이 되어버린 비잔틴을 점령하고 로마에 발을 내디뎠죠. 콘스탄티누스 황제는 스스로 기독교인임을 공표했으며 모든 신하들, 그리고 그 신하들의 가족과 패거리들, 소유한 노예들 하나까지도 모두 황제의 뒤를 따랐습니다. 언제나 그렇듯 올라가기보다는 내려가기가 쉬운 법이죠.

하지만 예수님의 말씀이 아무리 단순하다 해도 사람들은 그 단순한 말씀에서 무척 멀리 떨어져 있었습니다. 알렉산드리아, 아테네, 페르가몬에는 철학 학교, 아니 신학 학교들이 탄생했습니다. 요컨대 어떤 곳에서는 하늘이 맑든 먹구름으로 덮여 있든 정신이 여전히 숨을 쉰다 해도, 역사란 그저 반복될 뿐이지요. 그곳에서 벌어지는 토론은 격렬했고 모두 종교와 관련된 것이었습니다. 그 후로 새

로운 사상을 얘기한다든지 공인된 교리에 어긋나는 생각을 말하는
자는 누구나 잘해야 추방이고 최악의 경우에는 사형에 처해지게 되
었죠. 과거의 순교자들을 망각한 기독교인들은 결코 자신들을 박해
한 적이 없는 다른 사람들에게 자신들이 겪었던 고통을 똑같이 겪
게 했어요. 그 뒤로 순교자란 전부 유대인, 자유사상가, 학자와 철
학자들에서 나오게 되었답니다. 모든 종교가 그렇지요. 그래서 저
는 그토록 오랜 세월 박해를 받았던 이스라엘의 자녀들이 미래에
자신들의 힘을 되찾으면 똑같이 행동하지나 않을까 두렵습니다. 그
들도 예전에 자신들을 못살게 군 사람들을 박해하고, 그저 자기네
땅에서 나오는 것을 나누어 먹으며 살 수 있기만을 바라는 평화로
운 백성들에게 자신들의 복수심을 퍼뜨릴 테니까요.

　라제스가 화를 내려고 하니 이제 다시 이야기로 돌아가지요. 기
독교의 교세가 확장되는 와중에도 알렉산드리아는, 아니 적어도 왕
궁 지구는 관용의 피난처로 남아 있었습니다. 그와 같이 수세기에
걸쳐 혼합되고 서로 교환된 범세계적인 지식을 파괴하지는 않았으
니까요. 게다가 바다가 가로놓여 있어, 서구를 집어삼키고 콘스탄
티노플의 발치까지 마치 파도처럼 밀어닥치는 야만인의 침략으로
부터 이집트를 보호하고 있었지요. 이후 무세이온에서 학문의 여왕
은 철학이었습니다. 물론 기독교 신앙이 아직 도시국가 전체를 지
배하지 못했기 때문에 과학도 과거의 명성을 어느 정도 회복했지
요. 프톨레마이오스와 갈레노스는 세력가, 철학자, 모든 종파에 속
한 사제들을 만족시킬 줄 알았답니다. 프톨레마이오스는 종교에는
거의 신경을 쓰지 않았고, 갈레노스는 매우 모호한 보편적 신의 존
재를 믿었기 때문에 기독교 교회는 이미 사라져버린 두 학자의 뛰
어난 업적을 채택하였습니다. 또 철학 부문에서는 필론도 마찬가지

로 대우했지요. 사실 교회는 자연을 탐구하는 데 별로 관심이 없었어요. 자연의 기능 방식에 의문을 제기하여 자연의 신비를 파고듦으로써 인간의 고통을 덜어주려 하지 않았으니까요. 그래 보았자 무슨 소용이 있겠어요? 교회는 종말의 시간이 임박했다고 말하곤 했거든요. 갈레노스와 프톨레마이오스는 교회와 그럭저럭 잘 지냈답니다. 교회에서 하는 말에 따르면, 그들은 복음서가 하느님을 위해 했던 것처럼, 세상과 인간의 본성을 결정적으로 묘사했다는 겁니다.

그래서 사람들은 더이상 탐구하지도 발명하지도 않고, 그저 표절만 하게 되었지요. 바로 그것이 세계 종말의 징후죠. 사람들은 보편적으로 인정된 과거의 발견들을 종합하여 약간 개선하기도 했지만 대부분은 그저 미화하기만 할 뿐 반론을 제기하거나 의심해보거나 혹은 뛰어넘어볼 생각을 전혀 하지 않았답니다. 기계학, 수학, 천문학에 대해 헤론, 디오판토스, 파푸스가 한 일이 바로 그런 것이었지요. 그리고 테오도시우스 황제가 무세이온 관장—더이상 대사제라는 칭호는 쓰지 않았지요—으로 임명한 테온이 한 일도 마찬가지였고요. 테온의 후원 아래 유클리드, 아리스타르코스, 아폴로니오스를 따르는 위대한 알렉산드리아 학파는 그 명예를 어느 정도 회복했습니다. 하지만 그의 이름이 후세에 남은 것은 역사상 가장 박식한 여자인 알렉산드리아 출신 히파티아의 아버지였기 때문입니다. 물론 저와 동명이인이고 지금으로부터 250년 전*에 태어난 사람입니다. 게다가 아주 좋은 조건에서 태어났지요. 천문학과 음악을 혼합한 체계를 열렬히 신봉하던 그녀의 아버지의 설명에 따르

---

* 서기 370년경.

면, 천체의 음악[1]이 만들어내는 아름다운 선율의 합창 중에서 우주의 중심에 선 지구가 내는 최저음을 따라 딸의 이름을 지었다고 하지요.

히파티아가 겨우 열네 살이었던 어느 날, 알렉산드리아에는 변화가 생겼습니다. 테오필루스라는 새로운 주교가 임명되었던 것이지요. 그때까지만 해도 모든 종교는 별다른 마찰 없이 공존하고 있었습니다. 그러나 냉혹한 그 성직자는 무력으로 이단을 뿌리 뽑으려 했지요. 그의 명령에 따라 프톨레마이오스 1세에 의해 600년 전에 세워진 사라페움 신전부터 시작하여 모든 사원들이 불태워졌습니다. 언제나 그렇듯이 광신도들은 가장 아름다운 건축물, 가장 아름다운 조각상들에 집착하죠. 돌로 만든 그 기념물들은 그들이 지워버리고자 꿈꾸는 과거의 위대함을 증언하고 있으니까요. 신랄한 비판정신을 지닌 알렉산드리아인들은 주교가 도시국가의 절대적인 주인으로 자처하고 나서자 그를 몰래 '파라오'라고 불렀답니다. 테오필루스는 도서관도 마찬가지로 없애버리려 했지만, 비잔틴에서 그의 열정에 제동을 걸었습니다. 그래서 새 주교는 조각상들을 부수고 신앙이 확고하지 않은 학자들을 내쫓고 관장인 테온을 투옥하고 그 자리에 자신의 부속사제를 임명했지요.

교회 성직자가 그 자리를 맡은 것은 그때가 처음이었답니다. 그자는 교리에 부합되지 않는 책들을 모두 없애는 임무를 맡았습니다. 그런 것이 있는지는 하느님만이 알 일이지요. 어쩌면 하느님도 모를 수 있겠죠.

다행히도 클레오파트라 이후 알렉산드리아 사람들은 외지에서 부임한 지배자들을 은근슬쩍 농락하는 오래된 습성이 있었어요. 많은 뛰어난 인물들의 뒤를 잇는다는 영광에 도취된 이방인 지배자들

232

은 파도 소리가 나른하게 들리는 아름다운 풍광 속에서 묵상하다가 자신도 모르게 사치에 젖어들었습니다. 대성당으로 변해버린 무세이온의 회랑 아래로 어슬렁거리던 히파티아의 우아한 실루엣은 그곳과 무슨 관계가 있었을까요? 아무튼 사서직을 맡은 사제는 그곳을 파괴하는 임무를 전혀 수행하지 못했어요. 게다가 그는 테오필루스를 별로 두려워할 필요가 없었죠. 테오필루스는 자신의 주교구에 있기보다는 주로 콘스탄티노플에 가 있었으니까요. 사실 그는 피를 뿌려 파괴함으로써 알렉산드리아의 이교주의를 완전히 뿌리뽑았다고 믿고 있었고, 그 후로는 자신이 진정한 적이라고 생각하는 자들, 즉 자신과 마찬가지로 기독교인이지만 완전히 기독교 교리에 따라 생각하는 행운을 갖지 못한 이단자들을 공격하고 있었답니다.

당시 이집트 사막에는 장 부슈 도르 사제의 가르침에 따라 무척 엄격하게 생활하던 수도사 단체가 있었습니다. 테오필루스는 진정한 성자인 장 부슈 도르를 무척 증오했지요. 그는 병사들을 이끌고 은자들의 평화로운 은거지로 향했고, 몇몇 은자들을 학살하여 그들 무리가 도망치게 만들었습니다.

십 년의 세월이 흘렀지요. 고령이 된 테온은 슬픔에 싸여 죽고 말았습니다. 그때부터 마치 스캔들이 터지듯 히파티아의 재능이 터져나왔지요. 당시 그녀의 나이는 스물다섯으로 가장 화려한 시기였습니다. 키도 크고 늘씬한 그녀는 그렇지만 자신의 육체에 가로막힌 것처럼 보였습니다. 마치 큰 키가 거북하기라도 한 듯 그녀의 행동거지는 너무 빨리 자라버린 아이처럼 어색했지만, 힘찬 매력을 발산했지요. 갸름하고 창백한 그녀의 얼굴은 이상한 빛을 발해 사람들을 눈부시게 만들고 매혹하고 두려움을 안겨주었답니다.

히파티아는 기독교 교회로부터 파문당할 모든 요소를 갖추고 있었어요. 여자이며 아름답고 박식한데다 자유분방했으니까요. 그녀가 여왕이나 궁녀였더라면 사정이 달랐겠지요. 하지만 그녀는 그렇지 않았고, 게다가 미덕까지 갖추고 있었어요. 갈피를 잡지 못하던 사람들은 그녀가 성녀라고 떠들어댔죠. 그래야 안심이 되었으니까요. 그녀는 사람들의 공격에서 자신을 보호하기 위해, 어디든 자신을 쫓아다니던 이지도르라는 별볼일 없는 철학자와 결혼했습니다. 하지만 그 결혼에 속아넘어가는 사람은 아무도 없었어요. 이지도르는 소크라테스를 너무 존경한 나머지 어린 소년들을 좋아하는 취향까지 공공연히 흉내 냈으니까요.

처음에 미녀 히파티아는 테온의 천문학과 음악 연구를 도우며 아버지의 그늘 속에 머물러 있는 것으로 만족했습니다. 하지만 사람들은 그녀가 이미 오래 전에 테온을 앞질렀고 그가 쓴 작품들의 실제 저자라고 수군대기 시작했지요. 그녀가 『천문학 정전』, 디오판토스의 『산수론』에 관한 글, 베르게 출신 아폴로니오스의 『원추곡선론』에 관한 글을 차례차례 펴냈을 때 수학자로서의 그녀의 재능은 곧 의심의 여지 없이 확연히 드러나게 되었죠. 동료들의 공격도 있었어요. 그들이 보기에 그녀는 여자가 아니라 온통 추상적인 사변에만 몸을 바친 순수 정신이었거든요. 그녀는 유례없이 완벽한 천문관측의와 지하수 탐사기를 손수 만들어냄으로써 그들을 신랄하게 반박했습니다. 그러고 나서 더 나아갔죠. 그녀는 자기 작품들의 소산이 바로 자신임을 확실히 입증하기 위해 아버지가 프톨레마이오스의 『천문학 집대성』에 관해 쓴 주해서의 사후 판본에 대해 매우 논쟁적인 성격의 답변을 썼습니다. 그러기 위해 그녀는 대담하게도 사모스 출신의 아리스타르코스가 쓴 「태양과 달의 거리에 관한 논고」를 참고했는데, 그 책은 그녀가 먼지가 켜켜이 쌓인 도서관의 맨 아래쪽에서 찾아낸 것이었죠. 당연히 동료 학자들은 아우성을 치며 무세이온 책임자인 사제로 하여금 설립자인 팔레론 출신의 디미트리오스가 오래 전에 만들었으나 잊혀졌던 포고령, 즉 기숙하는 학자들을 즐겁게 해주기 위한 궁녀들을 제외하면 어떤 여자도 무세이온에 들여서는 안 된다는 포고령을 되살려내게 했지요.

그때부터 히파티아는 거리에서 행인을 불렀던 소크라테스처럼 길거리에서 강의를 했고, 견유학파 철학자인 디오게네스처럼 때로는 가장 추잡스러워 보일 정도로 극도의 빈곤 속에서 살았습니다. 수제자 두 명이 끄는 수레를 타고 이곳저곳을 떠돌며 자신의 가르침을 전했던 것이죠. 그녀는 사람들을 감동시킬 수 있는 단순한 어휘들을 찾아내는 법을 알고 있었습니다. 그래서 군중은 그녀의 말에 귀를 기울이며 경탄하곤 했지요. 이집트 사람들은 그녀가 위대한 클레오파트라나 고대의 여신 이시스의 화신이라 믿었습니다. 그리스인들은 그녀에게서 아테네 철학을 위대하게 만들었던 것, 그러나 과거 그대로가 아니라 마치 필론이 신약성서에 행했던 것처럼 본질적인 내용만을 끄집어낸 플로티누스와 포르푸리오스[84]의 최근 주해에 의해 정화된 아테네 철학을 위대하게 만들었던 것을 다시 발견했습니다. 히파티아는 그들의 가르침에 자유라는 가르침을 덧붙였습니다. 믿음의 자유, 나름대로의 진리를 추구할 수 있는 자유, 자신의 정부(政府)를 스스로 선택할 수 있는 자유 말입니다. 그리고 청중들에게 내면의 삶을 소홀히 하지 않으면서도 도시국가 내

---

84) 234~305, 알렉산드리아 학파의 신플라톤주의 철학자. 기독교에 반대하는 수많은 저서들을 썼다.

에서 행동에 나설 것을 권장했지요.

그녀를 따르던 제자들에게서 그녀가 지적 차원의 것만이 아닌 열정을 불러일으킨 것도 당연했죠. 하지만 '남편' 이지도르를 늘 대동하고 다녔기 때문에 그녀는 여전히 범접할 수 없는 존재였습니다.

그녀의 추종자들 한 사람이 특히 다른 사람들보다 훨씬 더 애간장을 태웠습니다. 그는 쉬네시오스라는 학생으로, 키레네의 부유한 가문 출신이라 부이건 지식이건 여자를 정복하는 일이건 원하는 걸 이루지 못한 적이 한 번도 없었죠. 히파티아의 강의를 열심히 따라다니는 것으로 만족할 수 없었던 그는 그녀에게 엉뚱한 시들을 써 보내곤 했지만 한 번도 답장을 받지는 못했습니다. 술집에서도, 심지어 도서관에서 명상에 잠겨 있을 때조차도 그는 오직 그녀만을 생각했고 그녀에 관한 말만 했습니다.

어느 날 그는 강의를 듣기 위해 여류 학자가 사는 조그만 집 문간에서 그녀가 나오기를 기다리고 있었죠. 들을 수도 있고 어쩌면 못 들을 수도 있지만…… 어쨌든 강의하는 그녀의 모습을 바라볼 수는 있으니까요.

그녀가 모습을 나타냈습니다. 그런데 그녀는 평소처럼 문간에서 기다리고 있는 수레에 올라타는 대신 쉬네시오스에게로 다가와 생리혈로 얼룩덜룩한 조그만 천뭉치를 그의 코밑에 흔들어댔지요.

그녀는 "쉬네시오스, 그대가 사랑하는 게 여기 있어. 그런데 아름답지가 않군!" 하고 말했어요.

당황해서 얼굴이 붉어진 쉬네시오스는 뛰어 도망치고 말았답니다. 그리고 오랫동안 그의 모습을 볼 수 없었죠. 키레네로 돌아가 버렸으니까요. 그러자 그녀는 그에게 편지를 써서 그가 수치스럽게 여긴 반응 역시 자신에 대해 품었던 경솔한 사랑만큼이나 지나친 행동이었다고 설명했습니다. 그녀가 그렇게 그를 뿌리쳤던 것은 오직 수많은 자신의 적들에게 결백을 주장하기 위한 것이었어요. 그러지 않았다면 적들은 젊은 여자가 헤프다고 비난했을 테니까요. 그녀는 고백했습니다. "나는 오직 은밀한 사랑을 할 수 있을 뿐, 편지에 담긴 사랑보다 더 아름다운 비밀이 있을까요?" 하고 말입니다.

그때부터 시작된 서신 교환은 여러 해 동안 지속되었습니다. 하지만 사랑 이야기는 나오지 않았죠. 그들은 천체의 운동과 삼각법, 플라톤의 주해와 음악과 관련된 수에 대해 의견을 나누었거든요. 쉬네시오스가 히파티아를 마냥 바라만 보고 있었던 게 아니라는 사실이 드러났죠. 그는 그녀의 말을 경청했고 그 가르침을 새겨들었던 거예요. 그녀의 조언에 따라 그는 국가 공직에 뛰어들기도 했습니다. 그렇게 해서 키레네 대사 자격으로 콘스탄티노플에 가게 되었습니다. 그곳에서 그는 젊은 황제 아르카디우스[85] 앞에서 '왕권에 대하여' 강연을 하기도 했습니다. 그 강연에서 그는 이상적인 군주에 대한 히파티아의 철학적 견해를 밝혔고 궁정의 퇴폐적인 풍습을 고발했어요. 마치 아름다운 여류 학자가 그의 입을 빌려 말하는 것 같았지요. 대사 임기가 끝나자마자 쉬네시오스는 다시 알렉산드리아로 돌아왔습니다. 히파티아가 결국 그를 만족시켜주었는지는 알 수 없습니다만, 그녀의 권유로 그는 왕궁 지구에 사는 기독교 귀족 집안의 딸과 혼인을 하게 되었는데, 그녀에 따르면 그것이 권력의 계단을 밟아 올라갈 수 있는 유일한 방편이었다고 하지요. 다시 자기 고향으로 돌아간 그는 사막의 도적떼를 물리쳐 명성을 드높였

---

85) 377~408, 비잔틴 제국의 황제, 재위 기간 395~408.

습니다.

여전히 히파티아와 서신을 교환하면서도 쉬네시오스는 키레네에서 사냥과 쾌락에 빠진 대영주로서의 생활을 해나갔지요. 시, 찬가와 설교집, 꿈과 신의 섭리에 관한 논문들도 발표했고요. 제가 꼼꼼히 살펴본 결과 그것들은 스스로 시인임을 밝히고 싶어하지 않았던 히파티아의 작품들임을 확인할 수 있었습니다. 만일 그녀가 시인이라는 사실이 밝혀졌다면 적들은 그 점도 역시 물고 늘어졌겠죠.

어느 날, 쉬네시오스는 마치 구원을 요청하는 듯한 그녀의 편지를 받게 되었습니다. 테오필루스가 보낸 자객들에게 살해된 장 부슈도르의 시신이 길가에 놓여 있는 것이 발견되었던 거죠. 가장 큰 적을 제거한 테오필루스는 알렉산드리아로 돌아올 태세였어요. 쉬네시오스는 자신이 해야 할 일이 무엇인지 깨달았습니다. 그래서 콘스탄티노플로 가서 황제 앞에서 세례를 받았습니다. 그의 개종은 교회로서는 좋은 징조였습니다. 왜냐하면 키레네의 최고 유력자인 그의 뒤를 이어 키레네 사람들이 모두 기독교로 올 수도 있었으니까요. 그런 점을 내다본 총주교는 즉시 그에게 주교직을 제안했죠. 그러자 쉬네시오스는 조건을 내걸었습니다. 혼인 상태를 유지하고 영혼이 선재(先在)하며 세계가 영원하다는 플라톤의 학설을 포기하지 않겠다는 것이었죠. 예상과 달리 총주교는 대뜸 승낙했습니다. 키레네를 끌어들이는 데 그 정도쯤이야 양보할 수 있다는 것이었죠. 한편 테오필루스 측에서는 그에게 즉시 알렉산드리아로 가서 이단자들의 탄압에 너무 미적지근한 태도를 보이는 이집트 총독 오레스테스와의 분쟁을 해결해줄 것을 요청했습니다.

쉬네시오스가 대행하게 된 주교구와 오레스테스가 다스리는 행정 지역에 속한 알렉산드리아는 다시금 뜨거운 지적 열기를 불태우게 되었죠. 이단이건 아니건 기독교도, 유대인, 플라톤주의자들이 폭력이 아니라 말로 서로의 사상과 맞서게 된 것입니다. 그리고 말에서라면 히파티아는 겁낼 상대가 없었지요. 다시 무세이온 출입이 허락되었지만 그녀는 도서관에 있는 작품을 참조할 때가 아니면 그곳에 가지 않았습니다. 그녀는 오직 길거리에서만 강의를 했지요. 그녀의 열렬한 청중들은 무리 지어 그녀의 뒤를 따랐습니다. 친구인 총독을 대동한 쉬네시오스의 모습도 종종 볼 수 있었답니다.

어느 날, 알렉산드리아 사람들은 끔찍한 '파라오' 테오필루스가 더이상 자신의 주교구로 돌아오지 못하고 죽었다는 소식을 듣게 되었습니다. 그래서 한동안 쉬네시오스가 후임자가 되길 기대했지요. 하지만 희망은 이내 사라지고 말았습니다. 이집트와 키레네의 두 주교구를 모두 다스릴 수 있었다면 히파티아를 사모하는 쉬네시오스는 아마도 황제와 총주교 다음으로 로마 제국에서 가장 중요한 인물이 되었을 텐데 말이죠.

전혀 이름이 알려져 있지 않았던 또 하나의 인물, 마르고 쉽게 흥분하는 키릴로스라는, 테오필루스의 친조카가 나타났던 것입니다. 조카라고는 하지만 사실 그의 사생아일지도 모른다고 몇몇 사람들은 수군댔습니다. 왜냐하면 고인이 된 그 주교는 신자들에겐 금욕의 계율을 지킬 것을 강요하면서도 막상 자신은 지키지 않았거든요.

키릴로스는 우선 히파티아가 계속 강연을 할 수 있게 해주겠노라고 약속함으로써 선량한 쉬네시오스를 슬그머니 주교구에서 몰아냈습니다. 어쨌든 그로서는 키레네의 주교처럼 강력한 인물을 처리해야 했거든요. 게다가 히파티아와 같은 미녀 학자를 공격한다면 기독교인이건 플라톤주의자이건 상관없이 그리스인, 이집트인들로 이루어진 그녀의 찬미자들이 폭동을 일으킬 수도 있었으니까 말이죠.

하지만 자신과 생각이 다르면 누구든 증오의 대상으로 삼던 그 작자는 알렉산드리아에 감돌던 관용의 분위기를 도저히 견뎌낼 재간이 없었답니다. 그래서 우선 유대인들을 공격했지요. 그는 기독교인 측에서건 플라톤주의자 측에서건 그 점을 반대하고 나설 사람은 아무도 없다는 걸 알고 있었습니다. 이스라엘 백성들이 모든 악의 근원이라고 믿는 천민 계층은 모두 그의 편이었죠. 당시 알렉산드리아의 유대인들은 한창 번영을 누리던 필론의 시대와 같은 여건이 아니었습니다. 기독교인들은 이교도들보다도 그들에게 더욱 혹독한 태도를 보였고, 엄청난 조세와 세금을 물리고 나서야 유대교 신앙 행위를 허락할 정도로 엄청나게 탐욕스러웠지요. 사실 그랬기 때문에 '파라오' 테오필루스가 그들을 잠자코 내버려두었던 것이지요. 기독교인들 덕분에 알렉산드리아 주교구가 제국 전체에서 가장 부유했으니까요.

하지만 그의 조카인 키릴로스는 그런 사소한 몫에 대해서는 전혀 개의치 않았습니다. 그리고 누구하고도 상의하지 않고 바로 유대인을 추방한다는 포고령을 내렸죠. 유대인 구역에 군대가 투입되었고, 그들은 마치 가축처럼 알렉산드리아 성벽 밖으로 내쫓겼답니다. 또다시 이집트 탈출이 시작된 것이죠. 하지만 어디로 간단 말입니까? 더이상 약속의 땅도 없고, 성전은 파괴되었으며, 가나안도 이제는 존재하지 않는데. 그리고 그들을 인도할 모세도 없는데 말이에요.

히파티아는 모르는 척 지나칠 수 없었죠. 그녀는 더욱더 말에 힘을 주어 모든 인종, 모든 종교, 모든 지식의 교차로인 알렉산드리아의 영혼이 위협받고 있음을 설파했습니다. 7세기 반 동안 관용으로 지탱해온 세계도시주의가 한 광신도의 잘못으로 사라질 위기에 처했다는 것이었죠.

그때 쉬네시오스는 새로운 공의회에 참석하기 위해 콘스탄티노플에 머물고 있었어요. 전령이 달려가 알렉산드리아에서 키릴로스 주교가 히파티아를 살해하기 위한 음모를 꾸미고 있다고 알려주었고, 그는 당장 출발했죠.

프톨레마이오스 왕조가 살던 옛 왕궁은 텅 비어 있었습니다. 총독 관저에 알아보니 오레스테스는 일 주일간 사냥을 나갔노라고 했지요. 키릴로스는 사막으로 피정(避靜)을 떠나 주교관을 비웠다고 하고요.

여행 복장을 성직자 신분에 걸맞은 보다 점잖은 옷으로 갈아입을 시간도 없이 쉬네시오스는 밖으로 뛰쳐나가, 젊은 시절 사랑에 빠진 학생으로 지냈던 도시의 거리를 헤매고 다녔습니다. 자신도 모르게 발걸음이 이끌려 이상하게도 텅 빈 거리들을 지나 히파티아의 집으로 향하게 되었지요. 그곳에 다다르니, 바둑판 모양의 네모 반듯한 거리에서 고함 소리가 들려왔습니다.

"마녀를 죽여라! 광장에서 떠도는 잡년을 죽여! 주교를 유혹하는 년! 모든 유대인들의 창녀를!"

쉬네시오스는 보잘것없는 장식용 칼을 빼어 들고 뛰기 시작했지요. 히파티아는 자신의 집 대문 앞에 세워진 수레 위에 장식이 전혀 없는 하얀 긴 옷을 입고 창백한 얼굴에 미소를 띠고 서 있었습니다. 그래서 어느 때보다 더욱 아름다웠지요.

그녀를 보호하기 위해 쉬네시오스는 평소 여류 철학자를 따라다니던 청중과는 전혀 달라 보이는 군중의 틈바구니를 헤집고 들어가려 했습니다. 몇몇 사람들은 동쪽 작은 항구의 빈민가에서 곧장 달려온 것처럼 보였는데, 대부분이 수도사들이 사용하는 두건을 걸치고 있었어요. 제일 먼저 욕설을 퍼붓기 시작한 이들도 그들이었지요. 쉬네시오스는 단 한 걸음도 더 앞으로 나아갈 수 없었습니다. 억센 팔들이 그를 가로막았죠. 갑자기 돌이 날아들더니 히파티아의 이마를 정통으로 맞혔습니다. 그녀는 대리석 조각상처럼 움직이지 않았어요. 그 뒤로 돌과 나뭇조각, 보도에서 주운 오물들이 마치 빗발치듯 날아들기 시작했지요. 마침내 그녀는 야수의 발에 밟혀 으스러지는 커다란 백합처럼 쓰러지고 말았습니다. 수도사들이 수레 위로 뛰어올랐지요. 그 순간 쉬네시오스는 머리를 강타당하고 의식을 잃었습니다.

그가 다시 정신을 차렸을 때 이미 거리에는 사람들이 사라지고 없었어요. 쉬네시오스는 절뚝거리며 피로 얼룩진 길거리를 한참 동안 헤매고 다녔습니다. 자신도 모르게 그는 가던 길을 되돌아와 30년 동안 철학자의 보잘것없는 단상 구실을 했던 수레 옆으로 왔지요. 지나가던 취객이 걸음을 멈추고 다가와 쉬네시오스의 얼굴에 역한 숨결을 뿜으며 이런 말을 내뱉었습니다.

"어이, 주교 나으리, 그들이 당신 창녀의 몸뚱이를 산 채로 찢었다오. 그리고 굴껍질로……"

"무슨 말을 하는 겐가?" 아무것도 모르는 쉬네시오스는 더듬거리며 물었습니다.

"어허, 그자들이 그녀의 시신을 불태워 개들에게 던져주기까지 하던걸!"

그 사람은 손짓 발짓을 해대며 가버렸습니다. 그자가 그러는 것이 기뻐서인지 아니면 두려워서인지는 알 수 없었죠. 쉬네시오스는 털썩 땅바닥에 주저앉고 말았습니다. 그리고 수레바퀴에 이마를 대고 울기 시작했죠. 한참 시간이 지난 후에야 그는 싸움의 와중에 수레 아래로 떨어져 울퉁불퉁한 길을 구르는 바람에 사람들의 이목을 끌지 못했던 물건을 발견했습니다. 그것은 금으로 상감이 된 오래되고 무거운 막대였는데, 히파티아가 아버지한테 물려받은 것으로, 평상시 그녀가 강의를 하면서 마치 행성들의 진로와 음악을 지휘하듯 유연한 움직임으로 허공을 가르며 강조할 때 쓰던 것이었습니다.

암루, 율법학자가 되다

—그 히파티아라는 여인은 그대 부족의 선조인가?

꽤나 감동한 암루가 물었다. 그러자 이교도의 희미한 그림자가 밴 '선조'와 '부족'이라는 말에 젊은 여인은 빙긋 미소를 지으며 대답했다.

—그야 모르죠. 만약 그렇다면, 그 전설을 믿는다면 저는 동정녀의 자손이 되는 셈이네요. 적어도 매우 유명한 선조를 두고 있는 것이고요.

—농담하지 마시오. 코란에도 천사가 예고한 것처럼 마리아가 전혀 남자의 손길이 닿지 않았는데도 예언자인 아들 예수를 두었다고 쓰여 있소.

—그런가? 그럼 당신네들도 동정녀의 수태 교리를 알고 있나? 그렇다면 자네는 그리스도의 본성이 반은 인간이고 반은 신이어서 이중적이라고 생각하는가, 아니면 전적으로 신성만을 지니고 있다

244

고 보는가?

필로포노스가 구미가 당긴다는 듯 외쳤다.

— 신은 오직 한 분이시며 그분은 알라 신이오. 신은 영원하며 따라서 아무리 처녀라 할지라도 여자의 뱃속에서 태어날 수 없소.

— 그렇다면 자네는 자네의 마호메트가 똑같은 방식으로 수태되었다고 주장하는 것인가?

— 코란에 그런 것은 전혀 언급되어 있지 않소. 마호메트의 아버지인 아브드 알라는 쿠라이시 부족의 부자로서 마호메트가 태어나기도 전에 사망하였고, 그가 아직 어렸을 때 어머니 아미나도 남편과 마찬가지로 세상을 떠나 알라 신의 정원에 드셨소.

— 재미있는 변증법이 떠오르는군. 마호메트는 부유하고 고아이며 혼인도 하였고 전쟁을 통해 자신의 교리를 전파하지. 예수는 가난하며 하느님이 그에게 부모를 주셨고 동정을 지켰으며 오직 평화만을 이야기하고. 엄밀히 말해 자네 예언자는 적그리스도로군.

생각에 잠긴 필로포노스가 중얼거렸다. 그러자 라제스가 말을 자르고 나섰다.

— 스승님, 암루, 제발! 그 쓸데없는 말싸움일랑 공의회 당국이나 하라고 내버려두세요. 시간이 없습니다. 만일 장군께서 전령이 내일 새벽에 떠나기를 바란다면 지금은 히파티아의 이야기에서 교훈을 끄집어내야 한단 말이오. 암루, 그러한 여자 이야기가 칼리프에게 다시 생각해볼 기회를 줄 수 있겠소?

— 그녀를 다른 각도로 제시해야겠지. 내 그 여인에게 예언자의 첫번째 부인인 하디자의 몇 가지 특징을 붙여보겠네. 마호메트가 제일 먼저 신의 말씀을 되뇌어준 것이 바로 그 여인이니까. 그리고 그의 딸이자 알리[86)]의 아내로서 가장 성스러운 여인인 파티마의 특

징도 몇 가지 가미시키겠네. 칼리프는 생리혈이 묻은 천 이야기를 재미있어할 가능성도 있어. 오마르는 자기 아내들을 가축들 대하듯 하니까. 만일 당신들이 내 의견을 묻는다면 나로선 그 쉬네시오스라는 얼간이가 미적지근했다고 생각하네. 만일 내가 또다른 히파티아에게 그런 열정을 가지고 있었다면, 난 결코 그녀의 달거리에 혐오감을 갖고 물러서지 않았을 거야. 오히려 그녀에 대한 내 사랑이 더욱더 커지겠지.

장군이 대답했다.

—저는 수상쩍은 농담이나 하는 군인보다는 박학하고 호기심 많은 상인으로서의 당신이 더 좋군요.

히파티아가 그의 말을 중단시켰다. 잠시 자신의 처지를 잊은 것에 얼굴을 붉히며 암루가 우물거렸다.

—에헴, 당신들은 갈레노스의 작품들, 그리고 헤론이라는 그 기술자의 작품들에 대해 내게 좀더 잘 설명할 필요가 있겠소. 완벽한 의술이라면 오마르의 마음을 가라앉힐 수 있을 것이고, 수력으로 움직이는 기계라면 관개 공사를 하고자 하는 그의 계획에 흥미롭겠지. 또 나는 윗사람부터 먼저 움직이는 기독교 개종 체계를 그에게 넌지시 일러줄 생각이오. 지금 우리가 정복하려 하는 왕국들은 지금까지 우리가 알아왔던 나라들, 자신들에게 유리하다고 생각하면 언제라도 설득당할 준비가 되어 있는 그런 세속적이고 무식한 군주들이 다스리는 국가가 아니니 말이오. 그리고 유대인과 기독교도인 당신들도 만일 계속해서 당신네 종교를 지키고 싶다면, 분명히 말하건대 대가를 치러야 할 것이오.

---

86) 600?~661. 이슬람 교단의 제4대 정통 칼리프, 재위 기간 656~661. 마호메트의 딸인 파티마와의 사이에서 두 아이를 낳아, 마호메트의 유일한 후손을 남겼다.

이 말에 라제스가 빈정거렸다.

─정말 멋진 생각이군요! 우리는 오래전부터 습관처럼 대가를 치러왔소. 하지만 어제까지 우리를 박해하던 자들이 이번에는 그들의 지갑을 꺼내야 한다는 걸 상상하니 불만은 없소. 갈레노스에 대해서는 곧 글로 짤막하게 요약해드리지요. 헤론에 대해선 히파티아가 그렇게 해줄 것 같은데.

─당신들이 내게 해준 그 모든 이야기들을 나도 글로 써보겠소. 그리고 그 필사본들을 메디나에 있는 다른 주요 인사들에게 보내지. 아마도 그들은 오마르의 마음을 꺾을 수 있을 것이오. 나는 분명 '아마도'라고 말했소. 그리고 칼리프에게는 몇 마디 덧붙이겠소. 이렇게 말이오. '창조주인 그대 주님의 이름으로 말하건대, 읽어라! 읽어라!' 이것은 마호메트께서 계시를 얻었던 히라 산의 움막에서 알라 신의 전령인 천사장 가브리엘이 직접 예언자 마호메트에게 건넨 첫마디라오.

─훌륭한 명령이로군! 나도 자네의 코란을 좀더 주의 깊게 읽어보아야겠네.

필로포노스가 인정하자, 라제스도 동의했다.

─솔직히 나쁘진 않군요. 바룩[87]이 쓴 책에서 영향을 받은 것도 같고.

'읽는다, 그럴 수도 있지.' 히파티아는 생각했다. *'하지만 무얼 어떻게 읽는다는 것이지? 오직 코란만을 읽을까 아니면 호기심을 가지고 다른 책들에도 눈길을 줄까? 이해하지 못하면서 읽어도 나*

---

87) '축복받은 자'라는 뜻. 예언자 예레미야의 서기관. 예레미야를 도와 유대의 멸망을 예언했다.

뺄 것은 없지. 하지만 아무 의심 없이 읽는다는 건 심각한데. 즐거움 없이 읽는 것은 읽는 것도 아니지. 이 베두인족 남자에게 그런 걸 꼬치꼬치 가르쳐주는 것은 소용없어. 이자는 오로지 단 하나의 즐거움만을 누리려 하니까. 어쩌면 할 수 없이 내가 그 즐거움을 베풀어주어야 할지도 모르겠어.'

야만의 지혜

편지

    수장 암루는 변두리 상점에서 구해 오게 한 두루마리를 기쁜 마음으로 펼쳐 귀한 원목으로 된 작은 탁자에 놓고 손으로 쓰다듬어 보았다. '최고급 이집트 산 파피루스로군' 하고 그는 생각했다. 양 끝단에 끼운 두 개의 막대로 파피루스를 편평하게 펼친 후, 그는 육 감적인 손바닥으로 반질반질하게 문질렀다. 그리고 마침내 백단향 과 향 내음을 맡으며 상아와 흑단으로 섬세하게 세공된 필갑을 열 었다. 자기로 된 받침대 위에 염소 털로 만든 붓들을 얹어놓고, 사 람을 시켜 다시 잘라 오게 한 네모난 먹돌로 색을 입혔다. 애당초 그 파피루스에는 용과 이교도의 또다른 우상들의 그림이 그려져 있었 기 때문이다. 그는 그 자리에 코란의 한 구절을 손수 적어 넣었다. '인내하라! 그대의 인내심은 신이 내린 것이니.' 그 멋진 필갑은 암 루가 젊은 시절 부친의 심부름으로 근동의 대제국에서 화물로 실려 오는 비단을 찾으러 남해 항구인 소하르에 갔을 때 어느 페르시아 선원에게서 산 것이었다.

그는 돌이 움푹 팬 곳에 물병의 물을 약간 붓고 먹을 갈아 먹물이 진득진득해졌을 때 붓끝을 적셨다.

'수장 암루 벤 알 아스가 진실한 신자들의 칼리프인 오마르 벤 알 카탑에게, 알라 신의 구원과 평화가 당신과 함께 하길!

헤지라 20년, 모하렘의 새로운 달이 뜨는 날,[*] 저는 서쪽 대도시를 정복했습니다.

우리 군대의 힘으로 어떠한 타협도 없이 도시를 점령했습니다. 진실한 신자들은 자신들이 거둔 승리의 열매를 따려 조급해하고 있습니다.'

그러고 나서 그는 알렉산드리아에 있는 보물들, 수없이 많은 궁궐과 공중 목욕탕, 극장, 향수, 금은 세공품, 대장간, 방적 공장 등을 열거했다. 오마르는 제대로 교육받은 사람이 아니었다. 그는 겨우 읽고 쓰는 법만 알면서도 그 사실을 자랑스러워했다. 그렇게 함으로써 마호메트도 배우지 못한 사람이라는 소문을 퍼뜨려 자신이 하는 말은 모두 자비로운 신의 전령이 직접 육성으로 전한 말이라는 것을 증명할 속셈이었다. 본성이 음울한 칼리프는 인류 전체가 자신에게 반대하는 음모를 꾸미고 있다고 믿고 있었고, 삶이란 신의 영원한 벌에 지나지 않는다고 생각했다. 그는 자신의 권력에 도취해 있었으며, 그 점에서는 한 점의 의혹도 품어본 적이 없었다. 그만큼 오마르는 증오의 대상이자 공포의 대상이었다. 한심한 일은 몇몇 엘리트들을 제외한 모든 아랍인들이 그가 내리는 모든 칙령이 아무리 잔혹하거나 터무니없는 것일지라도 모두 천사장 가브리엘

---

[*] 서기 642년 12월 22일.

이 그의 입을 빌려 내리는 명령이라고 믿고 있다는 사실이었다. 암루는 그에게 이처럼 알렉산드리아를 바침으로써 그의 환심을 사고자 했다. 그러자면 칼리프의 엄청난 자만심과 가장 큰 약점을 이용해야만 했다. 그리고 시간도 적절히 이용할 수 있어야 했다. 오마르는 영원할 수 없다. 십 년 동안 음모와 간계를 꾸미고, 팔 년 동안 통치를 하면서 그에게는 많은 적이 생겼고, 암살 기도도 헤아릴 수 없이 많아졌다. 아마도 그가 칼을 맞아 폭정이 끝날 날이 조만간 올 것이다. 인내하라, 암루! 그대의 인내심은 신이 내린 것이니……

'엘 이스칸다리야—수장은 알렉산드리아의 이름을 수고스럽게도 아랍어로 썼다—에는 30만 명의 사람이 살고 있는데, 그중 6만 명은 기독교인인 그리스인들이고, 4만 명은 유대인들로서, 이들은 개종을 하지 않고 있으므로 공물을 바칠 것입니다……'

암루는 약간 과장을 했지만, 도시가 약탈당한 것도 아니고 완전히 파괴된 것도 아니라는 것을 증명하려면 그렇게 쓰는 것이 아마도 가장 잘 먹혀들 터였다. 도시를 함락한 바로 직후부터, 오마르는 모세와 예수의 책을 따르는 백성들이 자신들의 신앙생활을 유지하려면 마호메트를 믿는 백성이 있는 메디나에 세금을 바쳐야 한다고 주창했었다. 사람들에게 자신의 탐욕을 관용으로 여기게끔 해놓고서, 제2대 칼리프인 그는 신앙이 같은 동료들이 오직 말의 힘만을 빌려 예언자가 앞장서 뚫어놓은 진리의 길로 기독교인과 유대인들을 끌어들이는 것을 금했던 것이다. 그의 말에 따르면, 요컨대 메디나와 자신이 챙기는 재물이 이슬람교가 세계에서 널리 거둘 승리보다 더 낫다는 것이었다. 그러므로 암루는 이렇게 쓰지 않을 수 없었다.

'이집트 백성들은 아직도 짐승의 머리를 한 우상들에 제물을 바치고 있으므로 그들을 진정한 말씀으로 이끌어 알라 신의 정원 문

을 열어주는 것이 쉬울 것입니다⋯⋯'

알렉산드리아의 정복자는 이어서 많은 시간을 할애하여 필로포노스, 라제스, 히파티아가 도서관에 관해 자신에게 해준 이야기를 늘어놓았다. 그러나 이야기 방식은 제 나름대로, 또 이야기와 시를 무척이나 좋아하는 그의 백성들 식으로 바꾸었다. 하지만 어쩌면 안타깝게도 오마르 그자만은 그런 걸 좋아하지 않을지도 모른다⋯⋯

동이 트기 조금 전에, 암루는 막사 앞 땅바닥에서 잠자고 있던 기마 전령을 깨웠다. 저 베두인족은 언제 한 번이라도 자신들이 점령한 도시의 왕궁에서 잠을 자볼 수 있을까? 전령에게 구구절절이 설명을 늘어놓을 필요는 없었다. 부하는 편지를 받아들자 말을 타고 이내 어둠 속으로 사라졌다. 메디나에 도착하려면 족히 열나흘은 걸릴 것이고, 칼리프의 회신을 받아오려면 또 그만큼의 시간이 걸릴 터였다. 한 달이면 암루가 주인으로서 통치하는 알렉산드리아에는 많은 변화가 닥치리라. 다스리긴 하지만 어쨌건 신과 예언자로부터 권력을 이어받은 칼리프에게 복종해야 하는 그런 주인으로서 말이다.

오마르

전령은 회신을 기다리고 있었다. 그의 얼굴은 뿌옇게 먼지로 덮여 있고, 무릎까지 내려오는 긴 옷에는 홍해 바다의 소금기가 묻어 허옇게 줄이 그어져 있었다. 칼리프는 그에게 전혀 눈길을 주지 않았지만, 피로에 지쳐 탈진한 젊은 병사는 진실한 신자들의 우두머리인 칼리프가 마음속으로는 자신의 신속함에 고마워할 것이며 언젠가는 상을 내릴 것이라고 확신하고 있었다.

오마르는 힘겹게 서신의 내용을 읽어나갔다. 인지가 오른쪽에서 왼쪽으로 천천히 미끄러져가며 거의 매 글자마다 머뭇거리곤 했다. 자신을 위해 특별히 화려하게 장식한 낙타 가죽에 옮겨 적은 코란 15구절의 멋진 소용돌이 장식 문자에는 마침내 조금 익숙해진 상태였다. 하지만 마치 경멸하듯 아무렇게나 휘갈겨 쓴 암루 장군의 글씨는 그의 눈과 정신에는 고문이었다. 평상시 하던 대로 시종에게 읽히고 답장을 받아쓰게 하면 좋으련만, 이번에 내리는 결정은 아무에게도 알릴 수 없었다. 오직 암루와 자신만이 해결해야 할 일이었던 것이다.

—여봐라, 여기 그렇게 있지 말라. 그렇게 먼 길을 왔으니 마땅히 잠시나마 휴식을 취해야지. 게다가 너는 메디나에 만나야 할 가족이 있지 않느냐?

그가 전령에게 말했다.

—칼리프시여, 아쉽게도 저는 제 아버님께 인사를 드릴 수 없습니다. 장군께서는 칼리프의 답장을 받아 출발하기 전에 또다른 편지들을 전하라 하셨습니다.

—다른 편지들이라고? 그게 정말이냐?

전령은 입술을 깨물었다. 칼리프에 대한 충성심을 보이기 위해 방금 자신이 세상 그 누구보다 존경하던 상관을 배신한 것이다. 오마르는 손짓으로 물러가라 하고 다음날 다시 오라고 했다. 그 편지들이 누구에게 갈 것인지는 곧 알게 될 터였다.

알렉산드리아 점령과 함께 메디나의 상황은 바뀌었다. 최근까지만 해도 팔레스타인과 이집트를 정복한 것은 오로지 칼리프에게 영감을 주는 전지전능하신 알라 신의 의지 덕분이며, 전쟁에 나서는 진실한 신자들은 그 의지의 도구에 지나지 않는다는 것을 의심하는 사람은 아무도 없었다. 하지만 지금은 이슬람 땅 모든 곳에서 서쪽의 풍요롭고 강력한 국가를 정복한 암루의 영광을 기리는 찬사만이 들렸다. 게다가 암루 본인도 그 장문의 편지에서 줄곧 두 알 카르나인이라는 이름으로 불리는 알렉산드로스를 거론하지 않았던가? 알렉산드로스라는 자는 코란에도 언급된 바와 같이 뿔 달린 정복자로서 태양이 뜨는 이 나라에도 왔었다. 암루는 또한 이집트의 카이사르라는 장군을 칭찬하고 있는데, 그자는 이집트 여왕과 혼인하여 황제가 되었다고 했다. 그렇다면 암루도 그들처럼 되고 싶은 야심을 품은 것은 아닐까? 파라오의 나라가 그를 그토록 타락시켰단 말인가? 그건 아니다! 항상 그래 왔으니까. 수장인 암루 벤 알 아스는 항상 자기 패거리를 달고 다녔지. 항상 자신들이 다른 모든 사람들보다 우월하다고 믿는 부자 상인들인 그 쿠라이시족들. 성전을 치르라 명하여 그를 그렇게 멀리 보냄으로써 오마르는 그의 야욕을 잠재울 수 있으리라 믿었다. 그런데 이제 와서 보니 그 전략은 오히려 칼리프 자신에게 불리해질 위험성이 높았다. 암루는 백성들의 사랑을 받고, 오마르 자신은 백성들이 두려워하는 대상이 되고 만 것이다. 암루에게 이슬람에는 오직 한 명의 군주만이 있다는 것을 가르쳐줄 필요가 있다. 회교 사원의 승려가 그 이름을 큰 소리로 외쳐 신자들에게 기도 시간을 알려주는 군주, 그 군주가 바로 자신, 오마르 아부 합사 벤 알 카탑이며, 알라 신의 종이자 예언자를 따르는 군대의 수장인 칼리프라는 사실을 말이다.

이교도 사상가들이 별의 수나 인간의 영혼에 관해 끄적거려놓은 그 헛소리들, 여인네의 생리혈을 둘러싼 그 음란함, 가장 무시무시한 무기들보다 더 강력할 수 있다고 하는 수많은 책들, 예언자에게까지 가르침을 내리는 그 기독교도와 유대인들, 그런 것은 다 허울일 뿐이며, 그 뒤에서 장군은 칼리프의 권좌에 맞서 자신의 힘과 부를 휘두르고 있는 것이다. 그가 대체 어디까지 갈 것인가? 분명 메디나에도 오마르의 실각을 꾀하는 공범과 패거리들이 있을 것이다. 그리고 알렉산드리아 그곳에는 암루를 위해 기꺼이 목숨까지도 내놓을 베두인 병사들 이외에도, 첩자들의 보고에 따르면 기독교도인 노인과 유대인 남자 그리고 그의 혼을 빼놓은 이교도 여사제로 이루어진 사적인 소모임이 있어 그에게 조언을 한다고 했다. 이건 신성모독이며 음모다!

오마르, 그는 남의 조언을 필요로 하지 않았다. 그가 내리는 명령은 모두 전능하신 알라 신의 명령이며, 알라 신께서는 꿈에 그에게 나타나 명령을 전하지 않으시던가? 다른 한편에서 보면, 누굴 믿고 속내를 털어놓을 수 있단 말인가? 메디나는 이제 음모자들의 더러운 야심이 들끓는 곳이 되고 말았다. 그 음모자들이 바라는 것은 비천한 태생의 장인(匠人)으로 오로지 자신의 의지와 전적으로 신앙을 위한 술책을 통해 이슬람 제국의 정상에 오른 오마르 그 자신의 등에 누군가 칼을 꽂는 것이다. 불경한 적들은 암루에게서 그들이 필요로 하는 자의 모습을 찾아냈다. 사람들을 매료시킬 수 있는 관대한 주군, 식탁과 침상에서의 즐거움을 사랑할 줄 아는 유식한 시인, 그러면서도 전장에서는 용감하고 교묘한 전략을 구사할 줄 아는 그런 자의 모습을.

오마르는 그런 것들과는 전혀 거리가 멀었다. 그가 아는 지상의 쾌락이라고는 단 하나, 권력이었다. 천상에 가면 뺏길 것을 알기에 그는 지상에서 그것을 한껏 누리고 있었던 것이다. 어쨌든 그 권력을 전 우주의 창조자에게 봉사하는 데 전적으로 사용하고 있지 않은가 말이다.

칼리프는 주의를 기울여 장군이 보낸 장문의 편지를 다시 읽었다. 이번에는 처음보다 훨씬 쉽게 읽을 수 있었다. 승리를 알리는 첫 부분에서 암루는 그저 알렉산드리아의 물질적인 부유함, 사원들, 금은보화, 값나가는 물건들, 공물을 바치며 토라를 믿는 백성들이 있노라고 자랑하며, 그에 덧붙여 개종시켜야 할 이교도들이 있다고 했다. 하지만 그 다음 내용은 오로지 책, 학자, 점성술사, 철학자, 시인, 과거의 왕과 왕비들 그리고 또다시 책 이야기뿐이었다.

평상시에는 오마르는 그런 것에 별로 개의치 않았다. 똑똑한 사람들이 별에 이름을 지어주거나 장미를 보고 점을 치느라 시간을 허비하는 것을 그저 멸시하는 것으로 만족했다. 하지만 이번에 장군이 그토록 열성적으로 무세이온을 옹호하는 것은 수상쩍어 보였다. 산더미처럼 쌓인 케케묵은 두루마리와 곰팡이 핀 책들을 그리도 옹호하는 이면에는 무언가 감추고 있는 게 존재하는 것이 아닐까? 암루는 분명 메디나와 메카에 있는 친구들에게 자신이 유대교이건 기독교이건 상관없이 이교도의 예술과 학문의 수호자라는 내용으로 편지를 썼을 것이고, 이집트 전역에서도 그런 식으로 자랑스레 떠벌렸을 거라고 오마르는 생각했다. 그것은 페르시아와 비잔틴이라는 적국과 관계를 맺기 위한 것이 아닐까?

오마르가 이슬람 세계에서 그토록 높은 자리에 오를 수 있었던 것은 오직 계략과 음모를 통해서였다. 그리하여 도처에서 눈에 띄는 것은 모조리 음모요 계략이었다. 그래서 그는 결론을 내렸다. 지금까지 암루는 계속 복종했다. 하지만 그것은 충성심이나 의무감에서가 아니라 계산된 것이었다고 칼리프는 판단했다. 그가 반란을 일으킬 좋은 기회를 주어야 할 터였다. 만일 굴복한다면, 암루는 그의 친구들, 그리고 어쩌면 알렉산드리아와 비잔틴에 있는 그의 동조 세력들로부터 영원히 신용을 잃을 것이다. 그리고 만일 그가 반항한다면 메디나의 감옥 맛이 어떤지 보여줄 것이고 더 나아가 사형 집행인의 도끼 맛도 보여주리라. 게다가 배신 행위를 하는 와중에 알리가 칼리프 자리에 오르도록 지지했고 지금도 그를 따르는 도당의 잔당들도 함께 쓸어버리리라. 텁수룩한 수염 아래로 창백한 미소가 피어났다. 오마르는 아무 이익도 되지 못하는 그 종이 뭉치들을 모조리 없애버릴 수 있는 핑계를 찾아낸 것이다. 그는 필기구를 집어들어 갈색 잉크에 적셨다. 그리고 양피지 위에 힘겹게 써내려갔다.

'알라 신의 종이며 신자들의 지도자가 암루 장군에게,

잘 지내는가. 온 이슬람이 기뻐하며 그대의 멋진 승리를 축하하는 바이네. 이제 그대는 바다를 통해 들어올 수 있는 적의 공격으로부터 그곳을 지키고 그대가 조사한 유대인, 기독교인, 이방인들 가운데서 발생할 수 있는 모든 반발을 진압해야 하네. 그대의 임무 수행을 위해 곧 행정관을 뽑아 보내도록 하겠네. 성전은 계속되어야 하네. 내가 그대에게 명령을 내리면, 군대를 이끌고 서쪽 나라들을 치게.

그대가 최근 편지에서 말한 책들에 대한 내 명령은 다음과 같네. 만일 그 내용이 알라 신의 책 내용과 일치한다면 우리에겐 필요가 없을 걸세. 우리는 코란만으로도 충분할 테니. 만일 반대로 알라 신께서 예언자에게 말씀하신 것과는 다른 내용이 담겨 있다면 전혀 보존할 필요가 없네. 내 명령을 실행하여, 그 책들을 모조리 없애버리게.'

오마르는 다시 한번 편지를 읽어보고 봉인했다. 기도 시간을 알리는 승려의 목소리가 도시 위로 울려퍼졌다. 오마르는 엎드려 기도하며 답장에 담긴 정치적 이유들을 잊었다. 그는 이제 그 답장의 내용은 천사장 가브리엘이 받아 쓰게 한 것이라고 확신했다.

삼단논법

암루, 필로포노스와 라제스가 자리잡고 있는 테라스에서는 바다
가 보였다. 해가 이글거리고 있었지만, 햇볕은 그들이 향긋한 키프
로스 산 포도주를 마시고 있는 포도 덩굴을 뚫고 들어오지는 못했
다. 여름을 기다리는 자잘한 초록색 포도송이들이 덩굴 아래 주렁
주렁 매달려 있었다. 저 멀리 떨어진 파로스 섬의 등댓불은 오전이
끝나가는 시간이 되자 마치 바닷물과 하늘의 완벽한 푸른빛에 질식
한 양 창백해져가고 있었다. 거대한 등대 주위로는 수세기 동안 고
통에 시달린 올리브 나무들이 비비 몸을 꼰 채 마지막 출항을 기대
하는 늙은 선원들처럼 서 있었다.

낙담한 암루는 버드나무로 만든 의자에 털썩 주저앉으며 필로포
노스에게 편지를 건넸다.

—다 끝장이오. 이걸 읽어보시오.

—이걸 어쩌나. 비록 내가 문법학자이긴 하지만 당신네 문자는

읽을 줄 모른다네.

장군은 어깨를 으쓱하더니 큰 소리로 칼리프가 보낸 편지를 번역해서 읽어주었다.

— '……전혀 보존할 필요가 없네. 내 명령을 실행하여, 그 책들을 모조리 없애버리게.' 이게 전부요. 조금의 격식도 갖추지 않고 말이오. 난 이제 그의 눈 밖에 나고 말았소.

— 아리스토텔레스가 뭐라고 생각하건 간에 삼단논법이라는 건 광신도와 멍청이들이 사용하는 가장 무서운 무기로군. 당신네 성서가 모든 것을 이야기하고 있으니, 다른 책들은 아무것도 말하는 게 없다고 칼리프는 주장하고 있군. 자네는 여기에 뭐라고 대답할 텐가? 이런 돌덩이처럼 단단한 확신을 갖고 있는데 말싸움을 해보았자 무슨 소용이 있겠나?

필로포노스가 한숨을 지었다.

— 하지만 어쨌든 그는 불경한 짓을 하고 있소. 코란이 모든 것을 이야기하고 있다는 말은 어디에도 쓰여 있지 않소. 천사장은 예언자에게 진정한 신자를 신에게로 인도하는 데 꼭 필요한 것만 말하오. 그 나머지 것들로 말하자면, 인간은 알렉산드리아에서 메디나까지 몇 걸음이나 걸어야 하는지 알기 위해 그 거리를 잴 수도 있을 것이고, 마음에 품은 여인을 기리기 위해 시를 지을 수도 있고, 떠오르는 태양의 아름다움을 노래할 수도 있고, 혹은 책을 써서 고통을 어떻게 치유할 것인가 하는 방법을 설명할 수도 있소. 인간에게 복이 있기를! 그건 인간으로서의 자유이며 위대함이오. 그리고 궁극적으로는 전능하신 알라 신의 위대함이오. 이 모든 내용을 편지로 내가 그에게 알렸단 말이오.

— 삼단논법이 나왔으니 하는 말인데, 암루여, 이 말에 대답할 수

있겠소? 아니, 이건 그저 장난이 아니오. 어떤 크레타 사람이 이렇게 말하지요. '크레타 사람들은 모두 거짓말쟁이이다.' 그렇다면 이 사람은 진실을 말하는 것이겠습니까?

라제스가 끼어들었다.

—만일 그의 말이 거짓이라면, 크레타 사람들 모두가 거짓말쟁이는 아니지. 그런데 그의 말이 거짓이 아니라면, 크레타 사람들은…… 이건 말도 안 돼! 거짓말쟁이라고 해서 입을 열 때마다 거짓말을 하는 것은 아니오. 그 필요성을 느꼈을 때만 하지.

—완벽한 대답이었네. 대개의 경우 삼단논법은 그것을 이루는 어느 한 부분에서 무너질 수가 있지. 그러니 마치 알렉산드로스가 고르디아스의 매듭을 잘라버린 것과 마찬가지로 삼단논법은 부숴버리기만 하면 되네.

필로포노스가 말했다.

—그렇다면 대개의 경우 무너질 수 있는 것이 삼단논법이겠군요. 적어도 그것을 이루는 어느 한 부분에서는. 돌덩이는 부서질 수 있다. 따라서 그것은 삼단논법이다. 모든 칼리프는 돌덩이이고……

라제스가 이죽대며 말을 던졌다.

필로포노스는 수백 년이 지나 반들반들해진 무거운 지팡이를 들어 마치 선생이 게으른 학생을 회초리로 위협하듯 휘둘렀다.

—라제스, 제발 그 말장난 좀 그만둘 수 없겠나! 그렇게 가볍게 놀다가는 언젠가 구름 속으로 휙 날아오르겠구먼.

말이 끊긴 암루는 스승과 제자인 두 학자가 신이 나서 말과 생각으로 유희를 즐기는 모습을 물끄러미 지켜보았다. 대체 이것은 무엇인가? 도서관의 보배를 지키기 위해 몇 주에 걸쳐 자신을 설득하려고 필사적으로 싸워놓고, 자신들이 세상에서 가장 아끼는 것이

곧 사라지게 된다는 것을 안 지금에 와서는 지겨운 수업을 끝내고 나오는 학생들처럼 소란을 떨고 있으니. 문득 번쩍 하고 무엇인가 떠오르면서 장군은 알아차렸다. 논쟁을 하고 서로의 생각을 맞부딪치게 하고 진리를 추구하는 것은 단지 근엄한 학자들의 고되고 울적한 작업이 아니라 하나의 유희라는 것을. 사랑이 육체의 유희이듯 그것이 정신의 유희라는 것을 말이다.

— 두 사람 다 계속 그렇게 한다면 즉시 히파티아를 불러오겠소. 그녀라면 최소한 당신들을 제자리로 돌려놓을 수 있을 테니. 그녀는 지금 어디 있소?

— 목욕탕에 갔소. 그녀는 책을 읽거나 글을 쓰지 않을 때는 목욕탕에 있지요. 여인네들이 그런 시설을 이용할 수 없었던 아테네의 좋은 시절이 아쉬울 지경이오.

라제스가 매우 신랄한 어조로 대꾸했다. 암루가 웃음을 터뜨렸다.

— 이런! 그곳에 가서까지 만날 생각은 없소. 헬리오폴리스를 점령하고 나서 — 불행히도 어쩌다 내 아내들을 만나더라도 이 이야기는 한마디도 꺼내지 마시오 — 나는 점령군 병사들이 즐겨 쉬러 가는 그런 쾌적한 곳 중 하나인 줄 알고 여자 목욕탕에 들어가본 적이 있소. 그런데 거구의 두 중년 여자가 내 어깨를 붙잡아 계단 아래로 굴려버리더군. 여차하면 내 엉덩이에 발길질을 할 태세였소. 그이틀 전만 해도 피와 땀으로 얼룩져 번들거리는 말을 타고 반월도를 든 채 그들 도시의 성문을 뚫고 들어온 나를 말이오! 그래서 하는 수 없이 그 점령 도시에 있는 수많은 다른 목욕탕 중 하나에 들어가 몸을 담그기로 했소. 정말 짜증나더군. 온통 남자들뿐이었으니까. 땀이라면 나도 내 애마인 바타유⁸⁸⁾ 못지않게 많이 흘리지. 내 말

은 속도는 그리 빠르지 않지만 튼튼하고 용감하오. 아마 보았을 것이오. 털이 검은색인데, 이마에는 흰 털이 박혀 있지.

— 브라보, 암루, 브라보, 이 친구야! 웃음이란 청동으로 만든 가장 단단한 흉갑보다도 더 확실한 방패라네. 자, 한 잔 더 하게.

필로포노스는 갑자기 웃음이 터지는 바람에 생기 없고 주름진 눈에서 툭 튀어나온 광대뼈 위로 눈물이 흐르자, 그 눈물을 닦으며 잔기침을 했다.

— 그렇다면 딱 한 잔만 더 하겠소. 예언자께서 말씀하시길 영원한 천국에서는 지상에서 우리가 마신 만큼의 술을 덜어 빼놓는다고 했으니. 그런데 아직 헬리오폴리스의 목욕탕 이야기가 끝난 게 아니오. 누비아 출신의 노예 하나가 거친 솔로 내 등껍질을 벗기고 있을 때 이런 생각이 떠올랐소. 고통을 잊기 위해서였지만, 메디나, 메카의 오아시스와 오만 해협의 항구에 이런 시설을 세우면 어떨까 하는. 거기에 잠잘 수 있는 침실도 붙이고 식사를 할 수 있는 식탁도 넣고, 세계 각지의 특산물을 사고팔 수 있는 시장도 하나 열고 말이오. 그렇게 하면 구색이 갖추어질 텐데. 라제스, 여기에 대해서는 어떻게 생각하는가?

— 분명 이스마엘의 자손은 이스라엘의 자손과 형제라는 생각이 드는군요. 한 가지 자질구레한 문제가 있는데, 그런 목욕탕에서는 물을 어떻게 데우지요? 책을 불태워서 데우나요?

무거운 침묵이 내려앉았다. 세 남자는 모두 농담에 열을 올리느라 도서관에 닥칠 위험은 거의 까맣게 잊고 있었다. 아니면 적어도 한순간 옆으로 제쳐둔 것이다.

---

88) 불어로 '전투' 라는 의미.

암루는 다시 군사령관으로서의 신중하고 권위적인 모습을 되찾았다.

—라제스, 내가 자네의 그 삼단논법을 마무리하지. '모든 칼리프는 돌덩이이다. 따라서 모든 칼리프는 무너뜨릴 수 있다.' 불행히도 내가 걱정하는 것은 그를 무너뜨릴 수 있는 시기가 올까, 아직 때가 되지 않은 것이 아닐까 하는 것이네. 피정복자 친구들인 당신들 앞에서 고백하기 힘들긴 하지만 아직은 시기상조요. 마호메트가 죽은 뒤 아라비아는 끔찍한 내전의 시기를 겪었소. 그 내전의 와중에 형제가 서로 싸우고 아들이 아버지를 감옥에 집어넣고 도처에서 가짜 선지자들이 나와 백성들을 피비린내 나는 대립으로 몰고 가는 일들이 벌어졌소…… 오마르는 그런 우리를 단합시킬 수 있었고, 그게 그의 강점이오. 그는 우리를 성전에 투입할 수 있었던 것이오. 만일 내가 지금 그를 제거하려 한다면 그 모든 재앙이 재현될 것이고 역사는 그 책임을 내게 물을 거요. 나는 그런 것을 원하지 않아. 내 이름과 내 조상의 이름이 '신의 배신자' '동족의 변절자'라는 씻을 수 없는 오욕으로 더럽혀지는 것을 바라지 않는다오.

—암루, 알렉산드리아는 아랍인의 적이 아니라네. 이곳에 있는 모든 사람들은 자네가 와서 우리를 비잔틴의 속박과 페르시아의 위협으로부터 해방시켜주리라 기대하고 있네. 우리는 자네가 승자의 관용으로 자네 병사들에게 약탈과 보복을 하지 못하게 한 것에 감사하는 바이네. 하지만 만일 당신네들이 도서관을 공격한다면 그건 알렉산드리아의 영혼 자체를 공격하는 것과 같네. 그렇게 되면 백성들 모두가 과거 수많은 독재자와 침략자에게 그랬던 것처럼 들고 일어날 것일세. 자네의 종교가 세를 확장하려면 그리스, 로마, 기독교, 유대교의 최고 유산을 보존한 뒤에 해야 할 것이야. 당신네들이

세상을 향해 개방된 태도를 취할 때에야 비로소 세상의 정상에 오를 것이네. 그때가 되면 당신네들은 전 세계 모든 민족과 교역을 하게 될 것이고 당신들 나름대로 수학, 과학, 철학 분야를 새로 개척하게 되겠지. 반대로 만일 당신들이 당신네 종교를 믿지 않는 모든 사람들을 적으로 간주하고 당신들처럼 사고하지 않는 사람들을 종으로 대한다면 당신들은 당신네 여자들을 가축 취급하게 될 것이고 마침내 이슬람 제국은 암울한 시기를 맞게 될 것이네.

필로포노스가 말했다.

─그런 점도 오마르에게 편지로 써서 보냈소. 하지만…… 그런데 필로포노스, 방금 당신 얘기를 듣고 깨달은 것이 있소. 혹시 이게 산파법[89]이오? 소크라테스가 행한 방식이라고 당신이 누누이 얘기하던? 그래, 방금 알아차렸소…… 칼리프가 제거하려고 하는 것은 책이 아니라 바로 나라는 사실. 내가 연속적으로 전쟁에서 승리를 거둔 덕분에 무스카트[90]에서 메디나를 거쳐 예루살렘에 이르기까지 나는 영광과 인기를 한몸에 받을 수 있었소. 그런데 오마르는 혹시 내가 그걸 이용해 자신을 들어엎지 않을까 두려워하는 것이오. 내 의도를 그렇게도 모르다니! 나는 장군이긴 하지만 권력에는 추호도 흥미가 없소. 게다가 내가 칼리프가 되려는 야심을 품는다는 것이 가당키나 할까! 예언자께서는 우리에게 본보기를 보여주셨소. 그런 자리는 군인이 아니라 신을 모시는 사람에게 돌아가야 한다는. 우리에게 군인이란 무장한 팔에 지나지 않고, 칼리프는 머리에 해당하며, 영혼은 곧 신이란 말이오. 그렇소. 이건 진심

---

89) 대화를 통해 상대방의 막연하고 불확실한 지식을 진정한 개념으로 유도하는 교수법의 하나.

90) 현재 오만의 수도.

이오. 그런데 난 어리석은 당나귀 같은 존재요. 메디나와 메카에 있는 학식 있는 친구들에게 자랑깨나 하려고 당신들이 들려준 그 멋진 이야기를 다 늘어놓았으니 말이오. 내 동족들은 그런 이야기에는 사족을 못 쓰거든. 그러니 오마르는 틀림없이 내가 음모를 꾸미고 있다고 믿을 것이오! 내가 어리석었지! 그 책들에 관해 이야기한 것도 바보 같은 짓이었소. 내가 아무 말도 하지 않았더라면 그는 책에 대해서는 신경도 쓰지 않았을 것이오. 그는 내게 책들을 없애버리라고 하면서 내가 그의 말에 복종하는지 아닌지를 시험해보고 싶은 거지. 만일 내가 불복하면 그는 날 배신자로 몰아 처단할 것이오. 그렇다고 복종하면 나는 수천 년에 걸친 인류의 사상을 하루아침에 없애버린 자라는 오명을 뒤집어쓸 터이고. 그것도 오직 나 혼자서 말이오. 난 이젠 끝났소……

─비겁해지지 마세요, 장군님! 그대는 우리에게 미덕과 명예, 충성에 대해 말해놓고, 이제 그대의 운명과 명성 사이에서 선택해야 할 순간이 되자 도망갈 길만 찾는군요. 그러면 내가 기뻐할 것 같아요?

어느새 아름다운 히파티아가 무서운 표정으로 그들 앞에 버티고 서 있었다. 진주가 별처럼 박힌 머리띠로 검고 무거운 머리타래를 묶고 길다란 흰 옷을 걸친 히파티아는 흡사 아테네 여신 같았다. 반짝이는 시선을 접하자 필로포노스와 라제스는 자신들이 물러날 때가 되었음을 알았다. 노철학자와 혈기왕성한 젊은 의사는 칼리프의 명령을 어기도록 장군을 설득하기 위해 할 수 있는 일이 아무것도 없었다. 그래서 마지막으로 어깨를 으쓱하고는 마치 조각상들처럼 뻣뻣하고 위엄 있는 태도로 천천히 자리를 피해주었다.

히파티아는 이제 전혀 흔들림 없는 시선을 암루에게 돌렸다.

알렉산드리아의 목욕탕

　암루 벤 알 아스가 도서관을 파괴하라는 명령을 받은 뒤 오마르의 측근인 행정관이 오기까지는 겨우 일 주일의 시간이 있었을 뿐이다. 장군이 반란 주동자로 고발되기에는 그 기간이 너무 짧았다. 명성이 널리 알려진 이집트 사령관이 명령에 따르지 않을 경우 시리아와 팔레스타인에 주둔하고 있는 점령군 내에서도 연쇄적으로 반응이 일어날 것을 두려워한 칼리프는 인기가 좋은 암루 장군을 잠시 동안이라도 무력화시킬 수 있는 구실을 찾아냈다. 암루가 메카, 메디나에 있는 친구들에게 편지를 보내 국가 기밀을 밝히는 매우 부주의한 행동을 했다는 것이 바로 그것이었다. 그렇게 하여 사건 당사자를 위시하여 어느 누구도 장군을 감금하는 데 대해 군말을 할 수 없게 되었다.

　아닌 게 아니라 암루는 이미 자신이 예견한 대로 궁내의 관사에서 체포되었다. 감옥이야 화려했지만 그는 그 안에서 자신이 정치적으로 경솔했음을 씁쓸히 되뇌며 아쉬워했다. 하지만 그가 후회하지 않은 것이 있다면 그건 바로 히파티아의 부드러운 명령에 넘어간 것이었다. 오마르가 임명한 행정관이 삼엄한 호위 속에 도시의 성문 앞에 도달했노라고 부하들 중 하나가 알려왔을 때, 알렉산드리아의 점령자는 알렉산드리아 친구들에게 이렇게 말했다.

— 이번에는 정말 끝장이오. 내가 저자를 몇 시간 동안 붙잡고 있겠소. 그러는 동안에 당신들은 사람들을 불러 모아 구할 책들을 구해내도록 하시오.

— 모든 책들을 다 구해야 해요.

히파티아가 소리쳤다.

— 아! 얘야! 이젠 시간이 없다. 도서관이 불타오르니 가져갈 책들만 골라야지.

필로포노스가 한숨을 내쉬었다.

필로포노스와 라제스는 분주히 움직였다. 어떤 책들을 구할 것인가? 선택은 무척이나 힘들 것이고, 살아남는 책보다 제물이 되어 사라지는 책들이 훨씬 더 많으리라. 암루는 무세이온에 딸린 자신의 관저에 그것들을 맡겨놓으라고 제안했다. 과거의 사서들이 밤이든 낮이든 어느 때고 자신들이 일하는 곳으로 갈 수 있도록 만들어놓은 비밀문을 일전에 히파티아가 가르쳐주었던 것이다. 어느 누구도 책들을 불태워 없애버리라는 명령을 받은 장군이 그것들을 숨겨놓았다고 의심하지는 못할 것이다. 또한 어느 누구도, 심지어는 칼리프가 보낸 사람조차도 감히 장군의 숙소를 수색하려 들지 못할 것이다.

어떻게 선택을 한다? 우선 최소한 한 권 정도의 복사본이 동양이나 서양 나라의 도서관에 보존되어 있다는 소문이 도는 것은 포기해야 했다. 하지만 콘스탄티노플 도서관에 있다고 하는 것을 제외하면 확실한 것은 아무것도 없었다. 로마는 이미 야만인들에게 여러 번 털린 터라 어떤 책이 그곳에 남아 있는지에 대해서는 전혀 알수 없었다. 로마 시의 도서관들이 마치 무덤처럼 닫혀 있은 지 벌써 200년이나 되었기 때문이다. 톨레도[91]는 아직 예술과 문학에 매우 개방적인 태도를 취하고 있다는 서고트족 왕의 수중에 있었다. 하지만 그런 소문은 믿을 만한가? 나머지, 갈리아 지방은 프랑크족의 손에 들어갔고, 페르가몬은 비잔틴과 페르시아가 서로 차지하려고 다투는 바람에 폐허가 되었음이 틀림없었다.

그래서 필로포노스와 라제스는 기독교가 들어오기 전의 가장 중요한 작품들만 건지기로 하였다. 사실 비잔틴에서도 총대주교가 불경한 작품이나 이교도의 작품들을 모두 없애버릴 생각을 하지 않을 거라고 누가 장담할 수 있겠는가? 그리하여 필로포노스는 플라톤, 아리스토텔레스, 칼리마코스, 콘스탄티노플에 의해 배척된 70인역 성서, 필론 그리고 그 외 몇몇 작품들을 책임지기로 했다. 라제스는 유클리드, 아르키메데스, 에라토스테네스, 히파르코스, 헤론과 몇몇 다른 작품들을 맡았다. 그들은 지리학자 프톨레마이오스와 의사인 갈레노스의 작품을 놓고 잠시 망설였다. 그 두 사람의 작품은 기독교 교리가 너그럽게 보아주는 작품이 아니던가? 그래도 그들은 그 작품들을 챙겼다. 기독교 정신 역시 공의회 멋대로 지극히 변덕스러운 태도를 보이지 않았던가!

히파티아는 순진하게도 고집을 부리며 그런 논쟁과 책들을 구하는 일에 끼어들기를 거부했다.

— 책 한 권이 불타든 백만 권이 불타든 마찬가지로 죄악이지요.

---

91) 스페인의 도시.

고작 몇 권의 책만 구해낸다면 우리는 이러한 도서 학살에 공범이 되는 거예요.

그녀가 이렇게 말하고 나가버리는 바람에 두 사람은 그녀의 마음을 돌리려 애써볼 기회도 없었다.

— 주인님, 주인님, 그들이 와요!

겁에 질린 노예 하나가 산책로에서 불쑥 튀어나오며 소리쳤다. 그들은 황급히 두루마리를 한 아름씩 안고 암루의 관저로 통하는 비밀문으로 향했다.

— 히파티아는? 히파티아는 어디 있나?

라제스가 걱정스러워하며 물었다.

— 여주인님께서는 무세이온 층계참에 계시던데요. 지금쯤은 댁으로 피신하셨겠지요.

노예가 대답했다.

— 내 지팡이는? 내 지팡이는 어디 있어?

이번에는 필로포노스가 물었다.

— 종손녀님께서 가지고 있던데요, 주인님.

그들 등 뒤로 암루 관저의 문이 닫힐 때 이미 병사들의 발소리가 첫번째 회랑 아래에서 들려왔다.

히파티아는 층계 위 도서관 입구 앞에 버티고 서 있었다. 그녀는 마치 보초가 무기를 휘두르듯 할아버지의 무거운 지팡이를 휘둘렀다. 계단 아래에서 그 모습을 본 한 무리의 병사들이 걸음을 멈추었다. 그들 눈에는 대리석 조각상이 살아 움직이는 것처럼 보였다.

— 어느 누구도 무장을 한 채 학문과 예술의 사원으로 들어올 권리가 없다.

그녀는 낮고도 강한 목소리로 그들을 향해 소리쳤다.

— 저년이 누군지 알아. 우리 장군님을 홀린 바로 그 마녀야! 저 주받을 년!

누군가 말했다.

돌멩이 하나가 날아와 히파티아의 가슴 한복판을 맞혔다. 그녀는 고통의 신음 소리를 내며 비틀거렸다. 그러자 또다른 돌들이 그녀를 향해 빗줄기처럼 날아들었고, 그녀는 마침내 돌무더기 아래 묻혀버렸다. 병사들은 그녀의 시신을 밟고 도서관 안으로 진입했다.

어둠이 깔릴 때까지 병사들이 수차례 끊임없이 들락날락하며 책들을 수레에 실었고, 수레들은 도시에 있는 4000개의 목욕탕과 온천장으로 향했다. 마침내 무세이온이 텅 비자, 어둠 속에서 암루와 라제스가 모습을 드러내더니 젊은 여인의 시신을 찾아내 장군 관저의 침상에 뉘었다. 유대인 의사는 눈물을 흘렸고 아랍인 장군은 기도를 올렸다. 필로포노스는 물끄러미 자신의 지팡이를 바라보고 있었다. 이윽고 그가 둥근 장식 부분 아래 숨겨진 장치를 건드리자 둥근 장식이 떨어져 나왔다. 유클리드의 막대는 속이 비어 있었다. 노문법학자는 그 속에서 누렇게 변색된 네 개의 두루마리를 꺼내 펼쳤다. 히파티아는 그들의 생각에 반대하면서도 할아버지가 알려준 그 은밀한 곳에 사모스 출신의 아리스타르코스가 쓴 「태양과 달의 거리에 관한 논고」 그리고 그가 쓴 「가설」 원고 몇 부를 숨겨놓았던 것이다. 특히 「가설」은 천문학자인 아리스타르코스가 지구는 우주의 중심이 아니라 태양의 주위를 도는 작은 행성일 뿐이라고 대담하게 주장했던 이단적인 작품이었다. 요한 필로포노스는 기독교인이었기 때문에 오류투성이이고 쓸모없는 그 책은 구하려 들지 않았을 것이다. 하지만 히파티아는 그러고 싶어했다…… 그는 그 두루마리들을 다시 구멍 속에 집어넣고 마개로 꼭 막은 다음 잠시 더 몸을 지탱하기 위해 지팡이를 손에 들고 고개를 숙인 채 자리를 떴다.

알렉산드리아 도서관의 책들은 육 개월 동안 도시 온천장에 불을
때는 데 사용되었다. 베두인족들은 근육을 풀어주고 몸에 활력을
불어넣어주는 목욕에 취미를 붙였다.

필로포노스는 종손녀가 죽고 도서관이 파괴된 지 얼마 지나지 않
아 세상을 떴다. 그는 100세가 되던 날 유클리드의 막대를 라제스
에게 유품으로 남기고 죽었다고들 한다. 라제스는 자신의 보호자이
며 절친한 친구가 된 암루 장군의 개인 주치의가 되었다. 그러한 일
들이 있는 지 몇 달 후, 그들 두 사람은 함께 아라비아로 출발했다.
칼리프 오마르가 메디나 사원에서 메소포타미아인 노예에게 살해
되었다는 소식을 들은 것이다. 그들이 길을 떠난 동안, 비잔틴 함대
가 알렉산드리아를 공격하여 함락시켰다. 그러자 새로 등극한 칼리
프는 암루를 다시 장군으로 복위시켜 이집트 총사령관으로 임명하
였다. 비잔틴 군대는 다시 쫓겨났으며 영광스러운 알라 신의 병사
가 제일 먼저 한 평화의 행동은 자신의 주치의를 무세이온 — 최소
한, 남겨진 것들만의 무세이온일지라도 — 의 관장으로 임명하는
것이었다.

어느 날 암루는 평소처럼 유대인 친구를 대동한 채 군대를 이끌
고, 알라 신의 이름으로 새로운 정복을 위해 서쪽 나라들을 치러 출
정했다. 등대의 꺼지지 않는 불을 기억하는 그는 건축가들이 모슬
렘 사원을 지을 때면 반드시 그 뛰어난 건축물에서 영감을 얻어야
한다고 명령을 내렸다. 그 후부터 기도 시간을 알리는 승려는 사원
의 꼭대기에서 방황하는 영혼들을 진정한 신앙의 불빛으로 인도하
게 되었다. 왜냐하면 코란 제24장에 "신은 하늘과 땅의 빛이로다.

그 빛은 벽감 속에 켠 램프와도 같고, 그 램프는 수정 속에 들어 있
으며, 수정은 반짝이는 별과 같도다"라고 쓰여 있기 때문이다.

   그리하여 이슬람교는 건물들 위로 우뚝 선 수많은 등대들처럼 첨
탑*들을 번성시켰다.

---

* 첨탑 minaret이라는 단어는 '등대' 라는 의미의 아랍어 manâra에서 유래했다.

에필로그

니콜라우스의 막대

여섯 마리의 말이 바르미 주교의 무기가 문장(紋章)으로 그려진 검은색의 육중한 마차를 끌며, 뉘른베르크로 가는 산길을 힘겹게 올라가고 있다. 그 뒤를 트렁크와 짐 보따리가 잔뜩 실린 수레가 따른다. 그들은 두 달 전인 서기 1504년 초봄에 로마를 출발했다. 하지만 니콜라우스는 프롬보르크 성당 참사회 모임에 합류하는 것을 그리 서두르지 않았다. 그래서 그는 초등학생들이 다니는 길을 택한 것이다.

수학과 천문학을 좋아하는 폴란드 태생의 참사원은 느긋한 여행 길에서 초등학생의 천진난만함과 쾌활함을 되찾았다. 사실 그는 페라라에 잠시 머무는 동안에 크라코프의 야젤론 대학 학창 시절의 친구인 요하네스 파우스트 박사를 만났고, 자신과 함께 폴란드로 여행을 하자고 그를 초대했다. 그러한 재회는 전혀 우연이 아니었다. 십년 전 바스코 다 가마[92]의 항해에 참여했던 파우스트 박사는 인도에서 출발하여 혼자 중국까지 항해했다. 그런 후에 돌아온 것이었다. 상속 문제를 해결하기 위해 베니스로 갔던 그는 젊은 시절의 친구가 다른 일, 정확히 말해 성직 계통의 일로 이탈리아에 머물고 있다는 사실을 알게 되었다. 적어도 대강은 그러했다. 그렇게 해서 두 명의 유쾌한 친구는 페라라에서 재회하게 된 것이다.

단조로운 그 여정 동안에, 니콜라우스보다 훨씬 많은 것을 본 요하네스는 당연히 할말이 많았다. 그렇게 해서 그는 자신이 잠시 머물렀던 알렉산드리아 도서관 화재 사건을 이야기하게 된 것이다. 그는 니콜라우스에게 말하길, 프톨레마이오스 왕조가 다스렸던 옛 도시국가는 이제 반쯤 버려진 시장터 마을에 지나지 않는다고 했다. 등대는 1303년의 지진과 해일로 인해 사라지고 말았고, 도서관 역시 십자군이건 마호메트의 병사들이건 간에 인간들의 어리석음 때문에 없어져버렸다.

파우스트는 그 이야기를 이븐 알 키프티라는 자가 쓴 아랍어 책 『학자들의 연대기』에서 읽었노라고 했다. 그는 세계일주 여행에서 돌아오던 길에 반세기 전 오토만 정복자들에 의해 이스탄불로 이름이 바뀐 콘스탄티노플 도서관에서 그 책을 구했다. 그리고 그 이야기의 골자를 니콜라우스에게 말해준 것이다.

두 친구는 알렉산드리아가 아랍인들에게 점령되고 오랜 시간이 지난 뒤에 쓰인 그 이야기의 신빙성에 많은 의혹을 품었다. 이븐 알 키프티라는 자는 칼리프 오마르가 바그다드에서 통치했다고 했는데, 그건 사실 불가능했다. 그 도시는 서술되고 있는 사건들의 시점인 서기 640년대에는 존재하지 않았기 때문이다. 의심이 가는 부분

---

92) 1469~1524, 포르투갈의 항해가. 인도 항로를 발견했다.

이 또 있는데, 『학자들의 연대기』라는 책의 저자는 오마르부터 시작해서 마호메트를 계승한 세 명의 칼리프를 사기꾼으로 간주하는 소위 '시아파'에 속해 있었다. 시아파에서는 예언자가 죽자 오마르가 코란의 최종 구절들을 삭제해버렸다고 주장하였다.

이븐 알 키프티는 오마르가 위대한 도서관을 불태우게 했다고 비난하면서 신자들을 이끄는 수장의 명성에 먹칠을 하는 데 반해, '수니파' 사람들은 그가 위풍당당한 이슬람의 가장 위대한 정복자였으며 독실한 군주였고 능란한 외교가였다고 말했다.

— 가엾은 오마르! 그의 명성이 몇 세기 동안에 영원히 흐려졌군. 만일 자네가 한 말이 사실이라면 동방 기독교 교회가 그를 쥐어짜서 마르게 하는 것도 잘못은 아니군…… 쥐어짜서, 오! 마르게 한다…… 오마르! 요하네스, 자넨 그 이야기를 어떻게 생각하나?

니콜라우스가 우스꽝스러운 미소를 띠고 말했다.

— 여보게, 참사원 친구, 내 생각엔 자네의 경우가 더 절망적이야. 십오 년 동안 공부를 하고 성직에 있었으면서도 아직 말장난하는 병을 고치지 못했나? 게다가 더 나쁜 것은 상대방이 그 묘미를 전혀 모를까 걱정스러워서 그 끔찍스러운 말장난을 세 번이나 강조하는 걸세!

파우스트가 대답했다.

그랬다. 먼 옛날 시아파 사람들은 오마르를 비난하면서 애당초 원했던 바는 아니지만 동방정교회에 너무 멋진 기회를 제공했다. 서쪽에서는 '사라센의 이교도들'과 싸워 승리를 거둔 샤를마뉴 대제와 롤랑의 무훈을 노래하고, '사라센의 이교도들'이 지옥처럼 시커먼 피부에 매부리코인데다 머리는 둔하기 짝이 없는 잔인하고 교활한 족속이라고 말하고 있을 때, 포위당한 콘스탄티노플에서는 마호메트의 신봉자 무리가 천만 권이 넘는 지식의 보고를 파괴했다는 소문이 끊이지 않았다. 오마르는 그 씻을 수 없는 죄악을 뒤집어쓰고 있었던 것이다.

— 게다가 말이지, 그것으로 알렉산드리아의 주교였던 성 테오필루스와 그의 후임자로서 테오필루스 못지않게 추앙받고 성인품에 오른 그의 사생아 키릴로스가 저지른 유대인 학살과 우상 파괴를 덮어버릴 수 있었지. 파우스트, 자네는 그 광신도들이 사라피스의 신전을 파괴한 것으로 만족했을 거라고 생각하나? 자칭 종조부와 종손녀 사이라고 하는 그들은 꽤나 엄격한 종교재판관 노릇을 했을 것이네. 성 키릴로스라고 이슬람 교도들보다 앞서서 도서관 서가에 불을 놓고 싶은 충동이 왜 없었겠나?

자신이 성직자 복장을 하고 있다는 사실을 잊은 채 니콜라우스가 말했다.

— 니콜라우스, 나는 자네 기독교도들에게는 도살자로서의 전통이 아주 오래된 것이라는 생각이 드네. 아마도 그 이상야릇한 관례에서는 키릴로스와 테오필루스가 영광스러운 선구자 자리를 차지하겠지. 도서관 파괴야 수십 번 이야기된 것이고 그것도 서로 다른 여러 종파와 통치자들이 한 것이지만, 도서관의 진정한 역사를 말하기 위해서라기보다 정치적 비방에 이용하기 위해서였지. 그래서 난 무세이온에 불을 지른 자가 누군지, 그 이름을 애써 밝힐 필요가 없다고 생각하네. 그게 카이사르든 테오필루스이든 아니면 키릴로스든 오마르이든 무슨 상관이 있겠나! 아랍인들에 의해 알렉산드리아가 점령당한 시기에 책들이 사라졌다면, 그거야 오직 전쟁 탓이 아니겠는가! 어떤 점에서 보면 미필적 고의에 의한 살인이지. 결국 이븐 루슈드,[93] 이븐 시나[94] 그리고 수많은 이슬람 학자들이 자

기네 언어로 유클리드, 아리스토텔레스, 플라톤, 프톨레마이오스, 에라토스테네스, 갈레노스를 재발견하고 번역한 것은 잿더미 속에서 이루어진 것은 아니라는 말일세. 니콜라우스, 자네도 잘 알지. 나처럼 자네도 짐작하는 바이겠지만 내가 이런 사실을 알게 된 것은 이스파한과 바그다드에서였네. 저 베두인족, 사막의 사람들, 그 후손과 그들이 정복한 백성들 중에서 천문학자, 수학자, 철학자, 지리학자들이 배출되었고, 그들은 또한 고대의 지식을 보유한 자들이자 번역자들이라는 사실을 말일세. 기독교가 수상쩍은 관능에 사로잡혀 종말을 애타게 기다리고 있는 동안, 저들, 자네들이 말하는 그 '이교도들'은 참을성 있게 사고(思考)의 잔재들을 건져내고 있었지. 그 사고란, 자네들의 왕과 사제들 그리고 자네들이 겪었던 페스트가 악착같이 없애려고 애썼던 것이라네. 그리고 우리들, 비의를 깨우친 입문자들이자 진정한 지식의 수호자들, 우리에게 모든 것을 의존하고 있는 자네들의 두 종파 사이에서 신중하게 중개자 역할을 하는 우리들은 그들이 연구한 것을 겸허하게 자네들에게 건네주었지. 그런데 자네들은 서둘러 그것들을 화형대에 던져버리곤 했네. 우리들이 바라는 단 한 가지는 자네들에게 약간의 빛을 주는 것이었어. 그런데 자네들은 우리에게 불과 피로 감사를 대신하더군. 자네들 중 대담하게도 우리가 가져다준 것을 깨달은 사람들, 내가 그 의인들의 운명에 눈물을 흘려도 용서하게나. 아벨라르[95]는 거세당했고, 베케트[96]는 칼에 찔려 죽었고, 피코 델라 미란돌라[97]는 독살

---

93) 1126~1198, 중세 이슬람의 종교철학자.
94) 980~1037, 이슬람에서 가장 유명하고 많은 영향을 끼친 철학자이자 과학자. 의학과 아리스토텔레스 철학 연구에 기여한 업적으로 유명하다.
95) 1079~1142, 12세기의 프랑스 스콜라 철학자·신학자.

당했으니까.

—우리, 자네들, 그들이라…… 요하네스, 농담하지 말게. 내 부친은 토룬[98]의 한낱 중개인에 지나지 않았네. 게다가 평생 당신보다 더 가난한 채무자들의 빚을 덜어주고자 그들의 빚 문서를 불태우신 것 외에는 불태운 게 없어. 대체 어떤 점에서 내 부친이 테오필루스, 키릴로스, 도미니쿠스,[99] 토르케마다[100] 혹은 소위 '가톨릭'이라고 불리는 스페인의 여왕 이사벨라[101]와 공범이라는 것인가? 그리고 나 역시 그런 일에 대가를 치러야 한다는 말인가? 만일 내게 자식이 있다면, 자네는 내 자식들로 하여금 그런 일에 대해 뉘우치고 또 수대에 걸쳐 괴로워하라고 하겠나?

니콜라우스가 투덜거렸다.

두 친구는 더이상 상대에게 눈길도 주지 않은 채 한참 동안 말이 없다. 그러는 동안에 마차는 덜컹거리며 언덕을 내려갔다. 말들의 헐떡거리는 숨소리가 들리고, 마부가 욕을 퍼부어대며 말을 다그치는 소리도 들린다. 파우스트는 갈색의 긴 손으로 흑단같이 검은 자신의 머리카락을 넘긴다. 마침내 그가 입을 열었다.

—여행하는 동안에 내가 배운 게 딱 하나 있네. 그건 낯선 자의 말에 귀를 기울이고, 낯선 자의 글을 읽어야 한다는 것일세. 그를 이해해야 한다는 것이지. 니콜라우스, 그게 우리의 일상적이자 절대적인 법칙이 되어야 하네. 옛 그리스 속담에 이런 말이 있지. '낯

---

96) 1118?~1170, 영국의 성직자 · 정치가 · 순교자.
97) 1463~1494, 이탈리아의 인문학자, 플라톤주의 철학자.
98) 폴란드의 도시명.
99)1170?~1221, 도미니크 수도회를 만들었고, 악명 높은 종교재판소를 설치했다.
100) 1420~1498, 스페인 최초의 종교재판소 소장으로, 2천여 명을 화형시켰다.
101) 토르케마다를 시켜 종교재판소를 설치하였고, 20만 명의 유대인을 추방했다.

선 자들을 환대하라' 고.

— '낯선 자들을 환대하라, 그대 역시 언젠가는 낯선 자가 되리니.'

니콜라우스가 문장을 완성했다.

작은 행렬은 이제 계곡에 도착하였다. 계곡 안쪽 구릉 위로 뉘른 베르크가 자리잡고 있었다. 그들은 한쪽으로는 인쇄업자인 프로벤의 집과 인접해 있고, 또 한쪽으로는 화가인 뒤레의 집과 맞붙어 있는 아름다운 집에서 그리 멀지 않은 곳에 마차를 세웠다.

— 자, 니콜라우스, 우리 이곳에서 헤어지세. 내 형인 마틴 베하임이 나를 기다리고 있네. 세계에서 가장 큰 도시인 항주 시에 사는 친구 츄 슈 펜이 나를 위해 그려준 이 중국 지도를 주면 형이 얼마나 기뻐할지 그 모습을 빨리 보고 싶군. 아, 친구, 내가 잊고 있었네. 여기 자네 선물도 있네. 이건 조각을 하고 장식한 나무 지팡이일세. 주신 바커스의 지팡이는 아니지만 무척 귀중한 예술품이야. 천문학자 알 바타니[102]의 후손이라고 자랑하는 바그다드의 문법학자 친구에게서 받은 걸세. 잘 쓰게나.

— 요하네스, 이 선물이 자네에게서 귀에 질리도록 들은 유클리드의 막대라고 생각하라는 건 아니겠지. 난 그렇게 순진하지 않으니 말일세.

— 내가 그런 의미로 말을 했던가?

— 물론 아니지. 하지만 그런 상상은 할 수 있지 않겠나?

코페르니쿠스는 껄껄 웃으며 소리치고는 말했다.

— 이런, 지팡이 속이 비어 있군. 무슨 신비한 보물이라도 이 안

---

102) 858?~929. 아랍의 천문학자 · 수학자.

에 숨긴 건가?

　—알게 될 걸세, 친구. 알게 될 거야.

　—이보게, 친애하는 파우스트, 자네가 사라져버리기 전에 한 가지만 더 묻겠네. 솔직히 말해주게. 자네 생각엔 알렉산드리아 도서관을 태워버린 자가 누구인 것 같은가?

　—불이지. 니콜라우스, 그건 단순한 화재라고. 평소보다 지진이 좀 심한 어느 날 등대가 무너지면서 등댓불이 옮겨 붙었을 수도 있지 않겠는가? 불이 붙고 시간이 흘렀지. 그래서 모든 화재 중에서 가장 크게 활활 타오른 거야. 적어도 예전에 만난 안달루시아 출신의 여행가인 이븐 바투타가 얘기한 바로는 그렇다네. 그 사람은 중국까지 여행한 이슬람 신자였지.

　파우스트는 시종이 발 아래 깔아주는 조그만 발받침을 거절하고, 판자가 깔린 바닥으로 펄쩍 뛰어내렸다. 그리고 바르미 주교의 문장이 그려진 마차의 문을 탁 닫는다. 형의 거처로 몇 걸음 내딛던 그가 약간 등이 굽은 큰 몸집을 곧추세운다. 그러고는 돌아보지도 않고 큰 팔을 쳐들어 작별 인사를 한다. 마치 해라도 따려는 듯 그는 손을 공중 높이 들고, 힘찬 목소리로 말한다.

　—자네에게 평화가 깃들기를, 니콜라우스 코페르니쿠스!

작가의 말

독자는 방금 역사 에세이가 아닌 소설 한 편을 읽었다. 그런 까닭에 내가 참조한 (수많은) 자료들과 서지 목록을 인용하지는 않겠다. 하지만 내게 많은 영감을 준 루치아노 칸포라의 작품 『알렉산드리아 도서관의 진정한 역사 *La Véritable Histoire de la bibliothè que d'Alexandrie*』(Desjonquères, 1986)에 감사하는 바이다.

그럼에도 불구하고 호기심 많은 독자들은 과연 역사적 사실과 소설적 허구의 몫이 얼마만큼인지 따져볼 것이다. 뒤에 나오는 부록은 그들을 위한 것이다. 학자와 석학들에 대한 전기적 사실은 모든 훌륭한 백과사전에서 찾아볼 수 있는 내용을 요약한 것이다. 왕과 학자 들에 관한 연대표는 정치적 사건과 인물들을 나란히 연대순으로 배열한 것이다. 그리고 '학술적 주석'은 기하학과 천문학 아마추어들을 위한 것으로, 알렉산드리아 학자들에 의해 이루어진 위대한 발견 몇 가지를 알기 쉽게 설명한 것이다.

(거의) 모든 역사가들이 인정하는 몇 가지 기준을 제외하면, 고대에 관한 어떠한 역사적 '진실'도 완벽하게 구축되어 있지는 못하다는 것을 알아둘 필요가 있다. 알렉산드리아 도서관과 그곳에 관련된 인물들에 관한 이야기는 무수히 많지만, 대부분은 후대의 증언에 의한 것이다. 게다가 과거를 다루는 역사가들은 이데올로기의 무게에 상당히 짓눌려 있어서, 그들이 역사를 말하는 방식에서는 심지어 오늘날의 역사학자들에게서 통용되는 객관성을 발견하기가 힘이 들 정도이다. 그래서 로마를 적으로 여기는 몇몇 역사가들은 카이사르가 도서관을 불태웠다고 비난한 반면, 또다른 이들은 그 끔찍한 범죄를 아랍인들이, 비잔틴 사람들이 혹은 기독교도들이 저질렀다고 했다.

이렇듯 불확실한 역사적 사실이 소설가에게는 약간의 자유를 준다…… 이 자유를 나는 마음껏 이용하였다! 소설에 나오는 인물들은 실존 인물들인가? 대답은 그렇다이다. 이 소설에서 암루 장군의 마지막 결심에 많은 영향을 주는 7세기의 히파티아를 제외하면 말이다. 하지만 역사가와 철학자들에게는 잘 알려진 인물인 기독교 철학자 요한 필로포노스, 그 지칠 줄 모르는 아리스토텔레스의 주석자가 알렉산드리아가 함락될 당시까지 살고 있었는지, 그리고 이븐 알 키프티(1172~1248)가 『학자들의 연대기』에서 주장한 바와 같이 암루와 대화를 나눌 수 있었는지는 확실치 않다. 다른 근거자료에 의하면 암루가 시리아의 야곱 파 족장인 요한이라는 사람과 대담을 나누었다고는 하는데, 그 대담에는 유대인 의사인 필라레투스도 참석했다고 한다. 역사적으로 불확실한 점이 있다는 것을 감안하면서, 나는 진실하고 존경스러운 필로포노스를 내세운 알 키프티의 '낭만적' 버전을 조금 미화하기로 했다. 유대인 필라레투스는 라제스라는 이름으로 바꾸었는데, 이렇게 해서 그 사건들로부터 한 세기 후에 살았던 위대한 페르시아 의사에게 경의를 표한 것이다.

학자, 석학, 철학자들에 관해서는, 그들 생애에 관한 몇몇 에피소드들을 꾸며내기도 하였다. 그런 점에서 나 자신을 변호하자면, 사실 유클리드, 히파르코스 그리고 클라우디오스 프톨레마이오스의 전기적 사실이 완전히 알려져 있지 않다는 점을 들어야겠다. 오직 그들의 뛰어난 저작물들이 남아 있을 뿐이다. 비록 부분적이긴 하지만, 그것만으로도 그들은 불후의 명성을 얻고 있다.

마지막으로 일러두고 싶은 것은, 단순히 시간과 장소가 일치한다는 점에 의거하여 몇몇 인물들을 서로 엮어내는 것이 나는 썩 마음에 들었다. 이를테면 사모스 출신의 아리스타르코스가 지구가 태양의 주위를 돈다고 주장함으로써 이단으로 몰렸다는 것은 사실인 듯한데, 아르키메데스가 몸소 그의 변호에 나섰다는 것은 완전한 허구이다. 마찬가지로 미래의 마르쿠스 아우렐리우스 황제가 점성술사인 클라우디오스 프톨레마이오스와 만났다는 것도 지어낸 이야기이다. 시간상으로 보면 로마 집정관이었던 그가 이집트를 방문했을 때 그러한 만남이 '있었을 수도' 있지만 말이다.

요컨대 '사실'인 것과 '지어낸' 것에 대해 명확한 리스트를 작성하는 것은 무미건조하면서도 따분한 일이다. 이 소설을 쓰면서, 내가 얻을 수 있었던 역사적 요소들을 고려하는 가운데 언제나 '그럴 듯하게' 쓰려고 노력했다는 사실만을 밝혀두고자 한다.

부록

1. 주요 등장 인물

암루 벤 알 아스(663년 사망)

마호메트의 동료이자 이집트의 정복자. 640년에 헬리오폴리스에서 비잔틴 군대를 물리쳤으며, 642년에 알렉산드리아를 점령했다.

요한 필로포노스(6세기, 혹은 7세기)

문법학자이자 기독교 철학자. 성서 주석자로서, 성서가 올바르게 해석되기만 하면 성서의 가르침이 과학과 상충되는 것이 아니라고 주장함으로써 '화합주의'를 설파했다.

라제스, 혹은 알 라지(8세기)

8세기 말 페르시아 출신으로, 특히 임상 의사로서의 명성이 높았고 최초로 천연두에 대해 기술하였다.

히파티아(필로포노스의 종손녀)

가공의 인물.

오마르 아부 합사 벤 알 카탑(581년~644년)

메카 태생. 처음에는 마호메트에 반대하였다가 개종한 뒤 열렬한 신자가 되었다. 예언자 마호메트가 죽자, 632년에 아부 바크르가 칼리프의 직위에 오르도록 도왔고, 이로 인해 마호메트의 사위인 알리가 마땅히 칼리프에 올라야 한다고 했던 시아파의 비난을 받았다. 아부는 이후 그를 후계자로 지명하였다. 634년에서 644년까지 십 년의 재위 기간 동안 이슬람이 주변 국가들에 대해 결정적인 승리를 거두게 된다. 해방된 노예에게 피살되었다.

2. 현인과 학자

크니도스의 에우독소스(BC 390년경~BC 340년경)

플라톤의 제자로서 천문학자이자 수학자. 행성들의 외형적 움직임을 설명하는 회전운동 체계를 찾아내보라는 스승의 우주론적 문제에 처음으로 답을 제시하였다. 그는 자신의 천문학적 관찰 결과를 이용하여 크니도스(소아시아의 옛 국가인 카리아에 위치)와 헬리오폴리스(이집트에 위치)의 위도를 측정하였다. 또한 그는 1년이 정확히 365일과 1/4일로 이루어져 있음을 밝혀내었다. 아마도 지도도 함께 들어 있었을 것으로 여겨지는 지리지 한 권과 별들에 대한 논문을 썼다.

아리스토텔레스(BC 384년~BC 322년)

플라톤의 제자로서, 아카데미의 모델을 이어받아 아테네에 철학, 과학 학교인 '리세'를 설립하였다. 백과전서적인 그의 저서는 지식인뿐 아니라 역사상 주요한 인물들에게도 큰 영향을 미쳤다. 343년부터 알렉산드로스 대왕의 교사가 되었다. 그의 기술 관련 저서들(물리학, 기상학 등)은 그리스 과학 태동의 시초가 되었다.

팔레론의 디미트리오스(BC 350년경~BC 283년경)

아리스토텔레스가 세운 리세의 학생. BC 317년~BC 307년 동안 아테네를 통치하며 리세가 번창하는 것을 도왔다. 아테네에서 추방된 뒤 알렉산드리아로 가서 프톨레마이오스 1세에게 몸을 의탁했으며, 그곳에서 무세이온과 도서관 설립을 주동하였다. 프톨레마이오스 2세의 총애를 잃고 자리에서 물러났다.

에페소스의 제노도토스(BC 320년경~BC 240년경)

알렉산드리아 도서관의 초대 관장. 호메로스의 시에 대한 최초의 교정판을 펴냈다.

솔리의 아라토스(BC 315년경~BC 240년경)

그리스 시인. 실리시아에서 태어나 마케도니아에서 사망했다. 오랫동안 아테네에 거주하며 수학, 천문학, 철학, 문학을 공부하였다. 에우독소스의 글에서 끌어낸 별자리들에 대한 시 「현상」으로 유명하다. 이 시는 수세기 동안 천체에 관한 문학에 깊은 영향을 주었다.

유클리드(BC 3세기)

역사상 가장 위대한 수학자 중 한 사람. 그리스 이름으로는 에우클레이데스. 자세한 생애는 알려져 있지 않으나 BC 323년과 BC

285년 사이에 프톨레마이오스 1세 치하의 알렉산드리아에서 가르쳤을 것으로 추측된다. 그의 작품 중 가장 뛰어난 것은 『기하학 원본』이다. 고전 시대 수학을 집대성한 이 방대한 책은 방법론적인 공리와 정의 전체를 모은 교과서로 간주된다. 주어진 평면 위의 한 점에서 하나의 직선에 평행하는 선은 단 하나밖에 없다는 그 유명한 '제5공리'도 이 책에 수록되어 있다.

칼케돈의 헤로필로스(BC 330년경~BC 250년경)

고대의 가장 위대한 의사 중 한 사람. 아테네에서 수학한 후 프톨레마이오스 1세 밑에서 알렉산드리아 무세이온 내의 의사로 생애의 대부분을 보냈다. 최초로 동물과 인체를 해부했으며, 나아가 사형수들을 대상으로 생체 해부도 시도하였다. 혈액 순환과 심장의 역할을 밝혀냈으며 뇌와 난소를 해부학적으로 기술하였다. 조산술과 발치에 관련된 강의를 했다.

아리스틸로스와 티모카리스(BC 3세기)

유클리드와 동시대의 천문학자들로서, 밝게 빛나는 몇몇 별들의 경도를 측정하였다. 150년 후에 히파르코스가 그들의 자료를 분석하였고, 그것은 히파르코스가 세차를 발견하는 데 도움을 주었다.

사모스의 아리스타르코스(BC 310년경~BC 230년경)

사모스 섬 출신으로, 유클리드와 아르키메데스 사이의 기간에 알렉산드리아에서 활동하였다. 지구가 태양과 달로부터 얼마만큼의 거리에 있는지 측정할 수 있는 방법을 발견했다. 코페르니쿠스에 앞서 처음으로 지구의 자전, 태양 주위로의 공전을 생각해냈으며 이단으로 고발되었다.

아소스의 클레안테스(BC 331년경~BC 232년경)

스토아 학파 경향의 그리스 철학자. 엘레아 출신인 제논의 제자이며 『제우스 예찬』의 저자. 아리스타르코스의 재판 때 그를 이단으로 고발하였다.

키레네의 칼리마코스(BC 310년경~BC 240년경)

프톨레마이오스 2세 치하의 알렉산드리아 도서관의 시인이자 문법학자. 알렉산드리아 시를 대표하는 뛰어난 시인들 중 하나로 특히 「베레니케의 머리칼」의 저자로 유명하다.

아르키메데스(BC 287년~BC 212년)

시라쿠사에서 태어났고 그곳에서 사망했다. 천문학자 피디아스의 아들로 태어난 아르키메데스는 기하학자와 천문학자들이 만든 운동 이론을 처음으로 기계 제작에 적용한 고대 학자들 중 하나였다. 그의 발명품으로는 지렛대, 핸들을 이용하여 물을 길어 올리는 나선 양수기를 꼽을 수 있다. 알렉산드리아의 명성에 이끌려 최소한 한 번은 이집트를 여행했고, 사모스의 코논, 도시테우스, 에라토스테네스와 같은 학자들과 서신을 주고받았으며, 에라토스테네스에게 유언을 남겼다. 아르키메데스는 무시무시한 전쟁 무기를 제작함으로써 자신의 천재성을 도시국가 시라쿠사에 봉사하는 데 바쳤다. 시라쿠사 함락 때 로마인 병사에게 살해되었다.

사모스의 코논(BC 280년경~BC 220년경)

사모스 태생으로, 프톨레마이오스 3세 치세 때의 궁정 전속 천문학자. 아르키메데스의 친구로 수학에 관한 의견을 주고받았다. 일곱 권의 천문학서, 일식에 관한 글. 원뿔형에 관한 논문의 저자로서 아르키메데스의 나선형을 창안했을 것이라고 추정되며, 별자리에 자신의 이름을 붙이기도 하였다.

로도스의 아폴로니오스(BC 295년경~BC 230년경)

알렉산드리아의 시인이자 문법학자. 칼리마코스의 제자로서 서사시 『아르고나우티카』의 저자이기도 하다.

키레네의 에라토스테네스(BC 276년~BC 197년)

다방면에 뛰어난 학자. 키레네(리비아)에서 태어나 알렉산드리아와 아테네에서 수학하였고, 나중에 알렉산드리아 도서관의 관장이 되었다. 다재다능한 그는 기하학과 소수에 관해 연구하였고, 지구 자전축의 경사를 측정하고, 별들의 목록을 작성하고, 지도를 제작하고, 지구의 둘레를 놀라울 정도로 정확히 계산해내는 업적을 남겼다.

베르게의 아폴로니오스(BC 262년경~BC 200년경)

유클리드 학파의 수학자이자 천문학자. 원추곡선에 관해 토대가 되는 글을 남겼다.

비잔틴의 아리스토파네스(BC 257년경~BC 180년경)

문법학자이자 비평가. 제노도토스의 후임으로 BC 195년경에 알렉산드리아의 무세이온과 도서관을 이끌었다.

사모트라키아의 아리스타르코스(BC 220년경~BC 143년경)

비잔틴의 아리스토파네스의 제자이자 후임자. 그리스 문학작품
과 호메로스에 대한 주석 작업을 우수한 순서로 분류한 「알렉산드
리아 정전」을 썼다.

니케아의 히파르코스(BC 180년경~BC 125년경)

니케아(현재 터키의 이즈니크)에서 태어나 로도스에서 사망한 천
문학자. 프톨레마이오스에 의해 그의 연구 업적이 알려졌다. 위치
천문학의 창시자로서 달과 태양의 운동에 관해 정확한 도표를 작성
하였고, 세차를 발견하였으며, 최초로 별들을 그 밝기에 따라 크기
별로 분류한 목록을 만들었다. 또한 구면삼각법의 기초를 세웠고,
지도 제작을 위한 평사도법을 창안했다.

알렉산드리아의 힙시클레스(BC 180년경~BC 120년경)

수학자로서 유클리드의 『기하학 원본』을 보완한 작품을 썼으며,
그 글에서 구(球) 속에 정방형 입체를 넣는 방법을 다루었다. 또한
천문학자로서 최초로 황도대를 360도로 분할하였다.

로도스의 포시도니오스(BC 135년경~BC 51년경)

그리스의 작가. 로도스에 철학 학교를 설립하였다. 제자들 중에
는 키케로와 폼페이우스가 있다.

스트라보(BC 58년경~AD 25년)

지리학자. 로마 제국의 방대한 영토를 답사하였으며 알렉산드리
아와 무세이온에 대해 기술한 글을 남겼다. 그의 저서인 『지리학』

은 에라토스테네스, 히파르코스, 포시도니오스의 저작을 상당 부분 인용한 것이다.

알렉산드리아의 필론(BC 13년~AD 50년)

그리스계 유대인 철학자로서 알렉산드리아에서 태어나 그곳에서 사망했다. 성서의 사상과 헬레니즘 철학 이론, 특히 플라톤 철학과의 상호 보완성을 증명하려 했다. 교회의 교부들, 그중에서도 특히 알렉산드리아 유파의 교부들에게 큰 영향을 미쳤다.

세네카(BC 4년경~AD 65년)

라틴 철학자. 스토아 학파에서 수학한 그는 고행, 지상의 지복에 대한 포기를 옹호했다. 『위안』, 『도덕 서한』, 『자연학 문제점』을 남겼다. 네로의 스승이었으나, 네로는 그에게 스스로 혈관을 끊으라는 명령을 내렸다.

에픽테토스(AD 50년경~AD 130년경)

노예 출신으로, 네로에 의해 해방된 인물. 스토아 철학에 심취하였고 대중에게 강연을 하였다. AD 94년에 도미티아누스 황제에 의해 다른 스토아 철학자들과 함께 로마에서 추방되었다.

알렉산드리아의 헤론(AD 1세기)

수학자이자 수많은 기계를 발명한 기술자. 압축 공기를 이용해 분사되는 분수도 그의 발명 중 하나이다. 그가 쓴 『기체학』은 수많은 기계들, 그리고 수력학의 원리에 따라 작동하며 인간의 행동을 흉내 내는 '로봇'에 대해 상세히 서술하고 있다.

알렉산드리아의 메넬라우스(AD 70년경~AD 130년경)

수학자. 구면삼각형과 그것의 천문학 적용에 관한 논문을 남겼다.

튀로스의 마리노스(AD 1세기 말)

수학자이자 지리학자. 그의 작품은 프톨레마이오스의 작품을 통해서만 알려져 있는데, 프톨레마이오스는 그의 연구를 이용하여 『지리학』을 썼다.

클라우디우스 프톨레마이오스(AD 85년경~AD 165년경)

다방면으로 뛰어난 학자로서 테바이드의 프톨레마이스에서 태어나 카노프에서 사망했다. 그의 생애에 대해서는 AD 127년부터 AD 141년까지 알렉산드리아에서 천체를 관찰했다는 사실 이외에는 알려진 바가 없다. 그러나 그의 수많은 작품은 고대의 과학이 정점에 달해 있었음을 보여준다. '알마게스트' 라는 이름으로 더 많이 알려진 『천문학 집대성』은 16세기에 코페르니쿠스와 케플러가 나올 때까지 천문학의 교본으로 쓰였다. 그는 그 책에서 천문 관측 내용을 설명하는 수학적 모델로 세계의 체계를 제시하였다. 『지리학』에서는 투사법을 발견하여 최초로 정확한 지도를 작성하였다. 그의 다른 작품들로는 '테트라비블로스' 라는 이름으로 알려진 점성술에 관한 중요한 논고와 음(音)에 관한 수학적 이론을 다룬 『하모니』가 손꼽힌다.

클라우디우스 갈레노스(AD 131년~AD 201년)

페르가몬 태생의 의사로 로마에서 사망했다. 건축가의 아들로 태어나 알렉산드리아에서 수학했으며 마르쿠스 아우렐리우스 황제의 주치의가 되어, 학식으로 로마 제국의 수도에 입성하였다. 동물 해부를 통해 신경계와 심장에 관한 중요한 해부학적 발견을 이루어 냈다. 수많은 논문을 썼으나 그중 상당수는 AD 192년의 도서관 화재로 소실되었고, 이후 그는 그 글들을 다시 쓰는 데 전념했다. 그리스 의학의 정점에 있는 그의 저서는 17세기 중엽까지 의학계의 가장 권위 있는 저서였다.

디오판토스(AD 2세기 중엽 이후~AD 3세기 중엽 이전)

알렉산드리아 학파의 수학자로, 생애에 대해서는 거의 알려진 바가 없다. 그의 저서 『산수론』은 그리스 대수학의 최고봉을 이루는 작품으로, 아라비아의 수학 발달에 지대한 영향을 미쳤다.

알렉산드리아의 파푸스(AD 290년경~350년경)

그리스의 마지막 위대한 기하학자. 주요 작품으로 여덟 권으로 이루어진 『수학 총서』가 있다.

알렉산드리아의 테온(AD 335년경~AD 395년경)

수학·천문학 교사이자 알렉산드리아 무세이온의 관장. 프톨레마이오스의 『알마게스트』, 유클리드의 저작들, 천문학과 음악을 혼합하는 이론들에 대한 주해서를 썼다. 히파티아의 아버지이기도 하다.

알렉산드리아의 히파티아(AD 370년경~AD 415년경)

수학자, 천문학자, 플라톤 학파의 철학자로서 알렉산드리아에서 태어나고 그곳에서 사망했다. 과학에 대한 종교적 불관용의 첫 순교자. 작품으로는 『천문학 정전』, 디오판토스의 『산수론』에 대한 주해서, 베르게의 아폴로니오스가 쓴 『원추곡선론』에 대한 주해서가 있으나 모두 소실되었다. 그녀는 또한 부친이 쓴 『프톨레마이오스의 '알마게스트' 에 대한 주해』의 제3권을 교정하였다. 그녀에 관해 남아 있는 글은 쉬네시오스가 히파티아에게 보낸 몇 통의 편지들뿐으로, 편지 내용은 쉬네시오스가 그녀에게 천문관측의와 지하수 탐사기 제작법에 관한 자문을 구하는 것이다.

쉬네시오스(AD 370년경~AD 415년경)

키레네 출신의 그리스 철학자. 히파티아의 제자였던 그는 기독교에 귀의한 후 프톨레마이스 교구의 주교로 임명되었다. 플라토니즘과 기독교를 결합하려고 시도했다. 꿈, 천문관측의의 효능에 관한 글을 썼으며 히파티아에게 보내는 편지들을 남겼다.

심플리키우스(AD 500년경)

역사가이며 신플라톤 학파의 철학자로서 알렉산드리아에서 연구했다. 아리스토텔레스와 에픽테토스의 주해자인 그는 기독교에 반대하면서 플라톤과 아리스토텔레스의 사상을 융화시키고자 하였다.

요하네스 파우스트(AD 1480년경~AD 1540년경)

독일인 의사이자 점성술사. 거의 전설적인 인물이 될 정도로 수많은 문학, 음악 작품들의 주인공으로 등장했다.

니콜라우스 코페르니쿠스(AD 1473년~AD 1543년)

토룬에서 태어나 프라우엔부르크에서 사망한 폴란드 태생의 천문학자. 크라코프와 볼로냐에서 수학, 천문학, 의학을 공부한 후 프라우엔부르크의 참사원으로 임명되었다. 여가 시간에는 천문학에 몰두했으며 1507년부터는 행성들의 운동에 관심을 기울이게 되었다.

천동설로는 행성 운동을 정확히 예견할 수 없다는 사실을 증명했다. 프톨레마이오스의 이론을 버린 코페르니쿠스는 지구가 우주의 중심이 아니라 다른 행성들과 마찬가지로 태양의 주위를 도는 것이라고 한 사모스의 아리스타르코스의 주장을 다시 취했다. 또한 지구 자전을 통해 낮 동안의 별들의 움직임을 설명하였다. 1543년 5월에 뉘른베르크에서 임종 직전에 자신의 이론을 『천체의 회전에 관하여』라는 책으로 출판하였다. 다음 세기에 케플러와 갈릴레이에 의해 확실히 증명되는 그 새로운 생각은 우주론이 신학에서 벗어날 수 있게 해주었다.

3. 왕과 학자들의 연대표

정치사	문화사
BC 331 : 알렉산드로스 대왕의 알렉산드리아 도시 건설. BC 323 : 알렉산드로스, 바빌로니아에서 사망. 그의 제국은 휘하 장군들에 의해 분할됨. 프톨레마이오스는 이집트를 선택, 알렉산드리아에 정착하고 알렉산드로스 대왕의 장례식 거행.	아리스토텔레스 사망(BC 322).
BC 305~BC 283 : '구원자' 프톨레마이오스 1세 통치. 알렉산드로스 대왕 휘하의 장군이었던 그는 라지드 왕조를 세우고 통치를 위해 팔레론 출신의 디미트리오스를 불러옴. BC 283 : 도시국가 페르가몬 탄생.	무세이온과 도서관 건립. 알렉산드리아는 헬레니즘 문명의 중심지가 됨. 최초의 도서관장으로 에페소스 출신 제노도토스 임명. 수학자 유클리드. 의사 헤로필로스.
BC 283~BC 246 : 프톨레마이오스 2세 필라델포스 통치. 누이인 아르시노에 2세와 결혼. 디미트리오스 권좌에서 쫓겨남. BC 263~BC 241 : 페르가몬의 군주 에우메네스 1세.	등대 건설. 70인역 성서(구약성서의 그리스어 번역). 천문학자 아리스틸로스(BC 275년경). 천문학자 티모카리스(BC 275년경). 천문학자 사모스 출신의 아리스타르코스(BC 280년~BC 264년). 시인이자 문법학자인 칼리마코스. 제2대 도서관장인 로도스 출신의 아폴로니오스.
BC 246~BC 221 : '은인' 프톨레마이오스 3세 알렉산드리아 해상력의 절정기. 지중해 동부와 흑해를 관장. BC 241~BC 197 : 페르가몬에서 아탈로스 1세가 에우메네스를 계승.	천문학자 사모스 출신의 코논. 수학자 아르키메데스. 천문학자이자 수학자, 지리학자인 에라토스테네스. 수학자인 베르게 출신의 아폴로니오스.

정치사	문화사
인접 국가들과의 분쟁 속에서 로마와 연합.	
BC221~BC204: 프톨레마이오스 4세 필로파토르 통치. 유약하고 잔인한 그는 부친을 독살했다는 의혹을 받음.	3대 도서관장 비잔틴 출신의 아리스토파네스.
BC204~BC181: 프톨레마이오스 5세 에피파네스 통치. 5세에 왕위에 올랐다가 독살당함. BC197~BC159: 에우메네스 2세, 페르가몬 통치. BC181~BC170: 프톨레마이오스 6세 필로메토르 통치. 5세에 왕위에 오름. 어머니인 클레오파트라 1세 섭정.	
BC170~BC163: 프톨레마이오스 8세(일명 '비곗덩어리') '은인' 2세의 통치. 필로메토르의 동생. 왕위에 오르자 무세이온의 학자들을 추방하고 문인들을 박해함.	역사가이자 사서인 사모스의 아리스타르코스.
BC163~BC145: 프톨레마이오스 6세 필로메토르 권좌로 복귀. BC145~BC144: 프톨레마이오스 7세 네오스 필로파토르. 필로메토르의 아들로서 어머니가 삼촌인 프톨레마이오스 8세와 결혼하는 날 살해됨. BC144~BC116: 프톨레마이오스 8세, 권좌로 복귀.	천문학자인 니케아 출신의 히파르코스. 수학자인 힙시클레스.

정치사	문화사
BC133: 페르가몬 최후의 왕 아탈로스 3세가 후계자 없이 사망함으로써 페르가몬이 로마에 이양됨.	로마인들이 페르가몬 도서관 회수.
BC116~BC107: 프톨레마이오스 9세(일명 '이집트 콩') '구원자' 2세 통치. 동생 프톨레마이오스 10세에 의해 추방되어 키프로스에 피신.	
BC107~BC88 : 프톨레마이오스 10세인 알렉산드로스 1세가 모친을 암살함. 알렉산드로스 대왕의 묘를 파헤쳐 보물을 가로채려다가 오히려 반란을 불러 일으켜 도피함. BC88~BC80: 프톨레마이오스 9세가 다시 정권을 잡음. BC80: 프톨레마이오스 10세의 아들로서 프톨레마이오스 11세인 알렉산드로스 2세, 19일간의 통치 끝에 피살됨. 프톨레마이오스 왕조의 적통이 끝남.	
BC80~BC58: 프톨레마이오스 12세인 네오스 디오니소스, (일명 '사생아' 혹은 '플루트 연주자'). 프톨레마이오스 10세의 사생아. BC58~BC55: 프톨레마이오스 12세, 로마로 추방됨. 그의 딸인 베레니케 4세가 권좌에 오름. BC55~BC51: 프톨레마이오스 12세, 로마에서 돌아옴.	로도스 출신의 지리학자 포시도니오스.

정치사	문화사
BC51~BC47: 프톨레마이오스 12세의 아들인 프톨레마이오스 13세 디오니소스 통치. 10세에 왕위에 올라 누이인 클레오파트라 7세와 결혼. 폼페이우스를 암살함.	
BC47: 알렉산드리아에서 율리우스 카이사르와의 전쟁. 프톨레마이오스 13세, 나일 강에서 익사. 카이사르는 클레오파트라를 왕위에 앉히고, 그녀를 선왕의 동생인 열한 살의 프톨레마이오스 14세와 결혼시킴.	도서관 창고에서 화재 발생.
BC44: 율리우스 카이사르 피살. 클레오파트라는 알렉산드리아로 돌아와 왕을 독살함. BC44~BC30: 카이사르와 클레오파트라 사이에서 낳은 아들인 프톨레마이오스 15세 카이사리온이 왕위에 오름. 이집트 최후의 왕.	안토니우스, 페르가몬 도서관을 클레오파트라에게 바침.
BC30: 안토니우스의 죽음, 클레오파트라의 자살. 옥타비아누스의 명으로 카이사리온 처형. 프톨레마이오스 제국의 종말. 알렉산드리아는 이집트 로마 속주의 수도가 됨.	알렉산드리아 도서관은 로마 속주의 공공기관이 됨. '무세이온의 사제'는 황제가 직접 임명.
기독교 시대	
1~33경: 예수의 생애. 기독교 시대 시작. 37~41: 로마 황제인 칼리굴라, 중병에 걸려 정신병자가 됨. 피살.	작가 알렉산드리아의 필론. 역사가이자 지리학자 스트라보. 철학자 세네카. 철학자 에픽테토스. 기술자

정치사	문화사
41~44: 유대의 왕인 헤로데 아그리파. 기독교 공동체의 최초 박해자로 나섬.	알렉산드리아의 헤론.
2세기: 알렉산드리아가 기독교의 중심지가 됨. 안토니누스의 시대: 네르바(96~98), 트라얀(98~117), 아드리아누스(117~138), 안토니누스 피우스(138~161), 루시우스 베루스(161~169), 마르쿠스 아우렐리우스(161~180), 코모두스(180~192). 로마 제국의 황금기로 간주되는 이 시기는 코모두스의 광기와 함께 종말을 고함.	수학자 메넬라우스. 천문학자, 지리학자인 클라우디우스 프톨레마이오스. 의사 갈레노스 수학자 디오판토스.
202: 셉티미우스 세베루스 황제의 명에 의해 기독교도 박해. 215: 카라칼라 황제의 명에 의해 무세이온 폐쇄. 270~297: 아우렐리아누스 황제와 디오클레티아누스 황제 치하에서 무세이온 지구의 약탈과 파괴가 자행됨.	알렉산드리아 철학 유파: 플로티누스, 포르푸리오스. 수학자 파푸스.
379~395: 테오도시우스 황제, 비잔틴(콘스탄티노플) 통치. 395: 비잔틴 제국 건립. 아르카디우스 황제 통치.	수학자 테온. 수학자 히파티아.
493~526: 동고트족의 왕인 테오도리쿠스, 이탈리아 통치. 교회 보호.	철학자 필로포노스.

정치사	문화사
570~632: 마호메트의 생애. 622년 메카를 떠나 메디나로 향함 (헤지라). 이슬람의 탄생.	
616: 페르시아인에 의해 알렉산드리아 함락. 642: 수장 암루 벤 알 아스가 알렉산드리아 정복. 모슬렘들의 점령. 칼리프 오마르에 의해 도서 파괴.	

4. 학술적 주석

a. 피타고라스의 정리는 직각삼각형에서 빗변의 제곱은 나머지 두 변의 제곱의 합과 같다는 것이다. 특히 세 변의 길이가 3, 4, 5인 삼각형은 직각삼각형이다. 왜냐하면 $3^2 + 4^2 = 5^2$ $(9+16=25)$이기 때문이다.

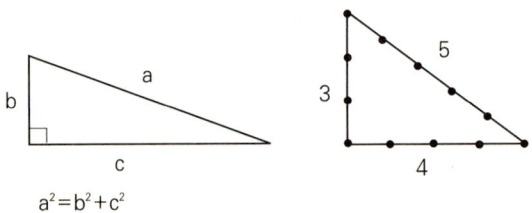

피타고라스의 정리와 마법적 삼각형의 특수한 경우

b. 『기하학 원본』 1권에서 유클리드가 내세운 소위 '평행선'의

공리의 원래 공식은 이 글에 나온 것과는 다른데, 여기에서는 스코틀랜드 수학자인 존 플레이페어(18세기)의 보다 널리 알려진 공식을 사용하였다.

c. 실제로 태양은 달보다 약 400배 더 멀리 떨어져 있다(주e 참조). 사실 지구와 태양 사이의 거리는 150,000,000km이며 지구와 달 사이의 거리는 384,000km이다.

d. 실제 태양의 지름(1,400,000km)은 지구의 지름(12,800km)보다 109배 더 크며 부피는 100만 배 더 크다.

e. 사모스 출신의 아리스타르코스는 지구-태양(TS)과 지구-달(TL) 사이의 거리 비율을, 달이 상현달일 때 직선 TS와 TL이 이루는 각도를 측정함으로써 밝혀냈다. 그러나 달 표면이 정확히 두 부분으로 나뉘는 순간을 밝히기 어렵고, 그림자 선은 직선이 아니다. 그는 $\alpha = 89.86°$ 대신 $\alpha = 87°$로 계산하는 오류를 범하여 $TS/TL = 1/\cos 89.86° \sim 400$ 대신 $TS/TL = 1/\cos 87° \sim 20$을 이끌어냈다. 아리스타르코스가 측정

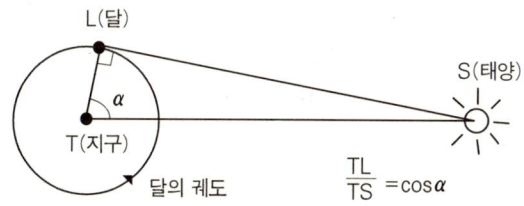

태양과 달과의 상대적 거리를 측정하기 위한
아리스타르코스의 방법

한 수치는 실제 수치에 한참 못 미치긴 하지만 사람들이 생각했던 것보다 태양이 훨씬 더 멀리 떨어져 있다는 것을 증명해주었다.

f. 아르키메데스가 친구인 에라토스테네스와 알렉산드리아에 있는 수학자들에게 낸 이 골치 아픈 문제는 서로 다른 종류로 구성된 한 무리 가축의 구성 비율로부터 추론을 통해 가축의 총수를 알아내는 것이다. 이것이 '태양의 소' 라는 문제인데, 소는 검은색, 흰색, 갈색, 얼룩 황소 그리고 검은색, 흰색, 갈색, 얼룩 암소로서, 흰색 황소와 검은색 황소의 총수는 사각 수 안에 들어갈 수 있어야 하며, 갈색 황소와 얼룩 황소의 총수는 삼각 수 안에 들어갈 수 있어야 한다. 이 문제는 정말 '노예선' 처럼 힘든 것이지만 정작 아르키메데스 본인은 그 '노예선' 에 타지 않았다. 다시 말해 해답을 제시하지 않았던 것이다. 오늘날 이 문제의 해답은 무려 12만 자리 수에 이를 것으로 알려져 있다.

g. 19세기가 되어서야 수학자들은 평행선의 공리가 유클리드 기하학을 독특하게 규정하는 정리라는 것을 발견했다. 만일 그 정리를 어긴다면 기하학은 근본적으로 성격이 바뀐다. 즉 비유클리드적이 되며 휘어진 공간을 수학적 모델로 제시할 수 있게 해주는 것이다. 20세기에 들어 아인슈타인의 일반 상대성 이론과 함께 우주 공간 비유클리드 기하학에 따라야 제대로 된 수학적 모델이 된다는 사실이 알려졌다.

h. 소수는 피타고라스 학파 시대 이래로 학자들을 매혹했다. 수가 1과 자기 자신 이외로는 나누어지지 않을 때 이를 소수라고 한

다. 에라토스테네스의 체는 전체 수의 리스트를 설정하고 거기에서 걸러내는 방식으로 이루어진다. 소수 중에서 가장 작은 수인 2에서 출발해보자. 4, 6, 8, 등 2의 모든 배수들은 체로 걸러낸다. 처음으로 걸러지지 않는 수는 3이다. 따라서 소수이다. 그렇다면 이제 3의 모든 배수들, 6, 9, 12, 15 등을 걸러낸다. 이때 처음으로 걸러지지 않는 수는 5이다. 그런 방식으로 무한히 같은 과정을 계속해나가는 것이다. 이를테면 에라토스테네스의 체는 100까지의 수 중에서 24개의 소수, 즉 2, 3, 5, 7, 11, 13, 17에서 97까지 쉽게 찾아낼 수 있게 해준다.

i. 태양 광선이 시에네에 수직으로 떨어질 때 알렉산드리아에서는 α 라는 각을 이루며 떨어진다(이 각도는 수직으로 세운 높이 h인 막대가 드리우는 그림자의 길이 d를 통해 계산할 수 있다). 그런데 이 각은 시에네와 알렉산드리아 사이의 호의 각도와 같다(엇각/내각의 동일성 이론). 에라토스테네스는 7.2° 라는 각을 찾아냈는데, 이는 원의

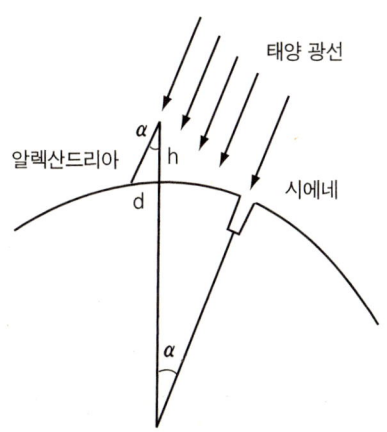

지구의 둘레를 계산하기 위한 에라토스테네스의 방법

1/50각($50 \times 7.2° = 360°$)에 해당한다. 따라서 지구의 둘레는 시에네와 알렉산드리아 사이 거리의 50배인 것이다.

j. 고대에는 스타드(stade)라는 여러 단위가 존재했다. 가장 널리 쓰인 것은 '올림피아 스타드'로서 157.50m에 해당한다. 따라서 에라토스테네스가 계산한 250,000스타드는 39,375km 정도 된다. 오늘날의 값과 비교해서 오차 범위가 1% 미만이다. 계산이 정확하려면 시에네와 알렉산드리아는 동일 자오선 상에 위치해야 한다. 에라토스테네스는 지구라는 구체 위로 쉽게 확인할 수 있는 특별한 큰 원들이 존재한다는 것, 즉 남북으로 방향을 잡는 자오선들이 있다는 것을 알고 있었다. 그는 자신의 작업을 위해 가장 잘 알려진 자오선, 즉 대체로 나일 강의 흐름과 일치하면서 알렉산드리아와 시에네를 지나는 로도스 자오선을 선택했다. 그런데 나일 강이 어림잡아 남북의 선을 따라 흐르긴 하지만, 에라토스테네스는 자신이 작성한 이집트 지도가 보여주듯 동쪽으로 약간 우회하여 흐른다는 사실을 알고 있었다. 하지만 그러한 오류는 무시할 만한 것이므로 에라토스테네스가 셈한 결과가 놀랍게도 얼마나 정확한지 알 수 있다.

k. 히파르코스가 계산해낸 '현의 계산표'는 각의 사인과 코사인을 제시하는 오늘날 삼각함수표의 원조격이다.

l. 춘추분의 세차 현상은 히파르코스 이후 2,000년이 지나서야 뉴턴의 만유인력 개념에 의해 설명되었다. 달과 태양이 지구에 미치는 인력 때문에 발생하는 섭동으로 인해 지구의 회전축은 공간에서

동일한 방향을 유지하지 못한다. 회전축은 매우 천천히 원추형을 그리는데, 그 주기는 약 26,000년이며 이 시간은 연간 50.3초의 각에 해당된다(완전한 주기가 360도라고 한다면, 각각의 도는 60분으로, 각각의 분은 60초로 이루어진다). 히파르코스가 잰 그 수치는 46초로서 오늘날 측정한 수치에 매우 가깝다.

m. 프톨레마이오스가 쓴 『천문학 집대성』은 9세기에 타비트 벤 쿠라에 의해 아랍어로 번역되어, 이후 '가장 위대한'이라는 의미의 '알마게스트'라는 제목을 지니게 된다.

n. 고대의 가장 유명한 음악 논문은 게라사(현재 요르단에 위치한 팔레스타인 도시―옮긴이) 출신의 니코마크(철학자 니코마크와 혼동하지 말 것―옮긴이)가 쓴 것으로, 그 글에서는 일곱 개의 음계를 히파트, 메트, 네즈, 카트르 등으로 부른다. 각각의 음정은 행성계를 관장하는 것으로 간주되는 조화를 규정하고 있다. 음계 중 첫번째인 히파트는 오늘날 음악가들이 기본음 혹은 주조음이라 부르는 것과 동일하다.

| 감사의 말 |

이 작품을 쓰는 동안에, 앙드레 발랑은 내게 팔레론의 디미트리오스가 되어주었으며, 올리비에 이코르는 유클리드의 막대가 되어주었다. 트레유 재단은 내게 알렉산드리아의 무세이온이었다. 옛날 프톨레마이오스 황제들이 그러했듯, 재단의 임원들은 학자와 시인들이 매우 평온하게 기거하고, 식사—그것도 무척 훌륭한—도 제공받으며 우주의 비밀들을 연구하게 해주니 말이다. 이 군주들에게 어떻게 감사의 말을 다 할 수 있으랴.

옮긴이 **김윤진**

서울대학교 사범대학 불어교육과를 졸업하고 같은 대학에서 번역학으로 박사학위를 받았
다. 서울대와 이화여대 통번역대학원 강사를 지냈고, 현재 한국문학번역원에 근무하고 있
다. 저서로 『불문학 텍스트의 한국어 번역 연구』, 옮긴 책으로 『프랑스의 낭만주의』, 『조
서』, 『파스칼』, 『플랫폼』 등이 있다.

문학동네 세계문학
유클리드의 막대

초판인쇄	2004년 12월 20일
초판발행	2004년 12월 27일

지 은 이	장 피에르 뤼미네
옮 긴 이	김윤진
펴 낸 이	강병선
책임편집	최정수
펴 낸 곳	(주)문학동네
출판등록	1993년 10월 22일 제406-2003-045호

주 소	413-756 경기도 파주시 교하읍 문발리 파주출판도시 513-8
전자우편	editor@munhak.com
전화번호	031) 955-8888
팩 스	031) 955-8855

ISBN 89-8281-923-1 03860
www.munhak.com

© Irmeli Jung

장 피에르 뤼미네 Jean-Pierre Luminet

1951년 남프랑스에서 태어났다. 파리 뫼동 천문대의 천체물리학자, 프랑스 국립과학연구소 소장, 블랙홀 연구와 우주론으로 세계적 명성을 얻고 있는 천체 전문가이다. 브라질, 중국, 일본, 미국에서 연구 활동을 했으며, 천문학뿐만 아니라 시, 소설, 에세이, 시나리오, 전시 기획 등 다방면에서 활동하고 있다. 과학 전문 잡지에 많은 논문을 썼으며, 각종 백과사전에 과학 관련 항목을 기술하기도 했다. 수많은 상과 메달을 수상했으며, 여러 위원회와 아카데미의 회원이기도 하다. 프랑스 천문학 위원회에서는 1991년 몽 팔로마에서 발견된 소행성 5523호에 '뤼미네'라는 이름을 붙여 그의 업적을 기리기도 했다. 교양 과학서로 세계적 화제가 된 『블랙홀들』을 비롯하여 과학 지식을 알기 쉽게 안내한 많은 저서를 집필했다. 『검은 태양』『물리학과 무한』『시인과 우주』『금성의 약속』『구겨진 우주』 등 많은 저서가 있다.

유클리드의 막대 김윤진 옮김
서기 642년, 베두인 병사들의 입성으로 알렉산드리아 도서관이 파멸의 운명을 맞는다. '세상 모든 학문의 모태이자 마르지 않는 지식의 원천'이었던 고대 알렉산드리아 도서관과 인류 지식의 전달에 헌신했던 위대한 학자들의 운명을 장중하고도 아름답게 그려낸 소설.

금성의 약속 임헌 옮김
18세기 천문학자들이 전 세계로 흩어져 금성과 태양의 우주적 만남을 향해 일제히 망원경을 들어올렸던 천문학사의 대사건을 장대한 로망으로 풀어냈다. 과학의 여명기에 대한 정밀한 안내서이자 인간의 열정과 헌신이 아름답게 숨쉬고 있는 감동적인 소설.

쿰란(전2권) 엘리에트 아베카시스 | 홍상희 옮김

사해 육필 두루마리에 얽힌 불가해한 이야기를 배경으로 펼쳐지는 매혹적인 신학 스릴러. 예수의 죽음을 문제 삼는 대담한 발상, 풍부한 고증학적 지식, 신비주의와 종교적 광신에 대한 명석한 성찰이 현재와 과거를 넘나들며 최고의 감동과 흥미를 선사한다.

투탕카몬(전2권) 크리스티앙 자크 | 김승욱 옮김

사자(死者)들의 땅, 왕들의 계곡에서 부활하는 투탕카몬의 신화! 탐욕과 시기로 얼룩진 황폐한 발굴터에서 '살아 있는 신비의 상징' 투탕카몬을 황금빛으로 부활시키기까지 고고학자 하워드 카터와 카나번 백작, 두 남자가 이루어낸 열정과 모험의 대기록.

깃털 달린 뱀(전2권) 콜린 팔코너 | 이창식 옮김

찬란한 문명을 꽃피웠던 아스텍 제국이 스페인 군대에 무너지기까지의 과정을 다채로운 문체와 생생한 역사적 디테일로 그려낸 장편 역사소설. 실재했던 인물들을 되살려 잊혀진 아스텍 문명의 비극적인 패망사를 화려하게 재창조해낸다.

디아볼루스 인 무지카 얀 아페리 | 신미경 옮김

프랑스의 주목받는 젊은 작가 얀 아페리의 메디치 상 수상작! 시간의 불가역성에 도전하는 천재 음악가의 예술혼을 바로크적 문체로 웅장하게 그려냈다. 청명한 이탈리아의 햇살 아래 펼쳐지는, 진정한 기품과 예술적 귀족주의가 빛나는 작품.

임프리마투르 모날디&소르티 | 최애리 옮김

로마의 한 여관에서 일어난 살인 사건의 이면에 숨겨진 바티칸과 루이 14세 간의 권력 투쟁을 추적한 열정 넘치는 역사추리소설. 17세기 유럽을 무대로 하여 음악과 미술, 의학, 점성술 등 당대의 인문학과 자연과학에 대한 지식이 현란하게 펼쳐진다.